NF文庫
ノンフィクション

海の紋章

海軍青年士官の本懐

豊田 穣

潮書房光人新社

『海の紋章』目次

海の紋章

鬼の一号生徒

一

広島県江田島にある、海軍兵学校に、第七十一期生徒が入校したのは、昭和十四年十二月一日であった。

一号生徒（四学年）として、新しい四号生徒（一学年）を迎えた、第六十八期生徒は、責任感による緊張を表に現わすとともに、内側には、ひそかな期待を抱いて、校門を入って来る七十一期生徒を見まもっていた。

第三十五分隊伍長補を勤める武田竜平も、その一人であった。

この年、一九三九年は、ヨーロッパで第二次世界大戦がはじまった年であり、日本にも、その予告が、遠雷のように轟《とどろ》いている年であった。

一月に、平沼騏《き》一郎の内閣が成立し、三月、ドイツはチェコスロバキアを併合した。五月、満蒙国境でノモンハン事件が起こった。

八月二十三日、突然、独ソ不可侵条約が締結され、平沼内閣は、国際情勢を、「複雑怪奇」という有名な語句で形容して総辞職。八月三十日、阿部信行陸軍大将が組閣をした。そして、その二日後、九月一日、ヒトラーのドイツは、ポーランドへ電撃的な進攻を行ない、英仏がドイツに宣戦し、七年間にわたる第二次世界大戦の火ぶたが切られたのである。

武田たちの一期先輩にあたる第六十七期生徒は、この年八月、繰り上げ卒業で、少尉候補生となって江田島を去り、遠洋航海のため、ハワイに向かっていた。平時ならば、遠洋航海にはヨーロッパ、アメリカ、豪州の三コースが順番に回って来るのであるが、この年はハワイまでに短縮されたのである。

武田たちの六十八期生徒は、八月から一号生徒に繰り上がり、それまで四号生徒であった七十期は三号に昇格したが、新入生が入って来ないので、相変わらず雑用の負担が多く、七十一期生徒の入校を待ちこがれていた。一号になった六十八期は、「次期入校する七十一期の模範となるべく、三号教育を行なう」と称して、生徒館内の規律を厳にし、折にふれて三号を整列させては、鉄拳による修正を加えていた。

海軍兵学校の入校は四月が原則であるから、第七十一期生徒の入校は、十五年四月一日であったが、国際情勢緊迫のため、四ヵ月繰り上がったのである。海軍上層部は、ナチス・ドイツの超国家主義に批判的であったが、戦争に対する準備はすすめていたのである。

そして、そのために、入校が十二月一日という冬のさなかになったことは、第七十一期生徒にとって、不運であった。

広島県は暖国であり、江田島にもみかんやネーブルが実るが、生徒館のなかは寒い。早朝から訓練があり、日中は白の作業服で、外套などは許されないので、寒さが身に沁み透るのである。

入校式の日の朝、バス（浴室）に入ろうとして、はしゃいでいる十六人の七十一期生徒を監督していた、第三十五分隊伍長補の武田竜平は、そのなかの一人に眼をとめた。彼は背が高く、色が黒かったが、うつむき加減となり、タオルで前を蔽《おお》いながら、浴槽の方に進もうとしていた。

「待て！　タオルで前なんか隠すんじゃない。堂々と入浴しろ」

そう言ってから、武田は手もとの名簿を見て、ことばをつづけた。

「佐森《さもり》、貴様は岐阜県出身だな」

「はい」

「貴様、泳げるか？」

「泳げません」

「そうか、じきに泳げるようになる」

武田は自分も岐阜県出身で、四号のときは水泳不能の赤帽であったが、それは言わなかった。

四号たちは、期待にあふれ、嬉々として入浴をはじめた。その姿を眺めながら、武田は、腹のなかで新入生たちに言って聞かせていた。

――いまのうちにふざけておくがよい。その娑婆気満々の態度も、あと数時間だ。今夕、六時半、貴様たちの天地は一変するのだ。合格の喜びと、将校生徒の夢は、一瞬にして飛散して、規律に縛られ、鉄拳に頬の筋肉を灼かれながら、禁欲的な修道の生活がはじまるのだ。俺は、俺が受けたもの、経験したものは、かならず貴様たちに、伝えずにはおかない……。

武田は、高まりつつある昂奮を抑えながら、四号生徒に声をかけた。

「どうだ、娑婆の垢をすっかり落としたか。いいか、体を拭いたら、第一種軍装に着かえる。貴様たちが娑婆から垢をつけてきた衣服は、荷札のついた袋に入れろ。貴様たちの娑婆気とともに、郷里へ送り返すんだ」

やさしい声であった。幼い弟を連れて動物園に遊びに来た兄のように親切で、行きとどいていた。そのやさしさに甘えるように、四号の一人が声をあげた。

「伍長補殿、しゃばとは何のことですか」

おもねるような甲《かん》高い声であった。大阪弁であり、イントネーションが女に似ていた。

「殿はいらない。伍長補と呼べ。娑婆というのはな、海軍以外の一般世間のことだ」

「では、ここは何というんですか」

その四号、金坂与一郎は、さらになれなれしい態度をしめし、武田の顔をのぞきこむようにしてつづけた。

「ここは地獄だ。もしくは監獄だ。赤煉瓦の江田島監獄というんだ」

「ですけど、こちらは新館やさかい、白セメントの監獄いうんと違いますか」

「おい、金坂、貴様は女みたいなしゃべり方をするが、そいつは早くなおせ。江田島は海賊を養成するところだ。女では海賊は勤まらんぞ」

「はあ、わたしは長男でっけど、上の姉さんも、下の妹も女ですさかい……」

「あたり前のことを言うんじゃない」

そこでどっと笑い声が起こった。

笑わない男が三人いた。

一人は、四号の中で、もっとも背の高い横永という樺太《からふと》生まれの男である。一メートル八十五センチ、百五キロというから、換算すると六尺一寸、二十七貫はあるのであろう。特技は相撲となっていたが、体の動きが鈍く、神経も鋭敏な方ではないらしい。黙々として体を拭き、褌《ふんどし》をつけていたが、男のものも雄大で、並の褌では布が足りないくらいである。靴や帽子は寸法が取ってあるが、この部分は寸法がはかってなく、したがって、越中褌の寸法は、全員共通である。横永は胴回りも大きく、腹に回す紐が、辛ろうじて前で結べる程度であった。

いま一人、小柄で精悍な男がいた。

熊本県立中学尚武館出身の宮之原周作という男である。武田は、最前からこの男の筋肉の動きを注目していた。身長は一メートル六十二センチの武田と同じくらいであろう。ただし、体重は、武田の七十五キロに対して、六十八キロぐらいであろうか。特技は、柔道三段、体操としてあった。色は浅黒く、体を動かすたびに、腹の筋肉がぐりぐりと動く。贅肉の少ないたちらしい。武田はひそかな期待を持っていた。彼は江田島に入校したとき、柔道三段で、いまは四段である。

――この宮之原は、精神も強靱であるらしい。おれのよいけいこ相手になるだろう……。

四号のうち、この二人は笑わなかった。一人は、反射神経の鈍さによって笑わないのらしく、いま一人は、ストイックな心情――常におのれを鍛えあげるという――によって笑わなかったらしく、その点にも、武田は共感を持っていた。

そしていま一人、笑わない男は、武田自身であった。任務についているときは、笑わない、という習性が、武田の身についていた。それが、二年八ヵ月にわたる生徒館生活の一つの成果であった。

二

白亜の大講堂に千九百名の全校生徒が整列して、午後一時、入校式が行なわれた。

校長の新見中将は、後に日本軍が香港《ホンコン》を占領したときの司令官であるが、温厚な海軍士官であった。

七十一期生徒の任命が終わると、校長は、海軍兵学校の伝統を語るとともに、時局について、生徒が認識をあらためるように訓示をした。

校長の訓示が終わると、六百名の四号生徒は正式に各分隊に配属された。分隊は三十六個分隊あり、一個分隊に、四号は十六名、三号十二名、二号十名、一号は八名である。

配属が終わると、四号は校内見学に出る。

校内見学が終わると、四号は夕食まで、自習室で、生徒服務綱要や軍人勅諭などの黙読である。二号、三号は体育、作業で外に出ていた。

第三十五分隊の自習室は、新生徒館の海岸に面した側の一番奥にあたる。最後方の席で、伍長の氏原啓一が、伍長補の武田に低い声で話しかけた。

「おい、でかいのが入って来たな。一メートル八十五センチ、百五キロか。横永というが、縦長《たてなが》みたいな奴だな」

氏原は、武田よりやや大きく、一メートル六十四センチであるが、筋肉質で、体重は六十三キロ、大連一中の出身で、アイスホッケーと卓球の選手だったが、兵学校では腕のふるいようがないのを嘆いていた。かなり神経質で、数学と支那語が得意だった。支那語は、中学生のときに三級通訳の免許をとっている。

「横永はでかいから、柔道をやれば強くなるだろう。柔道といえば、この宮之原というのは三段となっているな。武田、貴様といい勝負をするかも知れんぞ」

「やってみなければわからん」

武田は、ぶっすりと答えた。

「不愉快な奴がいるな。――父親の職業は会社重役か。要するに、会社員と書けば、事たりるのにな」

氏原は眉をしかめた。

武田はその理由がわかるような気がした。氏原の父は満鉄の社員であったが、彼が中学に入る前に病死している。母親に育てられ、家計は豊かではなかった。彼は三人兄弟の長男であり、支那語の通訳の検定をとったのも、それで家計を助け、学資を捻出するためであった。

「大阪市、天王寺中学四年修了か。金坂という名前が気に入らんな。大阪には拝金主義者が多いというからな」

「そう、名前にまでこだわるな」

「おい、海軍大尉の息子がいるぞ。しかも、貴様と同じ、岐阜県の出身だ」

「ふーむ、大垣中学か」

武田は、眉にしわをよせて、その佐森勝一という四号の略歴を眺めた。武田は本巣《もとす》中学の出身であり、大垣中学は本巣よりは歴史が古い。くわうるに、同県人は、春秋の県人会で顔を合わせることがあるので、同分隊では、絞めあげるのがむずかしいのである。もっとも、この三十五分隊には、二号に、すでに岐阜中学出身の川合がいたのであるが。

「この佐森の親父は、大尉といっても、特務大尉（下士官から昇進したもの）だな」

「うむ、スペさん（スペシャル＝特務の意）で、さんざん苦労したので、息子は江田島へ入れようという悲願だろうな」

「ところで、名前といえば、この宮之原は、みやんばる、とふりがながつけてあるが、熊本では、そう発音するのかな」

「方言のままではいかんな。将来は部下を指揮するオフィサーとなるのだからな」

「それからこの流連城な」

「うむ、ナガレツレグスクか。沖縄にはそういう苗字があるのかな」

「こいつは、今夜の姓名申告で苦労するぞ」

「うむ、長池が徹底的にやると言っとったからな」

二人の対話は、およそ以上のようなものであり、今夜六時半から行なわれる姓名申告を、楽しみにしていることは明らかであった。

二年八ヵ月前の春の夜、彼ら六十八期生は、この姓名申告で肝がふるえる思いをしたのであった。あたえられた教えは、これを送り伝えるのが海軍の伝統であり、彼らは、その伝統をまもることに情熱を感じていた。

そのとき、一人の小柄な男が武田の席に近づくと言った。

「おい伍長補、貴様、おれの航海表と交換してくれんか」

この男は、鮫島といって、剣道係、銃剣術係を勤めている。一号のなかでは一番背が低かったが、熱血漢という点では、クラスでもきわ立っていた。

「どうしてだ？　どの航海表も中身は同じではないか」

航海表は、天測や航海に必要なデータを記入した分厚い本で、対数表、円周率、数学の公式なども入っていた。一号は天測を行なうので、一人に一冊ずつ貸与されるのである。

「おい、伍長補のには、三上卓の署名が入っていただろう。あれは、おれが借りるべきだ。三上卓は、おれの佐賀県の先輩だ。出せ！」

鮫島は九州弁なので、先輩をシェンパイと発音し、出せ、は、「出シェー」というふうに聞こえる。四号の姓名申告以来、きびしく言われたであろうに、ほとんどなおってはいなかった。

航海表は備品であり、長年のあいだ貸与になっているので、代々の使用者が表紙の裏に署名をしている。たまたま武田に当たったものが、三上卓のものであった。三上は昭和七年、犬養毅首相を暗殺した五・一五事件の首謀者であるが、海軍の一部では、憂国の士と認められ、彼が作詞したといわれる「昭和維新の歌」を愛誦する生徒もいた。

「そうか、では交換してやろう。おれは岐阜県出身だから、三上卓とは関係がない」

武田は、デスクから航海表を出すと鮫島に渡した。かわりに受けとった航海表の表紙裏を武田はめくってみた。

「お、こちらは南郷茂章《もちふみ》が使ったやつじゃないか。おれはこちらの方がいいぞ」

「南郷って？」

「南昌の撃墜王さ。空の至宝と仰がれし、南郷少佐、いまはなし……」

飛行機志望の武田は、空の英雄に憧《あこが》れていたので、南郷少佐をうたった歌をおぼえていた。

「そうか。そちらの方がよかったかな？　しかし、おれはドン亀（潜水艦）志望だからな。

三上卓のでいいや。おい、それよりな、一分隊は大変らしいぞ。なにしろ、殿下が四号だろう。今朝からじいやがつききりで大騒ぎらしいぞ」

　じいやというのは、御付武官の藤原中佐のことである。七十一期には、皇后陛下と縁戚にあたる久邇宮《くにのみや》信彦王が編入されていた。

「姓名申告はどうするんだ」

「それはやるんだ。ただし、全員修正のときは列外にしろとじいやが言うので、伍長の東山は頭がいたい言うとったぞ」

　皇族は、原則として軍人になるしきたりであったので、陸海軍の学校に入ることは珍しいことではない。入校が決まると、皇族は二ヵ月前に江田島の特別官舎に入り、侍従武官がつき切りで、カッター、陸戦教練など、ひととおりのことを修練させる。皇族として範を示すため、一般生徒にひけをとらせまいとする当局の心やりであろうが、一人でカッターを漕いだり、一人だけ下士官の教員に指導されて、速足《はやあし》行進を行なっている殿下をみて、――宮様というものは、孤独なものだな、と武田は考えたことがある。

　鮫島はつづけた。

「畜生、おれが一分隊だったら、うまく殿下を御指導申し上げるんだがな。そして、殿下が艦隊司令長官になられたら、おれは参謀長にしてもらうんだ」

「なんだ。貴様は三上卓のあとをついで、昭和維新を実行するんじゃなかったのか」

「うむ、そちらの方もやらなければならんしな。しえっかく、三上卓の航海表とかえてもらったんじゃからな」

そのような饒舌《じょうぜつ》をかわしているところへ、

「一号、騒がしいぞ。雑談が多すぎる」

と言いながら、長池が後ろの扉から入って来た。京都の生まれで、名前を炳乎《へいこ》という。炳乎とは光り輝くさまで、頼山陽の『日本外史』からとった名前だという。

「軍人は政治にかかわらず、世論にまどわずやぞ」

長池は、鮫島を冷やかすようにいうと、

「それよりも、鮫島、伍長補、一大事だぞ。殿下のじいやが、今度の四号は絶対に殴らんで欲しいと、期指導官に申し入れたそうだぞ。明日の一号集合は、それのお達示《たつし》らしいぞ」

「そんな馬鹿な！」

言下に不足を口に出したのは、鮫島である。彼は四号のとき、特別に殴られた五分隊にいたので、一号になったら、大いにもとをとろうと待ちかまえていたのであった。

武田も反論を述べた。彼は殴られぶりがよろしい、という理由で、他の四号よりも多く殴られた組である。

「殿下は皇族だから殴ってはいかん、というのなら、一分隊は殿下だけ列外にすればよい。他の四号まで修正なしでは、筋金が通らんではないか」

「そうだ。おれは四号のとき、千二百殴られたぞ。しえっかく一号になって、張り切っとるのに、鉄拳修正はなしというのは、不公平じゃぞ」

鮫島も気勢をあげた。

そこへ、図書係、通信係、水泳係の新山《にいやま》が加わった。東京暁星中学出身で、英語よりはフランス語の方が達者な男である。気管支炎の持病があり、病室に入っている日が多く、六十七期から落第して来た男である。体育や訓練には不熱心であるが、外国映画にくわしく、休暇に東京に帰ったときには、背広に着かえてカフェーに行った話を、して聞かせたことがある。

新山は言った。

「殴っちゃいかん、というならやめればいい。殴らなければ、一人前のネイバル・オフィサーができんというもんではないだろう。天は人の上に人をつくらず、と福沢諭吉も言っているんだ」

「貴様は殴られ方が足りないから、そんなことを言っとるんだ」

「しかし、六十六期はほとんど殴らなかったじゃないか」

「だから、いまの二号は聖人君子型で、おとなしすぎる。江田島は修道院じゃないぞ」

二人が論争しているとき、伍長の氏原が、
と言い、

「おい飯だ」

「夕食五分前！　四号は外へ出て、自習室の前に整列、帽子はハットラック（帽子掛け）にかけておいたままでよろしい」

と命じた。

三

海軍では、夜六時半にカンと鐘を一つ鳴らす。これを一点鐘と呼ぶ。以下、三十分ごとに鐘が一つずつ増えて、十時には八点鐘、十二時には十二点鐘となる。午前零時半には、ふたたび一点鐘となる。

海軍はすべて「五分前の精神」というのを重んじるので、六時半自習開始の五分前には、生徒は自習室の各自の机の前に起立する。

「カン！」

と鐘が鳴ると、拡声器で、

「イヤデモカッカレー、マタ、ヤスマセル」

と同調音でなじみとなる課業始めのラッパが鳴る。四号はまず、一、二、三と三挙動で、椅子を手前に引き、腰をかけ、椅子を前に引きつける動作の練習を繰り返す。ひとわたりそれが終わったところで、伍長の氏原が、

「四号は、正面に整列、こちらを向いて並べ！」

と命じた。

四号はぞろぞろと前に出て、並んだ。十六名では一列に並び切れないので、はみ出した分

はコの字形に折れて並んだ。

「二号、三号、起立」

二号と三号は、自席で立った。彼らにはひそかな期待と惻隠《そくいん》の情があった。自分たちが四号として入校したとき、肝を冷やした姓名申告がいまからはじまるのである。兵学校における二号と三号の存在は、あまり特色がない。一号が乗艦実習などで不在になると、二号が代理として生徒館を切りまわす。四号が長期の校外実習に出かけると、三号が代理として雑業を引き受ける。しかし、平常の日課においては、二号と三号は無風状態のなかにあり、空気のような存在であることが多かった。二、三号のうち、四号のときにひどく痛めつけられたものは、姓名申告で新しい四号の脚がふるえることにひそかな興味を持ち、やや心優しき二、三号は、何も知らぬ四号が、閻魔の庁にひき出された亡者のように、鬼と化した一号生徒に苛《さいな》まれることに、いくらか同情を感じていたのである。

「四号よく聞け。貴様たちは、本日から第三十五分隊に編入された。お互いに名前を知ることが第一の要務である。いまから江田島名物の姓名申告をやって、貴様たちの娑婆気を抜いてやる。まず、一号から模範を示すから、よく聞け！」

つづいて、氏原は、

「第三十五分隊伍長、小銃係、彌山《みせん》係、氏原啓一！」

つぎは武田の番である。

「いいか、おれのは少し長いから、よく聞いておけ」

そう言ってから、武田は、大きく息を吸い、自分が充足しているのを感じた。二年八ヵ月前、自分が味わった衝撃を、いま、この何も知らぬ、娑婆から来たての少年たちに、経験させることができるのである。

「第三十五分隊伍長補、本校、柔道係主任、柔道係、相撲係、武田竜平！」

武田は、本校柔道係主任、というところに底力を入れ、バスでありながら凄味をもたせるように発声した。言い終わると、彼はコチコチになっている四号を見渡し、おしまいのへんにいる宮之原に眼をつけた。背は低いが胸の筋肉の発達している男だった。

「宮之原！　おれの申告を復誦してみろ」

武田の指令によって、宮之原は、声をはりあげた。

「第三十五分隊伍長補……」

すると、とたんに、武田の靴が床を踏み、床の鳴る音響とともに、

「わからん！」

という声が、自習室内を領した。号令演習で鍛えてあるので、力があり、壁に響く声であった。四号の大部分は衝撃を受けたらしく、動揺した。

——見ろ！　いま、この瞬間に、貴様たちの生徒館生活がはじまったのだ……。

武田は一種の恍惚感《こうこつ》につつまれ、自足していた。

動揺から己れをとりもどした宮之原は、発声をつづけた。

「第三十五分隊伍長補、本校、柔道主任……」

「わからん！」

と靴を踏み鳴らしたのは、武田のとなりにいる長池炳乎である。

「柔道主任の係が抜けておる」

「やりなおせ！」

一号の声が交々《こもごも》に飛んだ。

宮之原の復誦が繰り返された。

つぎは、長池が申告してみせる番であった。

「ようし、おれのもだいぶ長いから、よく聞いておけ！　酒保養浩館倶楽部《ようこうかんクラブ》係、短艇係、長池炳乎！」

彼は、いくらか京都訛《なまり》の残っているイントネーションで発声した。

「金坂！　いまのを復誦してみろ！」

伍長の氏原がそう命じた。

「はい。シオ、ヨーカン、クラブがかり」

「間違っとる！」

「全然違うぞ。塩、羊羹ではない」

「は、どない言うんですか」

「もう一度たずねてみろ」

「はい、長池さん」

「長池さんではない。長池生徒と呼べ」

「はい、長池生徒殿！」

「殿はいらん！」

「はい」

「はいもいらん」

「……長池生徒、もう一度教えて下さい」

「ようし、よく聞いておけ」

長池は申告を繰り返し、金坂は、ようやく酒保、養浩館なるものを理解した。

「しゅほ、ようこうかん、クラブがかり」

「声をふるえさせるな」

「たんていがかり、ながいけ、へこ！」

「ヘコではない」

「やりなおせ！」

「ながいけ、へ、……」

金坂はそこで息がつまった。

「おれの名前は、へではないぞ」

「ながいけ、へいこう」

「貴様、上級生徒を呼び捨てにするか」

「ながいけ、へこ、せいと」

「やりなおせ！」

武田が耳を澄ませてみると、騒音は他の部隊からも伝わって来ていた。——みんなやっているな——彼は心のなかでうなずき、充足している自分を感じた。

二号、三号が終わり、申告の番は四号に回った。まず、ずば抜けて大きい横永からである。

「樺太庁立、豊原中学校出身、横永助作！」

「わからん！」

「聞こえん！」

「体を前後に揺らせるな」

「貴様の名前は、スケサクか、ヌケサクか！」

怒声がおさまると、武田はおもむろに横永の前に立った。

「おい、横永。貴様は本邦最北端、樺太の荒々しい雪や氷や嵐に堪えて、こんなに育ったんだ。もっとでかい声を出せ。まず腹をへこませろ！」

武田は、横永のせり出した腹に、一撃をくわえると席へもどった。

つぎは、横永のつぎに背の高い佐森であった。武田は、この同県の後輩が、将校生徒らしく、堂々と申告してくれることを期待する反面、危惧を感じていた。そして、もし、女々しいふるまいがあったときは、容赦なく鍛えあげなければならん、と考えていた。

佐森は大きく息を吸うと、申告をはじめた。

「岐阜県立、大垣中学校出身！」

佐森の声には力がなく、たちまち一号の怒声によって吹き飛ばされた。

「聞こえん！」

「わからん！」

「女学生でも、もっと大きな声を出すぞ」

「ここは海軍兵学校だ。蚊の鳴き声の養成所ではないぞ」

叫びながら、武田がよく見ると、佐森は眼をつむっていた。

「眼をひらけ！　佐森！」

佐森はようやく、眼をひらいた。

「もっと大きくだ！」

佐森は眼を剝《む》き、丸くしてみせた。

「ようし！」

武田は、前へ進むと、佐森の前に立った。

「佐森！　貴様のお父さんは、海軍大尉だろう。お父さんから聞かなかったか。海軍では、波や風に負けないため、大きな声を出す必要があるのだ」

「父とはあまりいっしょに住んだことがありません」

「余計なことを言うな。おれが言っているのは、精神の問題だ」

武田は、佐森が鼻の頭に汗をかいているのを認めた。汗はこめかみから、おとがいの方にも筋をひいていた。冷たい汗であろうか。脚を見ると、膝頭がふるえていた。

「佐森、貴様は、ふるえているのか。もっと、度胸をすえろ！　貴様は海軍士官の息子なんだ。江田島を出たら、海で敵と戦うんだぞ。姓名申告ぐらいで、ふるえていてどうするか。元気を出して、もう一度やってみろ」

武田は、佐森の肩を叩き、押すようにすると、自分の席にもどった。申告が再開された。

「岐阜県立、大垣中学校出身、佐森勝一！」

「わからん！」

「聞こえん！」

「やりなおせ！」

一号の怒声が飛ぶと、佐森は、やはり眼をつむった。それが彼の恐怖の表現であった。

「佐森！　貴様は、今朝、バスに入るとき、前をかくしていたな。姓名申告も活気がない。勝一という名前が泣くぞ。気合を入れてやりなおせ」

そう言いながら武田は、この腑甲斐ない同県人に対して、同県のよしみは棚に上げて、徹底的に鍛えなければ、物にならんのではないか、と考えた。

――よし、おれはこの男が一人前の生徒になるまで、鍛え抜いてやるぞ……。

武田は、自分の肚のなかで、そう誓った。

怒号と罵声が渦巻くうちに、申告は沖縄出身の流連城与志喜の番に回ってきた。

「沖縄県立、那覇中学校、出身、ながれつれぐすく、よしき！」

「わからん！」

「ながれつれつとは何か」

「長いだけが能ではない、明確にやれ！」

声をはり上げるのは、武田のほかには、姓名申告のときに、いつも、ヘコとか、ヘイッなどと復誦される長池、それに自称ファシストの鮫島である。

番は、柔道の強い宮之原に回って来た。

「熊本県立、中学尚武館、みやんばる、しゅうさく！」

すると、一号は頭を傾げた。

「ミヤンバルではなかろう、ミヤノハラと言え」

「私の苗字は、先祖代々、みやんばるであります」

「口答えをするんじゃない。言われたとおりに、やりなおせ！」

「みやんばるが正しいのであります。名前を変えることはできません」

「貴様、一号がなおせと言っとるのに、わからんのか。ここをどこだと思っている？　いまから、おれが娑婆気を抜いてやるぞ！」

武田が席をはなれようとすると、

「待て、伍長補！」

と、伍長の氏原が低声で止めた。

「なんだ、指導官の殴るなというお達示か。おれはまだ、そんなものは聞いとらんぞ」

「そうではない。熊本には、田原坂と書いて、たばるざかと読ませるところがある。固有名詞は研究の余地があるんだ」

「そうか」

武田は、止むを得ず、握った右の拳《こぶし》をひらいた。

姓名申告の後には、三階の寝室で、服を着たり、毛布を畳んだりする起床動作の実習が繰り返され、四号は、巡検ラッパの音とともに、床に入った。しばらくするとすすり泣きの声が聞こえた。鮫島がそれを聞きとがめた。

「だれか、泣いているのは、姓名申告！」

「かねさか、よいちろう」

「金坂か、理由は問わん。泣くのはやめろ。将校生徒にふさわしくない」

「どうしても、泣くのなら、泣けないようにしてやるぞ」

武田がそう声をかけると、泣き声はおさまった。

しばらくすると、ものすごい音が室内の空気を揺がせはじめた。重爆撃機の爆音に似て、轟々《ごうごう》という響きをたてる。

「横永だな、こいつはほかの四号が悩まされるぞ」

氏原が武田にささやきかけた。

「いま、いびきをかいているのはだれか、姓名申告！」

と言ってみたが、返事はない。これは当然であろう。答えるものは轟音だけである。

するといま一つ、別の方向から鼾声《かんせい》が聞こえてきた。

「いま、いびきをかいているのは、だれか、近くの四号は申告!」

「みやんばる、いえ、みやのはらであります」

と、金坂らしい声で申告があった。

「柔道三段のいびきか、こんどの四号は、だいぶ豪傑がいるな」

「寝つきの早いやつがそろったな」

武田は氏原にそう答えながら、自分が四号だったころを回想していた。

武田が四号で入校したときは、広瀬中佐が勉強をしたといわれる赤煉瓦の旧生徒館、すなわち、第一生徒館であった。武田は大食の方である。急に麦飯にかわったので、腹具合がおかしくなり、昼の間は我慢していたが、夜、床に入り、巡検が終わると、無性にガスが出た。ほかにも同じ条件の四号がいたとみえて、二人は競争のようにして屁《へ》を放った。一号の一人が言った。

「いま、屁をひったものは、姓名申告!」

「武田竜平!」

「谷川熊蔵!」

「二人とも帽子をもって廊下へ出ろ!」

二人の四号は、帽子をもって廊下へ出て、並んだ。一号は言った。

「よく聞け。屁は生理現象ではあるが、精神力によって、これをコントロールすることは、不可能ではない。貴様たちのように、のべつに屁を垂れるのは、緊張がゆるんでいる証拠だ。いまからそのゆるんでいる箇所をひきしめてやる。脚をひらけ！　歯を喰いしばれ！」

つづいて二人は、二発ずつ殴られ、帽子が床の上に落ちた。

「いいか、今後、屁は厠《かわや》で垂れろ！　寝室で洩らすな。空気が濁って、衛生上よろしくない。わかったら、解散！」

そこで、二人は帽子をひろって、ベッドにもどった。

翌日の休憩時間、二人は語り合った。

「おい、屁をとめられるのは、かなわんな」

「うむ、屁をがまんすると、下腹のあちこちがぐうぐう鳴ってな」

「嫁の屁は五臓六腑を駆けめぐる、というが、四号の屁も同じだな」

「早く、七十一期が入って来んかな。一号になれば、自由に屁がひれるからな」

自由に放屁ができるということも、一号の特権である。海軍では威張れるポストが三つあるという。一に一号生徒、二にケプガン、三に艦長である。ケプガンとは、軍艦で青年将校が集まるガンルームの長の通称である。

――他の二つはまだ経験がないが、現在は、その一号生徒である。屁を自由にひるだけが一号の特権ではない。新入りの四号を、どのようにして早く一人前の将校生徒に鍛えあげるか。兵学校の生徒館は、すべてが三十六個分隊の競争なのだ……。

そう考えながら、武田は眠りに入った。

四

　軍隊は、戦争という非合理的な作業を遂行する集団であるから、その訓練にも多くの不合理がともなう。

　江田島の総員起こしは、夏は午前五時半で、冬は五時である。あたりはまだ闇である。南国ではあるが、海からの風が冷たい。しかし、四号の大半は四時半には眼をさましている。服を着たり、毛布を畳んだりの起床動作が、うまくゆくかどうか心配なのである。午前五時起床で、十五分のうちに衣服をつけ、毛布を畳み、洗面を行ない、冷水摩擦を終わり、練兵場前に整列、海軍体操がある。もっとも現在は短艇特別訓練期間中なので、三号以上は、午前七時の朝食まで、江田内《えたうち》（江田島の湾内）の海面でカッターの猛訓練がある。

　兵学校では、全裸に寝巻を着て寝る。しかし、朝の起床動作が心配で、早目に起きて下着をつけている四号がいる。伍長の氏原が注意をした。

「だれか、起きて下着を着ているのは！」

「金坂であります」

「いかん、起床動作はラッパのラストサウンド（最終音）で発動だ。もう一度裸になって、寝巻をつけろ」

　やがて起床ラッパが鳴った。

「新兵さんも古兵さんもみな起きろ……」

というメロディーは、陸軍も海軍も同じである。

寒さに強い武田は、毛布一枚で寝ているので、冬は起床動作が早い。白の作業服をつけ、毛布を畳みながら四号の方を見ると、一人だけ寝ている男がいる。

「終わった四号は姓名申告！」

伍長の氏原がそう怒鳴る。つづいて武田は、

「寝ている四号はだれか？」

と声を張り上げた。

「横永であります」

佐森がそう申告した。佐森は横永のつぎに背が高いので隣りのベッドである。武田が注目している岐阜県の出身で、色が黒かった。

「ようし、いま、そちらへゆく」

武田は、帽子を手にして、横永のベッドに近よった。昨夜の名残で、まだいびきをかいて眠っている。

「こいつは神経が太いな」

「弾丸《たま》が当たっても寝ているんじゃないか」

氏原と顔を見合わせた後、武田は、

「横永！　起きろ、ラッパが鳴ったぞ」

と揺り起こした。

横永は瞼《まぶた》をひらいた後、

「ああ、もう朝か」

と、けだるそうに言った。

「なにを言っとるか。ここは江田島だぞ。起床動作を忘れたか、急げ！」

武田の声に、我をとりもどした横永は、

「あいただ、こうらいけねえ……」

と東北弁のアクセントでいうと、あわてふためき、寝巻をぬいで作業服を着けはじめた。動作は緩慢であった。

——この男は、徹底的に修正しなければ駄目だな……。

武田は、一メートル八十五センチ、百五キロあるという横永の肉の塊《かたまり》に拳を打ち込んだときの感触を予想して、掌の皮に軽いしびれを感じた。

二月の終わりから三月にかけて、短艇競技と、宮島遠漕《えんそう》があるので、各分隊は競争で海岸のダビット（カッターを吊る支柱＝海岸に並んでいる）からカッターをおろし、江田内で橈《とう》漕《そう》訓練にかかる。「イーチ、ニィーッ！」という一号のかけ声が、暗い海面を這う。衝突を避けるため、各カッターはカンテラを携行している。このカンテラを用意するのは、三号の短艇係補佐付の役目であるが、やがて、四号の役目となる。暗い海面を動き回るカンテラの灯は、海岸で海軍体操を教わる四号には、美しい螢の火とも見えるが、そこに激しい苦行が待っていることを、彼らはまだ知らない。

十二月二日の自選作業時間に、一号生徒は教育参考館講堂に集合を命じられた。

第六十八期の期指導官は、航海科出身の大竹少佐である。鼻下に髭を貯《たくわ》え、熱血漢のタイプであった。二百八十八名の全員が集合すると、大竹少佐は、言った。

「本日、一号生徒に集合してもらったのは、ほかでもない。新入りの四号生徒を指導するときに鉄拳制裁を行なうな、ということである。言うまでもなく、兵学校の生徒館生活は、一号生徒の指導による自治が認められており、下級生を指導するための鉄拳修正も伝統となっておる。しかし、諸君ら六十八期が一号である間は、この方法を控えて欲しい。理由はとくにない。いまや、東に西に戦火は拡大し、諸君が戦場に立つ日も近いと思われる。言うまでもなく、本校の教育方針は、知育、体育、徳育である。本日は、とくに、この徳育を強調したい。殴らなければ、指導ができない、殴らなければ、ついて来ない、というような後輩を諸君は残してゆきたいか……」

ここで、大竹指導官は、鼻下の髭をハンカチで拭ったが、前の方にいた武田には明らかに泣いているように見えた。

なぜ指導官は、ハンカチで涙を拭うのか。伝え聞くところによると、この教官は六十八期が入校したときには、一号の六十五期生に、「筋金の太いクラスにするために、六十八期を徹底的に鍛えて欲しい」と要望したそうである。そのせいか、武田たち六十八期は、開校以来といわれるほど殴られた。そして、〝土方クラス〟といわれる荒っぽいクラスに成長したのである。そのような大竹指導官であれば、六十八期が一号になったとき、さらに開校以来といわれるほど、四号を殴るであろうことは、当然、予想しており、むしろ奨励するものと、武田たちは期待していたのである。

——指導官は、理由はとくにない、といったが、それは違う。理由がないのなら、泣いて一号を制する必要はないのだ。理由はある、しかし、それが言えないだけなのだ。

武田がそう考えている間に、大竹少佐はハンカチをおさめると、あらたまった調子で言った。

「いま、私は、殴る教育は、徳育ではない、と言った。しかし、ここで、とくに諸君に話しておく。何でも物事には例外がある。自分たちの弟である、四号生徒の教育に熱中するのあまり、思わず、拳が出るという不可抗力の事態もあると思う。じつは、本指導官は、それほどの止《や》むに止まれぬというほどの熱のこもった下級生指導を望んでいるのである」

それで、指導官の訓示は終わった。

参考館を出るとき、武田は鮫島といっしょになった。

「おい、やっぱり、大竹教官は話せるな。止むに止まれぬ情熱か。ようし、おれは、もういつだって、止むに止まれないぞ。思わず拳が出るんだ！」

「おい、そう昂奮するな鮫島、指導官の胸中を考えてみろ。苦しいところがあるんだぞ」

そのとき、後ろから、背中を叩いた男がいた。

「おい、元気か、武田……」

二分隊四号のときいっしょだった大淵であった。水泳が早く、カッターが得意であった。いまは十六分隊の伍長で、全校の短艇係主任である。

「おう、大淵か。貴様のところの一クルーは、早いそうだな」

「うむ、おれの分隊はバックを止めた。それから早くなったのだ」

バックというのは、毎夕、自習の休憩時間に、腰掛けの上に浅く尻をかけ、カッターを漕ぐのと同じ要領で、体を後ろに倒す運動である。これを百回以上繰り返すと、腹の皮が突っ張って、笑うのにも痛くなって来る。

「そうか、バックは止める方が合理的かも知れんな」

「それから、おれの十六分隊では、四号は殴らんことにした」

するとど、鮫島がわきから異論をはさんだ。

「おい、江田島の修正はな、一号の意志を四号につたえるもっとも早い方法なんだ。おれは、四号のとき、千二百殴られた。その分だけは、後輩に受け継がせておかんけりゃあならん。そうせんけりゃあ、何のために江田島に入ったかわからんではないか」

「おれも四号のときは千以上殴られた。しかし、殴られたために、反感を感じたときの方が多い。下級生を殴るのは、明治以来の蛮風だ。これからのネービーは、サイエンスとテクニックの時代だ。殴らんでも、話せばわかる」

そこで、武田が口をはさんだ。

「しかし、大淵！　われわれは実戦に出て、弾丸《たま》の当たるところで戦うんだ。強靱な精神を養わなければならん」

「精神教育ならば、兵学校の規定の教育で十分だ。頬を殴ったって、頬の筋肉が厚くなるだけに過ぎん。自分が殴られたから、その分だけ殴り返そうというのは、嫁のときいじめられたから、逆にいじめ返そうという姑《しゅうとめ》根性にすぎん。おれは、男性的ではないと思う」

そこで大淵は別れて、偶数分隊の自習室の方に向かった。

「大淵の奴、馬鹿に紳士ぶるようになりゃがったな」

鮫島は舌打ちをした。

武田は別のことを考えていた。バックを止めたら、カッターのタイムがよくなったということである。武田は中学生時代、柔道の選手だったので、さまざまな猛訓練に堪えたことがあるが、試合直前まで、猛訓練をつづけることが、かならずしも、好成績をあげる原因にはならぬということを経験したことがある。

自習室に帰ると、武田は、氏原に話した。

「おい、大淵の十六分隊はだいぶタイムがいいらしいぞ。バックを止めたら、ぐっとタイムがよくなったそうだ」

すると、横合いから、鮫島が言った。

「おい、バックを止めることはできんぞ。これは腹筋を鍛えるには絶好の運動なんだ。十六分隊の成績のよい原因は別にある。それはチームワークだ。大淵は四号のときから絶対にズべらぬ（サボらぬ）というまじめな男だ。あいつは人を心服させる徳を持っている」

──そうすると、三十五分隊の氏原は、人を心服させる徳を持ち合わせていない、というわけか……。

そう考えながら、武田が氏原の顔を見ると、氏原は静かな口調で言った。

「伍長補、おれはバックは止めない。そのかわり、一号に漕がせる」

「なに?」

気色ばんだのは、鮫島であった。

「おい、伍長、一号になったら、艇指揮や艇長を勤めて、二号以下が漕ぐというのが江田島の伝統だぞ。貴様、広瀬中佐以来の伝統を破ろうというのか」

「広瀬中佐時代のことは知らない。しかし一号が漕いではいけないとは広瀬中佐も言われないだろう。軍隊の目標は戦闘にあり、だ。さしあたっての目標は、二月末の短艇競技と、三月はじめの宮島遠漕だ。勝つためには全力を投入する。いま、これをつくっていたところだ」

氏原は、カッターの図を描いたクルーの配置表を見せた。

「鮫島は、第一クルーの整調を漕いでもらう。武田と中島は、中《なか》オールだ。おれも、第一クルーの整調を漕ぐ。あとの四人は、一クルーと二クルーの艇長と艇指揮をやってもらう」

氏原は、冷静な調子で言った。

「ふーむ、バックはやめる。一号は漕ぐ。四号は殴るな。こいつは、だいぶ、江田島の伝統に影響するな」

配置表を見ながら、鮫島はうなった。

五

その夜、自習時間が終わってから、三十五分隊の一号は、十六名の四号を大講堂裏の八方園神社に引率した。武田と鮫島が鉄拳による修正を主張し、氏原を説き伏せたのである。鮫島は、「こんどの四号は六百名で、かなり質が低下している。たとえ懲罰になっても、おれは江田島の伝統を守る」と主張したのであった。

八方園は森が深く、昼でも暗いが、夜は一層、森閑として無気味である。何も知らぬ四号を連れて、坂を登りながら、武田は女を犯すときのように、陰惨なものを感じた。女を知らないにもかかわらず、その感覚は鮮明であった。

四号を整列させると、武田が口を切った。

「貴様たちは昨日、光栄ある海軍将校生徒に任命された。入校以来二日目とは言いながら、軍人精神のなんたるかは、校長閣下のご訓示によって、十分自覚できたはず。しかるに、本朝の起床動作をみると、起床ラッパが鳴っても起きない奴がおる。その豪胆はほめるに値するかも知れぬが、それでは一朝有事の際、国家のお役にはたたぬ。いまから江田島精神の何たるかを叩きこんでやる。脚をひらけ！　歯を喰いしばれ！」

するると、鮫島がつづいて言った。

「おれは何も文句は言わん。要するに、徹底的に修正をくわえるのみだ」

四号は黙って聞いていた。一号の声は、闇をゆすり、樹樹の葉末を渡った。彼らは処刑を待つ囚人に、自分たちをなぞらえていたのであろうか。

武田はまず、横永の前に立った。前に立つと、余計に大きく見えた。二十三センチの身長差は、彼をして仰がしめるに十分であった。武田は、体を右へ大きくねじり、反動をつけると、腕をほぼ四五度の上方に向けて回転させ、横永の頰に拳を打ちこませた。手ごたえは確かであった。二年八ヵ月蓄積してきた、エネルギーの放電が、そこで行なわれた。大きくよろめくと、横永は叫んだ。

「いただ！　おーただ……」

「何を言っとるか。痛いのは緊張が足りない証拠だ」

武田はつづいて左拳を打ちこんだ。横永はもう何も言わなかった。暗くてよくはわからないが、眼を丸くしているようだった。北のさい果て、樺太では、海軍の先輩もいないので、入校早々殴られるとは予知していなかったのであろう。

武田につづいて、鮫島もとび上がるようにして、横永を殴った。

「どうだ。眼がさめたか。明日からは、ラッパと同時に起きられるか」

「はい、起きます」

「ようし、だいぶ緊張してきたな」

武田は佐森に修正を加えた。こちらはさらにもろく、一撃でよろめき、膝をつき、さらに地上に倒れた。

「どうした。だらしないぞ。それでも海軍大尉の息子か！　両脚をもっとひらいて、踏ん張っておれ」

武田は、同県の後輩に腑甲斐なさを感じた。私情は禁物である、と考えた。第二撃目を佐森は辛うじて踏みこたえた。

むずかしい名前の流連城《ながれつれぐすく》が、膝をついた後、武田は、柔道三段の宮之原と向かい合った。胸の筋肉が発達しており、第一種軍装の胸部が盛り上がっていた。脚の踏んばり、腰の座りもよいようであった。最初の修正の場合、先に殴られる四号は狼狽するが、途中になると、倒れる醜態をさらさぬよう、ある程度の心構えができるのが普通である。

武田は、猪に銃弾を撃ち込む猟師のように、強烈な一撃を宮之原の左頬に叩き込んだ。宮之原は動揺しながらも、それをこらえた。そこには、彼の意地がかかっているように思えた。

――柔道三段という肩書きは、辛《つら》いものかも知れぬ。

かすかに、そのような考えが、武田の頭の隅をかすめた。第二撃も、宮之原は、しっかりとうけとめた。強烈に仕掛けたはね腰を、二枚腰でこたえたという感じであった。

「ようし、宮之原の受け方はよいぞ」

武田が修正を終わり、つづいて鮫島が十六名を殴り終わった。武田は、ある誘惑をこらえることができなかった。

「ただいまの修正を見ると、どいつもこいつもだらしがない。このようなことで、砲煙弾雨のなかで御奉公ができると思うか。ふらつかなかったのは、宮之原一人だ。いまから宮之原に模範を示させる。宮之原、出て来い」

武田は、一歩前進した宮之原の前に立つと、相手の顔を見すえた。闇のなかでも、その体に精気が満ちているのがわかった。こちらにも、それに圧倒されないだけの気魄が必要であった。呼吸を整え、気力の充実を見計らって、武田は、一撃、つづいて二撃を宮之原の頰にくわえた。全力が籠められていたが、宮之原は揺るがなかった。

「ようし、貴様の受け方はみごとだ」

拳をおさめた後、宮之原が自分の位置へもどるのを見ながら、武田は敗北を感じていた。彼が四号のとき、殴られ方がよいという理由で、彼を余分に殴った一号がいた。その一号は殴った後でどう感じたのか、聞いてみたい気がした。上級生が一方的に拳をふるうにもかかわらず、殴るのも、一種の勝負であった。殴った方が勝っているとは決して言えないのである。

翌朝、武田は両の掌《てのひら》が腫《は》れているのを発見した。赤くむくんで、かゆいのである。朝食のとき、氏原にみせると、

「しもやけだな」

と言った。

「おい、おれは満州生まれだぞ。四号のときから、しもやけなどにかかったことはないん

だ」

「大勢殴れば、掌が充血する。今年の四号は、数が多いからな」

おれが制するのに、押し切って修正などするからだというような口ぶりであった。そういえば、昔ある一号が、百人つづけて殴ったら、手が腫れて満足に敬礼ができなくなったという話を聞いたことがある。

朝食後、鮫島に聞いてみると、

「おれはしもやけにはならんが、右の中指の骨がゆがんだことあるぞ。字が書きにくい。あの宮之原の奴は、堅い頬骨をばしとるのう」

と、左掌で、右掌の指をなでていた。

その日の夕方、かゆみがひどくなったので、武田は、洗面所に備えつけてある油薬を塗りに行った。ワセリンのような油薬の缶が並んでいる。まわりにたかって薬を塗っているのは、三号と四号が多かった。この年はとくに寒さがきびしかったのである。あとから来た金坂が、ついと分けて入ると、指先で缶を手元に引きよせ、塗りはじめた。それを見ると、武田は四号にまじって薬を塗る気がしなくなった。

武田の手が腫れ、鮫島の指の骨にヒビが入ったことは、三十五分隊の四号にとって幸運なことであった。氏原と長池が殴ったが、武田のほどはこたえないようであった。さらに七十一期生徒にとって幸運なことは、十二月二十一日から、三号以上が冬休暇に入ったことである。この日から二週間、少数の教官が残るほか、生徒館は四号生徒に独占されてしまったのである。

　休暇に出発する日、伍長は、四号に対し、

「一号がいないからといってたるむな。起床動作は二分三十秒を切ること。カッターを十分修練すること。合調音語（モールス符号）をマスターし、全員一分間四十五字を切ること。以上を目標として、お互いに切磋《せつさ》琢磨《たくま》せい」

　と訓示したが、生徒館を去る上級生を見送る四号のまなざしは、三号生徒以上がいなくなるため、一抹の寂寥《せきりょう》をふくみながらも、解放感にあふれていたことは事実である。

六

　一月五日、一、二、三号は休暇を終わり、江田島に帰校した。昼食後、午後一時からは大掃除がある。武田は寝室掃除の号令官であった。掃除がはじまる前に、武田は四号を整列させた。

「おい、横永、休暇中はたるまずに、カッターの訓練をやっていただろうな」

「はい、毎日、早朝と午後と教員（教官を補助する下士官）の指導で漕いでおりました」

　すると、列の中ほどで、くすりと笑った者がいた。

「金坂、何がおかしいか？」

「はい、横永は脚が長すぎて、櫂《かい》が膝に当たって、うまく漕げないのであります。それから、櫂を二本折りました」

「わかった。しかし、つまらんことで笑うんじゃない」

そう言いながら、武田もおかしかった。

「みな、掌を見せてみろ！」

武田は四号の掌を点検した。みなそれぞれに肉刺《まめ》ができていた。柔道の強い宮之原の肉刺は、特別大きく、形が複雑であった。

「宮之原、貴様、カッターだけで、こんなにマメができたのか？」

「は、余暇に鉄拳をやっておりました」

「よろしい！」

つぎに、武田は、佐森の前に立った。

「佐森、貴様はマメがほとんどないが、どうしたんだ」

「はい、腹痛で入室しておりましたので、訓練にはあまり出られなかったのであります」

「緊張が足らんぞ。正月の餅を食いすぎたのではないか。将校生徒たるの自覚をもて！」

武田はやはり、この同県の後輩に不満を感じた。

そこで、武田は大掃除にかかるべく、

「ベッド運べ！」

と命じた。

その晩、自習時間がはじまると間もなく、氏原が四号に整列をかけた。

「本日、四号のチェスト（衣服箱）を点検したるところ、菓子の袋が発見された。また、休暇中、貴様たちを指導した教官、教員の話によると、貴様たちのなかには、朝の訓練時間に、風邪と称して、寝たまま起きて来なかった者が多数いたと聞いている。一号がいない間に、酒保から菓子を持ち込んで、寝室で食っていた者は手をあげい！」

するど、宮之原が、真っ先に手をあげた。つづいて、流連城が手をあげ、横永がゆっくり手をあげた。

氏原は言った。

「貴様たちは、いつからこの生徒館にウソをつく風習を持ち込んだのか。俺は情けない。金坂！　佐森！　貴様たちのチェストからも、ヨーカンの皮が発見されておるぞ！」

金坂はあわてて、手をあげた。佐森も手をあげたが、元気に乏しかった。

「いいか、よく聞いておけ。こういうときには、自分にはそのような事実がなくとも、全員手をあげるのだ。自分だけ助かろうと思うな。そういう違反者を出したことは、三十五分隊四号全員の責任だ。俺は心から悲しいぞ」

四号は、そのお達示の間に全員が手をあげていた。

「ようし、手をおろせ。いまから本伍長が、貴様たちの連帯感を強めるために、全身全霊をこめて修正を行なう。脚をひらけ、歯を喰いしばれ！」

氏原はかなり昂奮した調子で、四号を殴って歩いた。

「ようし、それを聞いて、おれも肚が立ってきた。修正は猛烈果敢に行なうぞ」

武田が、氏原につづいた。横永につづいて、佐森の前に立ったとき、彼は、その瞳が力を失っているのに気づいた。

——この男の瞳は空虚だ。内容がない。では、内容を叩きこんでやらねばならぬ……。

武田は、自分が四号のとき、休暇を終わって帰ると何度も殴られたことを思い出しながら、念入りに佐森の頬に拳を叩きこんだ。佐森は一度倒れてから立ち上がったが、その瞳には、恐怖と当惑しか認められなかった。武田は、佐森をきびしく修正する必要を感じていた。腹をこわして病室に入り、短艇訓練をさぼっておきながら、生徒館にもどると、一号がいないのを幸い、寝室で菓子を食うなどは、もってのほかの振舞いである。その上、うそをついて、金坂とともに制裁をまぬがれようとしたことは許せない。ただし、徹底的に殴るのはよいが、武田は一つのことに注意しなければならなかった。最初に八方園で四号を殴った後で、ひどいしもやけを患ったことがあったのである。

武田は、休暇中に、掌がしもやけにならないように、殴り方に工夫をくわえていた。はじめから全速で拳をふるうと、充血がはなはだしい。そこで、はじめはゆるく、最後の衝撃時に急激に加速し、手首を内側に曲げるようにして拳を相手の頬骨の下に喰い込ませるのである。これは有効であった。戛然《かつ》！　と佐森の頬が響きを発すると、佐森は大きくよろめき、こらえ切れずに膝をついた。

「立て！　佐森。まだ終わってはおらんぞ」

立ち上がった佐森は、三撃目を恐れて、顔をそむけるようにした。武田の拳は、鼻先をかすめた。

「よけるんじゃない！　貴様、まだ殴られ方がわからんのか」

武田が、強烈な一撃を追加したとき、佐森の右の鼻孔から赤黒い血が太い糸を引きはじめた。

「佐森！　ハンカチを出して、血をふけ」

そう命令すると、武田は金坂、流連城らを終わり宮之原の前に立った。相変わらず、不敵な面構《つら》えを見せていた。武田は上体を半回転させ、大きくドライブをかけた後、手首を曲げる方法で、宮之原の頬に拳を衝突させた。いつもとは響きが違うようであった。さすがの宮之原も、唇をひきしめ、顔をしかめるようにした。

「眼をつむるんじゃない！　宮之原《みやんばる》！」

効果を確かめながら、武田はさらに第二撃を宮之原にくわえた。頬の内側が切れて、出血したらしく、宮之原は、唇をもごつかせていた。

その日の夜のことである。全員が就寝して間もなく、異様な悲鳴が寝室を襲った。屠殺場で殺される豚の悲鳴に似ていた。つづいて、大きな落下音が聞こえた。

「だれか、ベッドから落ちたのは？」

氏原の声に、

「横永であります」

と佐森が答えた。

氏原と武田は、横永のベッドに急行した。

横永はベッドの横に座ったまま喘《あえ》いでおり、手にタオルを持っていた。

「立て、横永。それは何だ」

武田が手にとってみると、タオルはじっとりと水をふくみ、冷たかった。

「伍長補、おらは、いいえ、わたぐすは、死ぬところでありました」

「だれだ？　横永の顔の上に濡れ手拭をのせたのは！」

すると、

「金坂与一郎！」

「佐森勝一！」

と申告があった。主犯はまたしてもこの二人らしい。

つづいて、

「流連城与志喜」

「太田久」

「杉山六郎」

と姓名申告がつづいた。

最後に、

「みやんばる、しゅうさあく！」

ととくべつ大声で申告があった。

寝つきのよい彼は、いまやっと眼がさめたらしかった。

二号と三号は全員眼がさめて、もぞもぞと毛布のなかで、動いていた。

「ようし、全員が責任を感じて申告したのはよろしい」

氏原がそういうと、横永があわてて、

「よこながあ、すけさあく！」

と申告した。

「よろしい、貴様にも責任があるぞ。あまりでかいいびきをかくからだ」

「四号全員、帽子を持って廊下へ出ろ！」

ぞろぞろと四号が廊下へ出て並ぶと、氏原が、お達示を開始した。

「いいか、貴様たちの体は、国家のため、御奉公に捧げた体である。事故により、一命を落としたら、何としてお上《かみ》に申し訳をするか」

氏原が殴りはじめると、

「おれもその事実を聞いて憤慨した。文句はいわん。よくかみしめろ！」

と、小柄な鮫島が、とび上がるようにして横永を殴った。横永は、けげんそうな顔をしていた。濡れ手拭をかぶされて、窒息しかかったのは彼であるが、それが殴られるときは同列なのである。

珍しく、一号の新山が前に出た。

「おれは四号は殴らん方針でいた。しかし、眠っている者に、濡れ手拭をかぶせるという陰性なやり方はゆるせない。今度から、いびきが邪魔になったら、こういうふうに、殴れ」

そう言うと、彼も殴って歩いた。

翌日から、厳冬特別短艇訓練は本格的に開始された。起床は午前五時、暗夜の江田内海岸にカンテラの灯が交錯した。武田は四号を集めた第二クルーの艇指揮を勤め、沖に繋留してある潜水艦を一周した。休暇中、毎日三時間漕いだだけあって、以前よりは伎倆があがっていた。

武田は、競技に使えそうな四号を物色した。やはり、宮之原がよかった。小柄であるが、第二クルーの中《なか》オールなら勤まるし、二月末まで、みっちり仕込めば、整調の十二番も勤まりそうであった。漁師の息子だという流連城も水になれていた。ただし、南国育ちなので、掌の甲がしもやけでかなり腫れていた。いちばん力があるのは、横永であった。櫂を前に突き出すとき、曲げた膝頭が邪魔になるのであるが、水中に入った水搔きは、力強く、海水をすくい、櫂の中心部は、小気味よくしなって、曲線を示した。この男は、相撲競技で活躍をしそうだ、と武田は考えた。

頑張りのきかないのは、佐森と金坂であった。佐森は櫂を引きながら、後ろに寝るという要領が、どうしても呑みこめなかった。上体を直立させたままで手だけで引くので、櫂の動く幅が少ない。他のクルーとペースが合わなくなる。しばしば、他の櫂とぶつかって、自分の櫂を流すことがあった。櫂を流すというのは、海面に落とすことではなく、櫂の水搔きの部分を海水にとられて、櫂が櫂座に固定される状態をいう。カッターは進行しているので、水掻きに圧力がかかり、櫂を櫂座から脱せしめることがむずかしいのである。佐森が何度も櫂を流すので、武田はいらだって訊《き》いた。

「佐森！　貴様は中学時代、何の運動をやっていたのか」

「はい、ピンポンをやっていました」

「ピンポンか……」

武田は憮然とした。柔道に精進した彼にとって、ピンポンは婦女子の遊戯に過ぎなかったのである。

その日の自選作業終了後、浴室で、武田は一分隊伍長の東山といっしょになった。十六分隊伍長の大淵も湯のなかを近よって来た。三人は、四号のとき赤煉瓦の二分隊で、いっしょに殴られた仲であった。

「おい、東山、貴様のところはやりにくいだろう。殿下が四号ではな」

武田は東山にたずねた。東山は、東京の中学校で給仕を勤め、夜間部で勉強して、二番で兵学校に合格し、二年生からは首席を通していた。

「うむ、最初は全員殴らんつもりでいたんだ。ところが、ほかの分隊がポカポカやるんで、うちもやり出した。殿下は列外にしてな。そしたら、殿下は気に入らないんだな。伍長！　私も殴って下さい。私は兵学校教育を受けに来たのであります。特別扱いでは、立派なオフイサーになれません。とこう来たんだ。だから、いまは平等にやっている。じいやには悪いと思ったけどな。バレてとがめられたら、退校は覚悟の上だ」

それを聞いて武田は、いい話だと思った。今夜、四号を絞めあげる、よい教育材料ができたのである。武田の頭のなかには、お達示の文句が流れるように浮かんでいた。

――四号よく聞け！　第一分隊では、かしこくも、久邇宮殿下が、率先して、修正をうけられ、生徒館生活に邁進《まいしん》しておられる。しかるに、貴様たちの態度は何か。たるみ切っておるではないか。殿下のいさぎよい態度に、恥ずかしいと思え……。

武田は、石鹸を体に塗りつけながらも、その文句の工夫を考えていた。

翌日から、第三十五分隊は、一号四名を中オールに投入して、二号四名、三号三名、四号一名の計十二名の編成で、第一クルーの猛訓練を開始した。短距離競技は、湾内で行なわれる、千メートル往復の二千メートルである。参考タイムを聞くと、一位が十六分隊、二位が一分隊、三位が三十五分隊であった。

「ようし、まず、第一分隊を抜くぞ」

武田は、分隊全員に檄《げき》をとばすと、自分も橈漕術を研鑽した。櫂を後ろに引くとき、腕だけで引かずに体重をかけて、ぶら下がれ、そして、水掻きがまだ水中にあるとき、握り手にぶら下がるようにして体を起こせ……。四号のとき、よく教員にそう教わったのであるが、それが一号になって、ようやく会得されるようになった。氏原の決断で、一号も漕ぐことにしてよかった、と彼は思った。従来どおり、一号が艇尾座で我鳴《がな》るだけでは、この会得の境地は、体験されまい、と思われた。

二月二十五日、短艇短距離競技が江田内の海面で挙行された。午前中、三十六個分隊で予選を行ない、午後二時から勝ち残った八隻で決勝戦が行なわれた。早いクルーは、二千メートルを九分足らずで漕ぐ。秒速約三・八メートルである。武田は第一クルーの中オールで、左舷の六番で出場した。右舷の五番は四号からただ一人、第一クルーに入った頑張り屋の宮之原である。

八隻は、スタートの位置についた。三十五分隊の左どなりは、最強といわれる十六分隊である。驚いたことに、第十六カッターの中オールで、五番の艇座についているのは、大淵である。

「おい、大淵、貴様、おれんとこのやり方をぬすんだな」

「いんにゃ、一分隊を見てみろ！」

十六カッターの向こうの第一カッターの艇長席には、伍長の東山の姿が見えない。小柄な東山は、整調の十二番を漕いでいた。

「おい、大淵、貴様のところは、八分半を切ったんだってな」

「ああ、今日の勝負は、回頭点だな」

ホイッスルが鳴り、八隻は、はるか前方の浮標《ブイ》に立てられている赤旗をめがけてスタートした。武田は、大淵と顔を見あわせながら漕ぐ形となった。大淵は努力家であり、四号のとき一クルーに入ったほどの伎倆を持っていたが、カッターの世話をよくやった。風が強くなると、ダビットのカッターにライフライン（命綱）をかけ、冬は手を海水にさらしながら、カッターの水洗いを励行した。

「おれは一号になったら、全校の短艇係主任になるんだ」

その念願どおり、彼はいま、全校の短艇係主任であった。大淵の橈漕ぶりはみごとであった。体操も水泳もうまいので、武田ほど腹筋の力はなくとも、技術でそれをカバーしていた。武田は、全力をあげて漕ぎながら、艇が右に頭をふるのを感じていた。第三十五カッターは武田のいる左舷が強いので、右に艇首が回る。それを艇長があて舵でカバーする。したがって、漕力のロスがあるわけである。その点、十六カッターは、両舷の力が平均しているようである。大淵の科学的訓練法によるものらしい。

回頭点のブイで、三十五カッターは、十六カッターに半艇身差をつけられていた。さらに半艇身遅れて、東山の第一カッターが追随していた。帰路に入って、各艇は、いっそう力を入れた。三十五カッターは、艇指揮の長池炳平と、艇長の新山が声をからしたが、十六カッターとの差は一艇身にひらいた。いつの間にか漕ぐ舷が反対側になったので、大淵の姿は見えなくなり、間もなく、十六カッターそのものが視野から去った。

ピストルが鳴り、十六カッターがゴールインした。三十五カッターは四秒遅れた。大淵は、短艇係主任にふさわしく、優勝クルーの分隊伍長として教頭から優勝旗を授与された。

教頭の阿部少将は、つぎのように訓示した。

「第十六分隊ノ奮闘ハ見事ナリ。今次ノ短艇競技ノ訓練ブリヲ見ルニ、バック運動ニヨル徒《いたず》ラナル精力ノ消耗ヲ避ケ、且ツ、艦員ニハ最モ演練度ノ高キ四学年生徒ヲ投入シテ、実力ノ向上ヲ計レリ、ソノ科学的ナル修練法ハ、以テ範トスルニ充分ナルモノト認ム」

短艇競技が終わって三日ほどたったある日、第三十五分隊に面会の客があった。佐森勝一の父である佐森特務大尉であった。彼は、面接室で、佐森と面会した後、三十五分隊の自習室を訪れた。佐森大尉は呉《くれ》鎮守所属の掃海艇の艇付で、瀬戸内海で訓練をつづけていた。自選作業時間で、氏原と武田は、佐森特務大尉とともに海岸へ出た。

「じつは、倅《せがれ》から、兵学校の訓練がきついので、やめたいという手紙が来ましたのでなあ……。いま、面会室で、きびしくたしなめておいたところです。なにしろ、海軍兵学校の教育は、天下に冠たる教育ですからな。きびしいが立派な人間をつくるところです。ただ、倅はかならずしも、海軍士官に向いているとはいえませんので、とくに、その点をふくんでもらって、念を入れて教育してもらいたいのです。決して、手心をくわえてくれなどとは申しませんから……」

佐森大尉はそう言うと、感慨にふけるように、海面を眺めた。

「あの子は、絵や音楽が好きで、画家になりたいとか、小説を勉強したいとか、希望しておりましたが、私はなんとかして立派な士官に仕上げたいと念願しましてな。なにしろ、特務士官というものは、三十五歳で兵曹長、五十歳でやっと大尉、しかも、艦長や司令官には永久に縁がありませんでな。私はあの勝一を、連合艦隊司令長官にはなれんでも、せめて巡洋艦の艦長ぐらいは勤まるように、出世してもらいたいと思いましてな」

佐森大尉は、そこで、武田の方を向くと、

「とくに、武田生徒、あなたは同じ岐阜県の出身じゃで、一つ、あれに目をかけて、立派な士官になれるよう、指導をお願いしたいですな」

と言った。

「はあ、どうも少し、意志が弱いと思います。それに、体の調子もよくないようで……。しかし、私たち一号が鍛えあげて、つぎの四号が入って来るまでには、一人前の将校生徒にならせてみせます」

武田はそう約束した。

三月五日、宮島遠漕競技が行なわれた。表桟橋から、宮島の大鳥居まで、二十三キロの長距離競技である。ダブルといって、一つの艇座に二人の漕手がつく。十二の艇座に二十四人がつくのである。一クルーと二クルーのミックスになり、中オールの武田のとなりには、一メートル八十五センチの横永が入ることになった。武田が内側で、横永は外側である。胸囲一メートル五センチの武田のとなりに、百五キロの横永が来たので、艇座は急に狭くなった。反対側の五番には、やはり宮之原が入っていた。四号の二人はよく力漕した。横永は耐久力があり、最後には、「うんだらば、うんだせや」と叫びながら、完漕した。どういう意味かは、武田にはわからなかった。成績は、十六分隊についで、二位であった。

短艇競技が終わると、生徒館では、柔剣道の武道競技、射撃競技、通信競技などの準備にかかる。武道訓練のとき、武田ははじめて宮之原と組んでみた。運動神経のよい柔道であった。武田が、内股と寝技《ねわざ》を得意とするのに対し、宮之原は背負い投げと、出足払いが得意であった。とくに、相手の脚の動きをよく見て、追い込み気味にかけて来る小外刈りが武田にはよく利《き》いた。十五分けいこをして、宮之原から一本を取ることはむずかしかった。宮之原は寝技を練習したがっていた。こちらは武田に一日の長があったが、バネのよい宮之原は、関節技や絞め技なども会得が早かった。むしろ、武田がもてあましたのは横永であった。豊原中学相撲部のキャプテンであった彼は、力がおそろしく強い。脚が長いので、武田の内股でも、なかなかもち上がらないのである。その点、宮之原の方が、横永を料理することがうまかった。背負い投げで、ねじ倒すように投げると、後ろに回り武田が教えた絞め技を用いた。宮之原の腕が、横永の太い首に喰いこみ、横永は眼を釣り上げて、落ちる（気絶する）こともあった。

四月から、一号は陸戦教育の一環として、毎日曜日、馬術訓練がはじまった。機動艇に分乗して広島市の宇品《うじな》に上陸、比治山《ひじやま》公園に近い陸軍の騎兵連隊で、馬術を習う。陸軍の騎兵軍曹は意地が悪い。馬は生徒のいうことよりも、軍曹のいうことをよく聞く。

「並み足、前へーっ！」

軍曹がこう命ずると、馬は一列に並んで、ぽくぽくと練兵場を歩きだす。生徒は、閲兵でもしているようで、馬上豊かなよい気分である。

「速駆《はやが》けえーっ！」

突然、こう号令がかかると、馬は電流を通じられたように全速疾走にかかる。生徒は落とされまいとして、馬の首にしがみつく。このとき不運だったのは、鮫島であった。脚の短い彼は、馬の首にしがみつくと同時に、靴のかかとについている拍車で、馬の腹を蹴り上げたのである。馬は驚いて飛ぶように跳躍し、馬場の仕切りになっている堤をとびこえ、境の堀を越えて、街路の方向に姿を消した。

「またやったか。どうも、海軍の見習士官は程度が悪い。馬が蹄《ひづめ》を痛めんけりゃあええが……」

騎兵軍曹は、生徒よりも馬の健康を心配して、眉をしかめていた。

二十分ほどすると、馬がぽくぽくと速足で帰って来た。訓練を終わって、馬の脚を洗っていると、鮫島が憲兵隊の車に乗せられて帰って来た。汽車の踏切で馬が急停止したので、彼はころげ落ちて、腰を打った。憲兵隊では、白昼、街路を馬で疾走する者がいるので、狂人か脱走兵ではないかと一応逮捕したのであるが、生徒と判明して、送り返したものである。

「もうだいたい、速駆けの要領はわかった。それに障害物飛越の要領もな。あのどてをとびこすときには、体がふわっと浮いて、オリンピックの選手のごとあったぞ」

鮫島は腰の痛みをこらえながら、そう感想を述べることを忘れなかった。

馬術訓練の醍醐味は、そのあとの自由散歩にある。午後四時の宇品港集合まで、町を歩いて、娑婆気を満喫する。広島市出身のクラスメートの家に押しかけて、母親や妹のサービスで、ぼた餅やちらし寿司にありつく。ただし、市街で飲食するときは、デパートの食堂もしくは、一流のレストラン以外は駄目で、むろん、酒も禁じられている。

武田は、広島高等師範の寮を訪れた。岐阜県本巣中学校の同級生で、野村、本多、高橋という三人が在学中であった。武田と一番を争った野村は、

「おい、うまいシナソバ屋があるから食いに行こう」

と言った。しかし、そのうす汚い料理店は、一流ではないようであった。武田は将校生徒の品位のために、そのシナソバを断念した。一年浪人してはいった高橋は、中学生時代は軟派の方であった。寝巻の上にレーンコートをひっかけた長髪の高橋は、

「うまいもんも、ロクに食べられへんのか。海兵なんて、不便なとこやなあ」

と言いながら、電信柱に向かって、立ち小便をした。

——娑婆の人間にはわからん……。

そう考えながら、武田は、彼らの自由な境遇がうらやましいような気がした。

七

六月はじめから、江田島名物の水泳訓練がはじまった。朝三十分、午後二時間はたっぷり鍛えられる。最大の被害者は、赤帽の四号である。三十五分隊では、樺太出身の横永、岐阜県出身の佐森、大阪出身の金坂が、この泳げない赤帽組であった。水泳訓練で、もっとも才能を発揮したのは、沖縄の漁師の息子だという流連城であった。那覇中学の水泳の選手であったというだけに、みごとなクロールをみせ、

「あいつは、名前は舌がもつれるような名前だが、水に入ったらスマートな奴だ」と氏原を感嘆せしめた。

四号のとき赤帽であった武田は、猛訓練の結果、黒線二本の一級になっていた。

三人の赤帽は、水をこわがって、なかなか上達しなかった。武田は、自分が四号のときにやらされた訓練法を水泳係の新山に提案した。

「おい、新山、赤帽の四号は水をこわがっている。度胸をつけるため、十メートルからとばせたらどうだ」

武田は十メートルからとんで、腹を打ったときの痛さを想いうかべながら、そう言った。

「いや、十メートルは無理だ。失神して事故が起きてはいかん。七メートルにしよう」

氏原が、横から口をはさんだ。

結局、三人の赤帽は、沖のポンツーン（浮き桟橋）に設置してある七メートルの跳び込み台まで、通船（櫓船）で運ばれることになった。三人の四号は沈鬱な表情で、流れてゆく海水を眺めていた。彼らは水がこわいのであった。武田は、七メートルからとんで、腹を打てば、自暴自棄的になり、泳ぎは急速に上達するものと考えていた。少なくとも、彼は、自分が十メートルの跳び込み台の上に立ったとき、このような恐怖と屈辱を味わうなら、どのような苦難にも堪えて、上達したいと願ったものであった。

ポンツーンに上がると、最初に横永が七メートルの台の上に登った。二メートル近い彼の身長をくわえると、水面から彼の眼の高さまでは、九メートルに近い。

「下を見るんじゃないぞ」

あとから登った武田は、そう声をかけ、

「とべ！」

と命じた。

横永はなかなか踏み切らなかった。

「相撲の元気はどうした！」

武田が背中を叩くと、

「おーさ！」

絶望的な響きを残して、横永は踏み切った。七メートルの跳び込み台が大きく震動した。横永は、計画的に腹から落下して、大きな水しぶきを上げた。河馬の水浴びに似ていた。浮き上がった彼は、泣いたような顔をしていた。顔をしかめながら、水をふき上げ、犬掻きで、横永はポンツーンを目ざした。

つぎは、佐森であった。この男もなかなかとぼうとしなかった。ポンツーンは大きく揺れており、佐森の脚は震えていた。武田は、同郷の後輩に、恥ずべき振舞いをしてもらいたくなかった。

「佐森！　とべ。男だぞ！」

武田は、佐森の背中を強く押した。悲鳴に似た声をあげながら、佐森の長い体が落下した。もがいたため、彼は脇腹から海面に落ちた。彼はしばらく浮き上がらなかった。間もなく、彼の姿が見えたとき、ポンツーンから声があがった。佐森は、死者のようにうつ伏せになって浮上したのである。下にいた氏原と新山がとびこんで、溺者救助の要領で、佐森をポンツーンに運んだ。台の上からとびこんだ武田もそれにつづいた。

佐森は気絶しており、眼を剝《む》いていた。佐森は通船で、軍医官のいる救護本部に運ばれた。意識の回復は遅かった。その夜、腹痛を訴えて佐森は病室に入室した。佐森が激痛のため一晩中唸りつづけるので、軍医官は、呉の海軍病院に運んだ。重態であった。

三日後に佐森が死亡した旨、呉海軍病院からの通知が、第三十五分隊にとどいた。六月十二日であった。分隊監事の飯田少佐と、伍長の氏原は、呉に急行した。遺体は現地で密葬に付され、六月十五日、午後一時から江田島で分隊葬が行なわれることになった。

午前の課業が終わって、自習室にもどると、来客があった。鬚を生やした中年の士官であった。

「第二十一掃海艇付の佐森大尉であります」

と彼は言った。前に来たことのある佐森の父であった。掃海艇が呉根拠地隊所属なので、息子の急死を聞いて江田島へ急行したものであった。

「第三十五分隊伍長補、武田竜平であります。先日は失礼をしました」

武田はそう言って、佐森が海面に落ちて失神したときのようすを報告した。

「佐森生徒のお父さん、申し訳ありません。私の心得ちがいで、未熟な四号生徒をとばせて死に到らしめたのは、私の責任であります。どのような御処分でも受けたいと思います。同じ岐阜県人でありながら、何の面倒も見てやれなかったことを恥じております」

直立不動の姿勢で、武田がそう言うと、佐森大尉は、手をふって否定した。

「いや、武田生徒。あんたには、何の責任もありません。海軍兵学校の教育は、天下に冠たる、立派な、男をつくる教育です。私も、下士官のときに三年間教員をやったので、よく承知しています。息子は、つまり、その、海軍将校に不適だったのです。重ねて言うが、武田生徒はじめ、上級生徒には、責任はありません。──もし、責任があるとすれば……」

佐森大尉は、ゆっくりと、氏原の椅子に腰をおろすと、額の汗をぬぐい、静かな声でつづけた。

「責任は、私に、あるのです。──私は先日もお話ししたように、下士官あがりの特務士官です。兵学校の教員をやっているときに私は考えた。なんとかして、息子だけは、本物のオフィサーに仕立て上げたい、と。私の家内は十年前に亡くなり、あの子は、私の母に育てられた。女手なので、よけいにきびしく、強く教育したいと考えた。幸い、勉強ができたので、江田島を志願させたのです。しかし、どうも性格が女々しくて、よく弱音をはいて来るので、何度も叱りつけたことがあります。しかし、もう何も言うことはありません。あの子には、海軍将校になるべき、運が備わっていなかったのです」

佐森の父が口を閉じ、武田も沈黙していたところへ、氏原が、白布につつまれた遺骨を首から吊って帰って来た。氏原と同行した飯田少佐が、父親に佐森の死因を説明した。

「佐森生徒の死因は胃潰瘍でした。胃穿孔《せんこう》といって、胃に穴があいており、手術したときは、腹膜炎で、化膿が腹部全体に拡がっており、遂に手が及ばなかったのです。御子息をあずかっておりながら、不行き届きのため、死に到らしめたことを、深くお詫びします」

飯田少佐が頭を下げると、不思議なことに、佐森大尉の頰には、明るいものが浮かんだ。

「そうですか。息子の死因は胃の病気ですか。いや、いま、こちらの伍長補から、とびこみを失敗して、腹を打った、と聞いていたものですから……。胃に穴があいたのでは、致し方ありません。寿命というべきでしょう。お手数をかけました」

佐森大尉は、期待をかけた息子が、とびこみもできないで、腹を打って死んだものと考え、無念に考えていたのであるが、その死因が胃の病気であることを知らされ、不可抗力であったと考え、やっと自分を納得させ、あきらめることができるようになったらしい。

しかし、武田はこだわっていた。佐森の胃には穴があいていたそうであるが、もし、自分が、あのような無理なとびこみを強制しなければ、症状が急に悪化することもなかったのではないか。してみると、佐森を殺したのは、このおれかも知れない。すると、自分は、陛下の股肱《ここう》たるべき将校生徒を、兵学校から、一人失わせてしまったのだ。佐森大尉は、上級生徒には責任がないというが、やはり責任はある。しかし、どのような形でその責めを果したらよいのか、武田には、急には思案が浮かばなかった。

遺骨の箱は、自習室正面の机の上に安置され、その周囲に集まった四号たちは、それぞれに感想を述べはじめた。

「佐森はだいたい海軍士官に向いていなかったな。おれは一号になったら四号を殴らないかんのやろか、なんて心配していたもんな」

金坂がそう言った。

「しかし、あいつは座学はよくできたぞ。数学も物理も。おれはよくあいつからノート見せてもらったもんな」

となりの席であった横永は、想い出が多いようであった。

「おれの鼾《いびき》がでかいもんで、鼻の上に濡れ手拭かけたりしやがって、あんときは肚が立ったけんど、もう、死んでしまったもんな。かわいそうだ」

すると、流連城が言った。

「あいつは、歌がうまかったな。いっしょに古鷹山に登ったとき、シューベルトの菩提樹なんかを、歌って聞かせてくれた。それからよく食った。あんなに食っては、胃に穴があくのも無理はないな。なにしろ、横永よりも食ったからな」

「おれは、そんなに大食漢ではないよ。目方からいけば、むしろ、少食の方だぞ」

そのとき、宮之原が口をひらいた。

「おれは、佐森が死んだことを惜しいとは思わん。彼は江田島に来たのが間違いだった。あいつは、休日に倶楽部で小説ばかり読んでいた。小説家になりたければ、大学の文科にゆけばよい。江田島は、国家を守るために命をかける、一死報国の軍人を養成するところだ。小説家志望者には無縁のところだ。大体、胃が悪いのに、穴があくほど食べるのは、将校生徒として、覚悟不十分だ。われわれは消耗品だ、しかし、戦場に臨むときまでは体を大切にし

いた。

なければいかんのだ」

そのような四号たちの会話を、武田と佐森大尉は、後方の席で、それぞれの気持で聞いていた。

佐森勝一の分隊葬は、午後三時から、練兵場の、千代田艦橋前で行なわれた。第三十五分隊全員が、白の第二種軍装で整列し、分隊監事のほか、校長、教頭が列席した。

暑い日であった。各分隊から、武装した衛兵三十五名が遺骨の前に整列した。ラッパ「国の鎮《しず》め」の吹奏があり、弔砲のため空包が発射された。武田は、汗が肘の下から手首の横を伝い、軍帽の庇《ひさし》に流れてゆくのを感じながら、弔砲の音を聞いていた。武田の脳裡に、佐森大尉の言葉があった。

――海軍兵学校の教育は、天下に冠たる、立派な、男をつくる教育です――。

佐森大尉は、息子の死に際してそう断言した。そうかも知れない。立派な男をめざす人間にとっては、天下に冠たる教育かも知れない。しかし、佐森が本当に望んでいたのは、どのような将来であったのか。武田の頭の中に、広島高師の寮があった。寝巻の上に、レーンコートをひっかけて、電信柱に小便をかけている高橋の姿があった。佐森は、勉強がよくできたという。一般の高校にゆけば、順当な道を歩むことができたのではないか。なぜ、父親の意図ばかりを尊重して、自分に不向きな江田島へやって来たのか。天下に冠たる道ではなくとも、自分に向いていた道はあったのではないか。それを佐森に訊いてみたいと思ったが、もう、佐森はいなかった。武田は、悲しみを感じていた。そして、このような種類の悲しみを感じたのは、生まれてはじめてであるような気がしていた。

七月一日付で、六十八期指導官の大竹少佐が転任することになった。中佐に進級し、巡洋艦の航海長に任ぜられたのである。

大竹中佐は、教育参考館講堂に、一号生徒全員を集め、別れのあいさつをした。

「諸君とは、転任するのは、三年三ヵ月の長い間、期指導官として、指導の任にあたってきた。諸君の卒業を前に、まことに名残惜しく残念である。しかし、前線で軍務に服するのが、軍人の本務であるから、私は勇躍して前線に出てゆきたいと思う。また諸君の卒業も目前なので、とくに思い残すことはない。入校当時にくらべると、全員見ちがえるように逞しく成長してくれた。今後とも、私の教えを忘れずに努力を重ね、立派なオフィサーとなって欲しい。ただ一つ残念なのは、諸君が一号生徒の間に、四号生徒から一名の死者を出したことである。軍隊はもちろん訓練が第一であるが、つねに部下の健康に留意するのも、オフィサーの重要な職責である。今回の事故を貴重な経験として、部下統率のために役立てて欲しい」

大竹中佐は、このときもやはり、涙を流していた。ハンカチを手にして、大竹中佐が降壇すると、

「一号はそのまま、侍従武官からお話がある」

と東山が言った。つづいて、久邇宮殿下の御付武官である藤原中佐が壇上に登った。

「六十八期の諸君、近く卒業でおめでとう。もう、一号生徒だけに話す機会もないと思うので、この際、私から一号生徒に礼を述べたい。それは、殿下のことである。殿下は体も大き

い方ではなく、健康も十分とは言いがたかった。しかし、江田島生活が大変気に入られたようで、この七ヵ月の間に、非常に逞しくなられた。自分のことは自分でやるという習慣も身につけられたし、何ごとにも積極的に、率先しておやりになる。じつは、棒倒しのときに、殴られて、頬の内側が切れて出血したことがあったが、そのときも、全然気落ちすることなく、勇敢に戦われた。これはみな一号生徒である諸君の猛訓練の賜物《たまもの》であると考えます。ただいまより、殿下からお礼のおことばがある。謹んでうけていただきたい」

藤原中佐が合図をすると、小柄で細面《ほそおもて》の久邇宮が壇上に登った。宮は一礼すると、澄明な声であいさつした。

「一号生徒の方々に、お礼を申し上げます。大変いたらぬ四号でありましたが、おかげで、徐々に海軍士官の何たるかがわかって参りました。御卒業を祝うとともに、厚くお礼を申しあげます。有難うございました」

武田はそれを聞きながら、小さな疑問を感じていた。殿下は小柄のためカッターが苦手で、漕手座の間に落ちたことがあるという。本当に江田島が気に入っており、海軍士官となることに望みを託しているのであろうか。訊いてみたいと思ったが、それはかなわぬことであった。

解散して自習室へもどる途中、武田は鮫島といっしょになった。氏原も横を歩いていた。

「見ろ！　だから、おれは殴った方がいいと言ったんだ。軍人をつくる道は、お説教じゃない。愛の鉄拳なんだ」

鮫島がそう言ったが、氏原は同意しなかった。

「殿下は本当にネービーに向いているかどうか、おれは疑問だと思うな。体力がないのに、宮様という理由で、常に先頭に立たねばならない。大体、宮様はすべて軍人になるというルールはどうなのかな。軍人に向いている、体力気力に満ちた人だけでよいのではないか」

並んで歩きながら、武田はなかば氏原に賛成であると考えていた。彼は大竹中佐の最後のことばにこだわっていた。大竹中佐は貴重な経験と言ったが、人間の死も教育の材料である、という場に自分がいるということを、考えないわけにはいかなかった。

昭和十五年八月六日、第六十八期生徒二百八十八名は海軍兵学校を卒業した。天皇陛下の名代として、伏見宮博恭《ひろやす》王殿下が、表桟橋から江田島に姿を現わした。

大講堂に全校生徒が集合した。

この日も暑い日であった。

校長訓示、陛下名代の、卒業を認め海軍少尉候補生に任命する伝達があり、つづいて、恩賜の短剣の授与があった。予定どおり、東山をはじめ六人が、ヘンデルの勝利の曲に合わせて御前に進み、短剣を捧げて壇上を歩いた。氏原は三十三番、武田は六十八番で江田島を卒業することになった。

式が終わると、新少尉候補生は、寝室で新しい軍装——金筋一本の襟章のついた上着、抱き茗荷《みょうが》の大きな帽章のついた軍帽、白手袋、新しい靴——に着かえ、大食堂の立食パーティー会場にのぞんだ。

卓の上にはオードブルや、果物が盛られ、教官の夫人が盛装でサービスにあたった。卒業式に参席した卒業生の家族もこの席で、祝いと別離の宴にくわわった。校長の音頭で、乾盃があった。酒は例年のしきたりで、広島の銘酒賀茂鶴である。武田は、休暇のときに、親戚で酒を呑まされたが、味がわかっているとはいえなかった。しかし、この日、舌に触れた甘口の冷酒には味わいがあった。さまざまな種類の味わいがそこに籠《こも》っていた。四号のときは殴られ、一号のときは殴り、そして、いまから練習艦隊に配乗になる。武田のかたわらには、岐阜県から来た父と母がいた。父は日本通運大垣支店勤務で四十五歳、母は四十二歳であった。父はこの日のためにモーニングをつくったが、冬のモーニングなので暑そうであった。母は病身で、駅の階段を登っただけでも息切れがするのであるが、この日は、帰ったら入院する覚悟で駆けつけたのであった。

「いや、めでたい。わしも、郷里の親戚に鼻が高い。この上は、家のことは何も心配せんでよろしい。御奉公に励むように。なにしろ、穂積《ほづみ》からは、はじめての江田島出身者じゃからな」

父はそう言って盃をあげた。

「そうですよ。お母さんのことは何も心配しないでね。こんなに元気ですからね。体に気をつけてね」

母はそういうと、盃に唇をつけたが、心臓が苦しくなったらしく、盃を下に置いた。

その間に在校生は、赤煉瓦の旧生徒館から表桟橋まで整列して、巣立ってゆく上級生を待っていた。表桟橋には、多くの内火艇や水雷艇が繋留され、その沖には、新しく練習艦となった「鹿島」「香取」の二艦が待っていた。

少尉候補生は、大食堂を出ると、在校生に別れを告げながら、表桟橋の方に歩いた。軍楽隊がロングサイン（螢の光）の奏楽をつづけていた。三十五分隊の在校生は、表桟橋の近くにいた。武田竜平は、氏原や鮫島たちと並んで、敬礼をかわしながら、三十五分隊の列にさしかかった。竜平は、まず、宮之原と握手をした。

「宮之原、貴様、柔道係主任になって、おれのあとをついでくれ！」

宮之原も、力強く武田の掌を握り返した。

そのかたわらでは、氏原が金坂の手を握っていた

「貴様も、もう三号だ。いつまでも甘えとらんで、しっかりやるんだぞ！」

「はい、伍長！　いえ、氏原候補生！」

すると、旧一号も旧四号も笑った。旧一号のなかには、目元を赤くしている者が多かった。横永の巨軀の前で、武田は愕然として立ち止まった。直立不動の姿勢をとった横永の胸には、佐森の写真が抱かれていた。

「伍長補！　佐森も、われわれといっしょに三号になりました。ここでいっしょに見送りを致します」

横永が、相変わらずの東北訛《なまり》で言った。

「そうか……」

武田は、佐森の写真をみつめた後、敬礼を返した。

「おいみんな、佐森の分も頼むぞ。佐森は、貴様たちといっしょに御奉公する予定だったが、できなくなったのだ」

氏原がそう言い、武田も、

「頼んだぞ！」

と在校生一同に敬礼した。

少尉候補生は、内火艇に分乗し、表桟橋をはなれた。新一号週番生徒が、

「海岸線に出て帽を振れ！」

と命じた。

岸壁の上で、いっせいに白い軍帽が振られるのを、武田は、内火艇の上から見ていた。波のようだと思った。生徒館には、すでに新しい生活がはじまっている。そして、多分、おれの方もそうなのだと、武田は考えた。松林の間で、ひときわ長身の横永が、写真の額を高く掲げているのがみとめられ、軍楽隊のメロディーとともに、それが遠ざかって行った。

皇帝と少尉候補生

一

昭和十五年九月十九日、武田たち、三百六十八人の海軍少尉候補生を乗せた練習艦隊「鹿島」「香取」の二隻は、横須賀へ入港した。海軍兵学校出二百八十八名、海軍機関学校卒業生八十名のほかに、横須賀で経理学校の卒業生二十六名が新しく加わった。

入港の翌日、候補生は、夏服の通常礼装——といっても、新しい方の軍服の下に、白いワイシャツを着けるだけであるが——を着用して、皇居に参内《さんだい》した。

少尉候補生が、遠洋航海終了時に、陛下に拝謁するのは、毎年のならわしになっていた。

武田たちは、皇居の一室——名前はわからぬが、豊明殿よりは、小さな部屋のように思われる——に整列して、陛下の出御《しゅつぎょ》を待った。

整列は後ろから身長の順序であり、一メートル六十二センチの武田は、最前列のほぼ中央であった。彼のすぐ右には、後に真珠湾の特別攻撃隊で捕虜第一号となった酒巻和男がおり、一人おいて左どなりには、同じく特別攻撃隊で戦死して、軍神となった広尾彰がいた。しーっ、と警蹕《けいひつ》の声が伝わったように、武田には思われた。平安時代の内裏よりも、江戸城の大広間を思わせる、雰囲気が、そこにはあった。

「最敬礼！」

と、指導官の少佐が言った。

候補生一同は、頭を垂れた。

しばらくすると、遠くから、靴音が聞こえた。かなり硬い音で、きわめて規則的に床を蹴って、その音は近づいた。

靴音は、武田の前の壇上に登り、武田の視野に、よく光るエナメル塗りのような靴が入った。靴の先端は、八の字形にひらき、踵はきちんと接着していた。小学生時代の御召列車の轟音を、武田は想い浮かべていた。彼は、あのときと同じく、そーっと顎を前に出し、上目遣《づか》いで、前にいる人物を仰いだ。

背は日本人としては、中背よりやや高い方であり、よく手入れされた口髭のせいか、色が白く見え、上体は垂直に伸びており、けっして前に屈《かが》んではいなかった。

黒々とした髪を七三に分け、眼鏡の奥の視線は、候補生たちの頭上よりかなり上の方を、のぞみ見ているように思われた。白い海軍将校の制服をつけ、肩に白と赤の縞になった大綬をかけていたが、金色に光る肩章の桜の数は、武田の位置からは、見えなかった。

その人は、はじめ、正面を凝視し、その視線を同じ高さのまま、左九〇度までゆっくりと、回し、ついで、同じ速度で右九〇度まで回すと、ふたたび、ゆっくりと、つまり、凪《な》いだ海面をすべるヨットのような速度で、中央までもどし、体を、直角に右に曲げ、靴をきしませて壇を降りると、前と同じく靴音を規則的に響かせながら、廊下を踏んで、遠くの部屋に消えた。

これが、現人神《あらひとがみ》と呼ばれたころの、日本国天皇の姿であった。いつの間にか溜まっていた息を吐きながら、武田は小さな落胆を感じていた。未来の提督に対して、なにか、激励のおことばでもあろうかと期待していたのであるが、それはなかった。

武田は、海軍兵学校入校以来、軍人は大元帥陛下の股肱であり、天皇陛下のために、命を捧げて戦うように教育されてきた。生徒の大部分は、天皇が神というような超自然的な観念ではなく、往古の大首長の血統をついだ元首の一人であることをひそかに知っていた。

武田もその一人であったが、実際に皇居の一室で、一メートルそこそこの距離で拝謁してみると、神々しいという形容詞が、この人物には、はじめてあてはまるような気がしていた。ほかの候補生たちも、同じ感想を述べていた。それは、教育の成果というよりも、時代の背景と、雰囲気のなせるわざであったかも知れない。

武田は、少尉候補生時代に、天皇のほかに、三人の歴史的人物に会っている。

満州国皇帝であった溥儀《ふぎ》、日本占領下の中国の主席であった汪兆銘《おうちょうめい》、そして、連合艦隊司令長官であった山本五十六《いそろく》である。

二

新造練習艦「鹿島」「香取」（各五千五百トン）からなる練習艦隊が、江田内を出港したのは、昭和十五年八月六日のことであった。

武田竜平は、「鹿島」乗り組みであった。

例年ならば、少尉候補生の遠洋航海はヨーロッパ、アメリカ、豪州のどれかのコースを選ぶのであるが、昭和十二年、日華事変がはじまってからは、毎年短縮され、この年は、内地一周と、朝鮮、満州、中国の一部に縮小されていた。

武田たちのコースは、江田島出港後、関門海峡を通過し、日本海に出て、舞鶴をへて、青森県の大湊《おおみなと》にある海軍要港部に寄港し、横須賀では、上京して天皇に拝謁し、その後、佐世保をへて、朝鮮の鎮海、満州の大連、旅順、新京、中国の上海、蘇州、南京とまわり、鹿児島に寄港して、横須賀で解散、艦隊配乗という予定になっていた。

このうち、武田がひそかに期待を抱いているのは、大湊と満州であった。大湊の近くの野《の》辺地《へじ》には、武田の母が生まれた実家があり、満州では、彼の生まれた町を、列車が通過するはずであった。

「鹿島」乗り組みの兵科（江田島出身）候補生は、百四十四名が十班に分けられ、武田は第一班、一号のときの伍長であった氏原は第二班であった。第一班の班長は、一番で卒業した東山であった。

在校生の漕ぐカッターに送られて、江田内の湾口を出ると、ただちに、

「候補生整列、前甲板！」

が、かかった。

前甲板の艦橋と十五センチ砲塔の中間に整列すると、候補生指導官の島内少佐が、台の上に立って訓示をあたえた。

「最初に誤解のないように注意しておく。遠洋航海というので、諸君は、さぞかし変わったところが見物できて、楽しかろうなどと考えているかも知れぬが、それは、大間違い！　諸君は、本艦において、もっぱら初級士官としての基礎訓練を行なう。江田島の教育は、あれは船乗りとしては、幼稚園の教育である。本艦において、はじめて長期の艦上における実習を行なうわけである。繰り返して言っておくが、諸君は初級士官となるための訓練を行なうのである。提督となる訓練ではないから、食事も兵員食、ベッドも釣床《つりどこ》（ハンモック）である。その他、諸君の先輩である指導官付《づき》が、懇切に指導するから、十分に実習の効果をあげるように……」

入れ代わって、細面《ほそおもて》の神経質そうな士官が台の上にあがった。

「指導官付の大高中尉である。諸君は、いままでは、一号生徒として江田島の生徒館に君臨してきた。しかし、今後は、士官の中の最下級者である。諸君の指導は、われわれ六十三期

生が担当する。訓練は猛烈果敢に行なう。江田島の四号にもどったつもりで、純真かつ積極的に従事してもらいたい。一つだけ言っておくことがある。この『鹿島』『香取』は、本年度進水した新鋭の、練習艦隊専用の艦である。エンジンは重油を焚くので、諸君の先輩が辛苦をなめた港湾での石炭積みはない。そのかわり、艦体水線下の両側についているはずのビルジキール（動揺止め＝長いヒレの形をしている）がとりはずしてある。それだけ外洋ではよくガブるから、航海訓練には最適であると考える。では、ただいまより釣床訓練にかかる。各班、居住区において、配置につけ！」

号令一下、候補生は、上部前甲板、艦橋下の候補生室に整列した。

「各班釣床係を出せ！」

各班一名が、釣床ロッカー（収納所）の前に整列した。

「ただいまより、釣床訓練を行なう。江田島の四号時代を思い出して、しっかりやれ！　用意！　釣床おろせ！」

号令によって、釣床係は、ロッカーから釣床を出し、名札の名前を呼んでは、候補生に分配した。候補生室は騒然として来た。武田は暗い想いにとらわれた。肥満した彼は、起床動作が苦手であった。とくに、夏はシャツが体にへばりついて、ぬぎにくいので、時間もかかるし、発汗が多く、不快でもある。八月上旬の釣床訓練は、どう考えても快適なものではない。おとがいを流れる汗を手の甲で拭いながら、武田は自分の名前が呼ばれるのを待った。

釣床がわたされると、天井のビーム（梁《はり》）にあるフック（鉤）に、釣床の両端の環《わっぱ》をひっかける。肋骨状に縛ってある索《つな》を解き、それを束ねて、頭部におき、内部にある毛布とシーツをほぐし、天井のビームに掌をかけ、逆上がりの要領で釣床に尻をのせ、つづいて滑り込むように、上体をおさめるのである。釣床ははげしく揺れ、両側の釣床とぶつかる。

武田たちは、すでに毎年の乗艦実習で釣床に寝たことがあるが、なまこのように扱いにくい釣床にくらべると、兵学校のベッドがはるかにましである。

釣床は畳むのが困難である。

「釣床おさめ！」

の令でとびおりて、まず毛布とシーツを、真っ直ぐに伸ばし、ついで、索で肋骨状に縛ってゆくのであるが、これが難しい。

「腹切りをやるな！」

と指導官付が注意をあたえる。

腹切りというのは、縛り方が弱いと、立てたときに、内部の毛布やシーツが外にはみ出すことをいう。候補生のハンモックは、ズックが新しいので、縛りにくいのである。

「できたら点検する。こちらへ持って来い！」

ハッチの外で待っている大高中尉の前に釣床を持って行って立てる。

「手をはなしてみろ！」

それでしばらく立っていれば合格である。腹切りをしているハンモックは、無残に倒れる。

「やりなおし！」

武田たち六十八期が江田島に入ったときの一号生徒は、六十五期である。大高中尉らの六十三期は、それよりも二期上であるから、頭が上がらない。

意気揚々と江田島を卒業した候補生たちは、第一日から、釣床訓練で汗をかいた。

「つぎは艦内旅行を行なう。まず、本艦の側面図を渡す。つぎは、立ち寄る場所のリストを渡すから、どの順序でもよいから、すみやかにその場所を回り、持ち場の下士官の判をもらって、元の位置に集合！」

あたえられたリストには、測的所、測距儀室、機関科要具庫、揚錨機室、爆雷要具庫、兵員酒保、発電機室、弾火薬庫詰所、ラムネ製造室、キングストン弁などが記入してある。兵員酒保は、兵士が菓子やラムネや日用品などを買うところである。キングストン弁は、艦底にあり、いざというとき、この弁をあけて、艦内に注水し、自沈させるためのものである。

候補生は全艦内に散り、マストの上に登り、艦底にもぐった。これも、巡洋艦「大井」などの乗艦実習で、大体の要領はわかっていたが、終わって、用紙を指導官付に提出するころには、作業服の背中まで汗がとおっていた。

これを終わって、今夜からの当直将校、副直将校、甲板士官、天測班、夜戦教練などの訓練配置が終わったところで、「作業やめ！　食事用意！」を、号笛のあと伝令が拡声器で告げた。古い艦では、これがないから、伝令が号笛を吹きながら、各甲板を駆けめぐったものである。

候補生の配食当番が、大きなニュームの食罐に、飯と汁を運んで来た。

艦は巡航速力十二ノット（二十二キロ）で、柳井沖の大畠の瀬戸を抜け、早くも伊予灘《なだ》に出ていた。

「おい、四号のときを思い出すな」

武田は、食卓の向かい側にいる同じ班の谷川熊蔵に言った。谷川とは四号のとき、同じ分隊であった。ズべる（さぼる）、食べる、駄弁《だべ》る、の三拍子をそろえ、とくに食欲旺盛な点では、精彩をはなっていた男である。

「この飯じゃ足りねえな。江田島の方がましだよ」

谷川は不服そうだった。飯はニュームの食器に八分目で、かたわらの食器には、鰯《いわし》とネギの煮つけが入っているだけである。あとはお茶である。

江田島では、十八貫（六十八キロ）以上は増食といって、飯が食器に山盛りであった。少尉候補生には、そのような制度はないらしく、武田のように七十五キロあっても、氏原のように六十三キロでも、飯の量は同じである。谷川は十八貫すれすれで、足りないときは、スペア（予備）の増食の金属板を自分の席にはさみつけていた。

谷川も、武田も、ガスの出るたちで、夜になると盛んに発砲したので、一号から廊下に呼び出され、「部屋の空気が濁る。衛生によろしくない」という理由で、いっしょに殴られた仲間である。

「おい、食いたけりゃ、わけてやるぞ」

となりの席から声をかけたのは、服部《はっとり》である。服部は不思議な男である。氏原と同じく、大連一中の出身で、支那語がひどくうまかった。満州生まれの武田は第一外国語が支那語だったので、毎週一回か二回は、服部と顔を合わせたが、彼は発音が支那人と変わらぬくらいうまいのに、試験の成績が悪くて注意を受けていた。要するになまけものであり、一種のニヒリストで、兵学校には不向きな人種なのであるが、トンツー（電信）に才能があり、電信競技のメダルを三つ持っていた。

谷川の食器に、自分の飯を半分わけてやりながら、服部は、

「飯なんて大した問題じゃない。おれは大連でフィアンセに会えればよい。遠航の目的はそれだけだ」

と言い、自分の飯に箸を立てると、

「女っていいもんだぞ」

と言った。

谷川と武田は黙っていた。服部だけが大人で、自分たちは少年のように思えたのである。

三

練習艦隊は、深夜、関門海峡を通過する予定であった。武田は、航海班で、艦橋の当直勤務であった。

「狭水道《きょう》通過！」

「各甲板、舷窓、防水扉閉め！」

本物の当直将校に教わって、つぎつぎに号令を下した。少し愉快であった。五千五百トンの「鹿島」の運命が自分の手に握られているのである。

しかし、コンパス（羅針儀）の前には、本物の航海長、前島少佐がおり、ガラス窓の近くの小さな回転椅子には、本物の艦長、鍋島大佐が座っていた。駆逐艦乗りで、水雷戦隊で鍛えた猛者である。

「艦長、降って参りましたね」

副長の長井中佐が声をかけた。この人は潜水艦乗りである。

「うむ、台風はどこまで来たのかな」

艦長が、低い声で呟《つぶや》いた。

外は暗く、艦橋の窓ガラスに、水滴が糸を引いていた。

武田は旗甲板に出て、下のデッキ（甲板）を見た。白い作業服の候補生が、うごめいていた。天測班は、手にした六分儀で星の高さを計り、本艦の位置を出すのであるが、あたりが暗く星がとらえにくくなり、水平線がはっきりしないので、とまどっているようであった。

右側に下関、左側に門司の灯が見えて来た。

街の燈火は、雨にしめり、おぼろであった。武田は、服部のことばを思い出した。あいつは、女を知っているらしい。おれは知らない。おれが、港の灯に旅愁のようなものを感じるのは、そのためだろうか。

武田は、双眼鏡をあげると、下関の波止場にピントを合わせた。岸壁に人影はなく、双眼鏡を左に回すと、わずかなネオンの明かりが暗くともっていた。

武田の当直はミッドナイト（午前零時）までである。艦はすでに玄界灘に出て、大きなうねりに乗り、左右に一〇度近く傾斜していた。

候補生室に入ると、武田は急に胸が悪くなった。吐瀉物《としゃぶつ》の臭《にお》いが鼻を衝《つ》いた。艦橋で緊張しているときは、それほどでもなかったが、候補生室では、あの忌《いま》わしい船酔いが始まっていたのである。

武田は自分のつぎの当直である班長の東山が、食卓の上にうつ伏せになっているのを発見した。東山は、ミッド～四時（午前零時から午前四時）で、一番辛《つら》い時間である。

「おい、東山！」

と揺すると、東山は顔をあげたが、白目を剝《む》いていた。口のまわりには、吐瀉物の残りがはりついていた。東山が船に弱いのは、すでに有名であったが、武田ははじめてそれを実見し、このように、数学も歴史も語学も、魚雷の構造も、何でも講堂で覚えてしまうような秀才にも、弱点があることを確かめて、いくらか気丈夫になった。

東山のペアは谷川であった。こちらはいたって船に強く、ハンモックに寝ていたが、肩をゆすると、ケロリとして起きて来た。

「おい！　東山ァ……。かついでゆかなくちゃならねえかな」

谷川があくびをするのを見ると、武田は急に気分が悪くなった。彼も船には弱かった。十人おれば、弱い方から二番目か三番目であった。服をぬぐと、急いで釣床にもぐり、動揺に身を任せた。艦体のきしむ音が聞こえた。武田は、先ほど双眼鏡で眺めた下関のネオンを思い浮かべていた。このつぎの寄港地舞鶴では、機関科候補生が乗艦する予定であった。どんな港町だろう。江田島とちがって、少しはネオンの輝く通りもあるのではないか。そう考えていると、ふいにハンモックの動揺が気になりはじめた。おくびが盛んに出、生唾が湧いた。ネオンの街に憧れるよりも、船に強くなることの方が先決問題ではないか、と考えながら、武田は浅い眠りに入った。

翌日は、終日シケ（暴風雨）であった。このころ台風は、南九州から関門海峡に抜けた。島根県の沖を東北に進んでいた練習艦隊は、台風の右半円にあたったため、風雨をまともにかぶったのである。ビルジキールのない「鹿島」型の特色は遺憾なく発揮され、艦は大波に翻弄された。

午前中の座学では、候補生室で、航海長が、船の動揺について講義をした。実際に揺れているのであるから、これは身に沁みて有効である。

「船の動揺には、三種類ある。まず、前後に頭を振るように揺れるのがピッチング、左右にころがるように揺れるのがローリング、そして、頭を左右に振るのがヨーイング、これが一番船酔いに利《き》くので、ヨウイングとこのように覚えておけ」

航海長は、蒼ざめた候補生の気を引き立たせようとして、駄洒落《だじゃれ》を言うのであるが、笑ったのは少数であった。大部分は、朝食のみそ汁と麦飯をウォスタップ（金属製の洗濯だらい）にもどして、なお襲い来る船酔いに堪えているのであった。

ピッチングで、艦が艦首をあげ、これが下がるときは、こめかみの神経を音もなく引き抜かれるような気持がする。ローリングが激しいと、胃のなかの胃液が、チャブン、チャブンと音を立てるような気分であるし、ヨーイングで、艦が頭を横に振りだすと、体が斜めにねじられ、それまで船酔いに堪えていた気力も、おしひしがれてしまうのである。

午後は下甲板に降りて、機関科の実習である。罐室《かま》に降りると、手回しよく、ウォスタップが用意してあった。まず、東山が駆け寄ると、胃のなかのものをもどした。昼飯の鯨肉と玉ネギの煮込みの饐《す》えた臭いがした。

おれも間もなくだな、と武田は感じた。神経のデリケートなものは、船に酔いやすいというが、トンツーの得意な服部は平然としていた。谷川は、東山がもどすのを、もったいないような顔つきで眺めていた。

ボイラーのバーナーに点火する手続きの実習をやっているとき、武田は限度に達した。口からあふれ出る鯨肉と麦飯の未消化物を、騒音とともにウォスタップに吐き出した。不快であった。醗酵途中で、味も臭いもよろしくなかったが、何よりも、自分の食ったものをもとにもどすというのは、愉快な作業ではなかった。

夕飯のさつま汁を、無理して武田は食ったが、三十分後にもどしてしまった。ウォスタップのへりに手をついて、ゲエゲエとわめいていると、

「おい、武田！」

と一人の男が抱きついて来た。

一号のときの伍長であった氏原であった。彼もデリケートな方で、神経質なので、船は苦手である。氏原は、武田と肩を組み、ひとしきり吐くと、

「おい、おれは、大連でおふくろが待っているんだが、この分では、いつ会えるか、わからんな」

と心細いことを言い出した。

「貴様は、まだいい。おれは岐阜だ。艦が寄るあてはないぞ」

武田は、あえぎながら、言うと、また吐いた。艦は転舵したらしく、大きく傾き、ウォスタップのなかの泡立った液体と固体の混合物が、波を打った。

この夜は、天測実習であったが、東山は吐くものがなくなり、胃液を吐き、ついに血を吐いたので、軍医官の許可をうけて、ハンモックを釣って寝てしまった。それでも、揺れが激しいと、やはり気分が悪くなり、ハンモックのなかに持ちこんだ食器に、唾を吐いていた。

四

シケのため、舞鶴入港は遅れた。海軍機関学校を卒業した機関科候補生は、乗艦を待っていた。

武田たちは、機関学校の校内を一巡した。兵学校よりは規模が小さかった。生徒自習室の外にかけてある麻綱のストッパー（カッターを揚げるとき、巻き止めるための短い索《つな》）が目についた。

「江田島は、げんこつだろう。おれたちはこれで、ケツをやるんだ、こたえるぞ」

案内の石川という体の大きな機関科候補生が言った。彼は、武田と同じく柔道四段で、京都の武道専門学校でも、彼より強い学生は少ないという話であった。

「おい、一発やってみてくれ」

と、武田は言った。何ごとも経験しておくべきであるし、臀部《でんぶ》の筋肉の強さには自信があった。

「そうだな、いまが最後のチャンスだな」

石川は、ストッパーをとると、武田に、両掌を壁につけるように言い、ストッパーをふるうと一撃をあたえた。マニラ麻の索は、うなりを生じて、武田の臀部に喰い込んだ。筋肉が緊張した。

「うむ、相当だな。わかった」

と言いながら、武田は、尻をなでた。

「なぜ、ケツをやるのかな？　鉄拳ではだめかな」

「それはな、機関科の方がつらい、ということさ。デッキ（兵科士官）よりは、エンジン（機関科士官）の方がきついからな、よく絞めておかなくちゃあ」

そのとき、近くに来た東山が言った。

「違うな。エンジンの方が、精密な知能を必要とする。だから頭は殴らないのだ」

「ヘッドの貴様がそう言うのなら、間違いはあるまい」

「要するに、デッキというのは、車曳きさ」

「エンジンだって罐《かま》焚きさ」

そこへ、谷川が現われた。

「おい、東山、もう船酔いはなおったのか」

すると、石川が見おろすように言った。

「何だ、貴様たち、船に酔うのか」

「ああ、日本海は凄いシケだったぜ」

「ふむ、いいことを教えてやろう。船に酔ったらな。自分の吐いたものをもう一度、食うんだ。これで、ぴたりと止まるな」

「本当か、おい」

「実験ずみだ」

石川は、胸を叩いた。

それを見ると、武田は、胸が悪くなった。

午後は、市内の自由散歩ということになった。

舞鶴は、何もない町であった。日露戦争のころは軍港で、いまは要港だそうであるが、道幅ばかりが広く、盛り場らしい通りもない殺風景な町であった。武田は、探し回って、食料品店で、ミカン、パイン、モモなどの缶詰を十個近く買い込んだ。船酔いのときは、パイカンくらいしかのどを通らないし、吐くときも、果物の缶詰の方が、芳香があって、吐きやすく、後味もよいということを聞いていたからである。

舞鶴から、陸奥《むつ》湾の大湊要港までは、平穏な航海であった。

「カームだね」

と、艦橋の鍋島艦長は物足りなさそうであった。

「そうですな、せっかく、候補生が乗っているというのに……。このへんが一番シケるところですがね」

長井副長も、残念そうであった。

軍艦では別科といって、午後の訓練作業のあとに、運動の時間がある。武田は柔道着をつけて、石川と組んでみた。身長は石川の方がはるかに高い。しかし、石川のような脚の長い男がかけて来る内股に、武田はなれていた。左内股をすかして、体落としにゆくと、石川は膝をついた。武田が、一本背負いに行くと、石川が首を絞めに回り、寝技《わざ》となった。寝技は武田に一日の長があった。絞めをはずし、押さえ込みに行き、逃げるのを、一本の腕をかかえてひき起こし、関節に行ったが、石川は、体を回転して、辛うじて逃れた。

「江田島の代表の方が強そうだな。石川は、酒の呑みすぎだ」

機関科候補生の吉井が言った。

舞鶴は寒いので、機関学校の生徒は、外出のとき、こっそり酒を呑むらしい。

八月中旬、練習艦隊は陸奥湾に入港し、三百六十余名になった少尉候補生は、大湊に上陸し、大湊要港部司令官の昼のレセプションに臨んだ。内容に乏しいパーティーで、オードブルとサイダーが出ただけである。

夕刻まで自由散歩の許された候補生は、町にあふれ出た。といっても、舗装された一本の道路の両側には、わらぶきの家をも含めた古びた家が点在するだけで、これといった店もなく、舞鶴よりもさらにさみしい田舎町であった。要港部よりかなり東に歩いた十字路に、喫茶店があった。武田と谷川が入ってみると、すでに候補生で満員であった。人口一万二千の町に、四百人近い候補生がなだれこんだのであるから、飲食店はどこも、白いジャケット姿の一群に占領されてしまい、まずアイスクリームがなくなり、ついでラムネ、サイダー、饅頭、餅、せんべいの類も、すべて影をひそめた。

それは、麦畑を襲ったイナゴの大群に似ており、町の人人は、歓迎というよりも、なかば恐怖の念をもって、この食欲の権化ともいうべき候補生の群れを眺めたのである。

翌日、武田たちの班は、機動艇訓練という名目で、湾の南東にある野辺地という港町に向かった。ここは、漁港であると同時に、商港であり、南部藩全盛のころは、物資の積み出し港として栄えた町である。桟橋は粗末であるが、岸壁の近くに並んだ米蔵がそれを物語っていた。

内火艇の達着訓練を終わると、武田は、東山、谷川、服部、氏原といったクラスメートとともに町を歩いた。

「おい、こりゃあ、古い町だな。信州のおれの郷里よりも古い。ここなら、うどん屋ぐらいありそうだな」

と谷川が言った。

武田はそれにかまわず、古い倉庫の並ぶ一角を足早に歩いて行った。

「おい、どこへ行くんだ、武田……」

「うむ、おふくろの実家を見に行くんだ」

「おふくろ?」

「そうだ、おれのおふくろの家は、野辺地の醸造業の蔵元なのだ」

そう答えているうちに、武田は、古びた長屋門の前に立っていた。

表札には、山田久兵衛と書いてあった。左側は土蔵の列で、右側には泉水があり、その向こうに、工場の屋根が連なり、赤煉瓦の煙突が見えた。煙突には、「味噌醬油、山久」と書いてあった。

「おい、武田の実家なら、なにか食わしてもらおうじゃねえか。おれはうどんでいい」

谷川は、うどんにこだわっていた。

武田はそれをさえぎった。

「入るわけにはゆかんのだ。ここはおれの家じゃない」

「しかし、おふくろの実家だろ」

「おふくろは、ここで生まれた。しかし、いまは他人の家だ」

武田は、病をおして、江田島の卒業式に来てくれた母のことを考えていた。いまごろは家で寝込んでいるだろう。

武田は説明をつづけた。

「山田家は、江戸時代から醸造業を手広くあきない、南部藩の御用商人だった。おふくろの爺さん、つまり、おれの曾祖父は、青森県の県会議長を勤め、原敬《けい》とも親しい政治家だった。東京に邸《やしき》を構え、岩手県で牧場を経営した。それで金を費《つか》いすぎたところへ、その息子つまり、おふくろの親父は、発明狂だった。はじめは酒を呑んで道楽をするだけだった。親戚が相談して、青森の野村家という旧家から嫁を迎えた。これがおふくろの母親だ。写真を見るときれいな人だが、子供五人を生むと四十前で死んだ。爺さんは発明に凝るようになった。青函連絡船ができたころで、爺さんは、無動力で、青森と函館を往復する船を考え出した」

そこまで語ると、母屋の玄関に女性の人影が見えた。こちらをうかがっていた。短剣をさげたジャケット姿の青年が、数名かたまっているので、不審に思ったのであろう。

「行こう。本町へゆけば、うどん屋ぐらいあるだろう」

武田はほかの四人をうながして、歩き出した。

「それで、どうした？　その船は……」

催促したのは、いつも超然とした顔をしている服部だった。

土塀に沿って歩きながら、武田はつづけた。

「爺さんは、直径二十メートルの巨大な動輪を二個、函館で鋳造させた。動輪の一部には大量の鉛が埋めてあった。爺さんは、これを、借りて来た千トンほどの空船《からぶね》の側面にとりつけた。動輪の周囲に多数の水掻きをとりつけ、まず、鉛の部分を頂点までひっぱりあげ、これを進行方向に推させた。動輪は回転し、水掻きが水を掻いて、船には少し行き足がついた。鉛の部分が、頂点の近く、つまり、思案点《しあんてん》の手前でストップすると、待機していた人夫に棒で突かせた。動輪は回転をつづけ、船は前進した。爺さんは成功に満足し、小樽まで行って祝賀会をひらいた。小樽に、惚れた芸者がいて、開陽亭という古い料理屋がひいきだった」

「開陽亭なら、おれも知ってるな。おれの親父は小樽の出だからな」

と服部が言った。

武田は話をつづけた。

「爺さんは、鉄道省にこの動輪船の採用を申請した。発明の権利を高く売るつもりだったんだ。東京から技師が来て、その空船を視察した。『五百トンに相当する貨物を積み込んで実験して下さい。それでも進んだら採用しましょう』と技師は言った。爺さんは承知して、五百トンの石を積み込んだ。前と同じように動輪を回したが、今度は回転が鈍く、鉛の部分が最下方に行ったきり、もどって来なくなってしまった。技師は、笑って言った。『思いつきは結構です。しかし、学問もなさって下さい』爺さんは、エネルギー不滅の法則を知らなかったのだ。五百トン積みの船の動輪を回すには、五百トンに相当する人夫の力が必要だったんだ」

武田は立ちどまり、空を仰いだ。神社の横に来ており、杉の葉末を洩れた陽光が、候補生たちの顔に斑点をつくっていた。

しばらく行くと、繁華な通りに出、うどん、丼飯と書いた店があった。谷川を先頭にして、五人は店に入った。うどんを食いながら、服部が、ゆっくりと言った。

「おれの親父の家は、小樽の古い回漕問屋だった。主に水産物を敦賀《つるが》から大阪に運んでいた。しかし、石炭が掘れて、汽船会社ができてからは駄目になったな。それで満州に飛び出してきたんだ」

「そうか。おれの爺さんは、おれが生まれると間もなく小樽の家で死んだ。店は借金で倒産し、家は番頭が買いとった。おれは小学校四年のときに、おふくろに連れられて、あの家に泊まったことがある。大きな林檎園も持っていた。その後代が替わったらしい。おれは、あの家に入る気がしない」

「そうか。それぞれ、事情があるもんだな」

箸をやすめた東山が言った。彼の家も京都の旧家であったが、父の死とともに没落して、東京の親戚に預けられたのであった。

「みんな品がいいな。名門の奴は船に酔いやすいのかな」

谷川がそう言うと、丼飯をかっこんだ。

五

大湊から横須賀までは、また台風に恵まれ、凄いシケであった。このころから、候補生の間では、この練習艦隊のことを〝台風艦隊〟と呼ぶようになっていた。

横須賀に着くと、ここで、海軍経理学校卒業の主計科少尉候補生二十六名を加え、合計三百九十四名となり、皇居において、天皇に拝謁したのは、先に記述したとおりである。

皇居を出た後、靖国神社に参拝、あとは夕刻まで自由散歩となった。東京に家のある候補生は、一時帰宅が許された。東京に家のない武田は、服部や、谷川、氏原たちと、銀座に出て、飯の食えるところを探した。食糧が窮迫しており、外食券食堂が多く、飯らしいものを食わせる店は少なかった。

「しけてるなあ、娑婆は……。代用食ばかりですって、田舎の妹が書いて来たが、まったく、東京もひでえな」

谷川がそう愚痴った。

「おれの家にでも連れてゆくといいが、どうせ何も出ないからな」

東山がそう言ったので、武田は不審に思った。

「どうして、東山、貴様、家に帰らないんだ。貴様の家は両国だろう」

「うむ、伯母が店をやっていたが、それも統制で、閉めてしまったんだ」

「妹がいたろう」

「二人とも働きに行っているんだ」

「そうか、貴様の家は貧乏だったな。せめて俸給でも出ればな、伯母さんもいい顔をするだろうがな」

「よせやい。それよりも、何か食おう。出港してシケると、何も食えんからな」

五人は、有楽町のレストランに入ってステーキを頼むと、鯨のテキが来た。カレーライスの肉は兎だった。

「うーむ、鯨も兎も、たくさんだな」

「練習艦隊と同じメニューとはな」

「カレーライスのへどは、あとがこたえるからな」

五人は、そこを出ると、デパートの食堂に入って、寿司を注文した。出て来たのは、そばを、のりで巻いた寿司であった。

「うーむ、これが代用食か。ふるさとを思い出せということかな。おれの田舎じゃ、そば寿司といえば、ちょっとしたご馳走だがな」

谷川は、そのようなことを言いながら、そばの寿司を食った。ほかの四人には、これははじめての経験であった。

横須賀を出港してからは、またしてもシケであった。

「不思議なことに、入港している間は、天気で、出港するとシケるな」

「うむ、その逆でも困るがな」

「まったく台風艦隊だ」

そのような会話をかわしていた谷川と服部も、今度はいくらかこたえたとみえて、飯を少し残した。東山はハンモックを釣って寝てしまい、武田は新手を発見したので、それを用いることにした。当直をすませると、釣床格納所の奥に行って寝るのである。この手を最初に考案したのは、江田島の三十五分隊で、映画や音楽にくわしい新山であった。釣床が並んだ上は、快適なソファーであったが、そこでもへどを吐く人間がいるので、だんだん臭気が立ちこめるようになった。

難航海の末、佐世保に入港する直前、候補生に、俸給が支給された。本俸五十五円のほか、航海加俸などがついて、七十円あまりあった。

武田は、このうち三十円を艦内郵便局から、岐阜県にいる母のもとに送った。父の月給は百円足らずであり、母は病身で、弟が一人、妹が二人いた。ほかにも、送金する者がいた。候補生の家は、平均して裕福ではなかったが、武田はとにかく、初の俸給からは、母に送金しようと前から考えていた。

残りの金を握って、佐世保の町に出た武田は、メーンストリートの四ヵ町《よんかちょう》通りを歩き、古びた時計屋で、中古品の腕時計を買った。

「これでもスイスのピューレンですたい。海軍さんな、勉強しておかんばね」

時計屋は、二十円の時計を十五円にまけてくれた。

艦にもどると、機関科の石川が、菓子をどっさり持って遊びに来た。彼は佐世保中学の出身であった。同じく佐世保中学出身の大淵も遊びに来た。彼は、海兵時代十六分隊の伍長で、短艇係主任で、短艇競技に連続優勝したことで知られていた。

「相変わらず、沖では酔っぱらっとっとかね。今度、艦長会食があるっちゅうに、どげんすっとかね」

石川が、土地のことばで冷やかした。柔道四段の武田が、意外と船に弱いということは、もう機関科にまで知れわたり、指導官付の大高中尉も、顔を見ると、

「武田候補生、まだ大丈夫かな」

と冷やかすほどであった。

「おい、艦長会食には、本物の洋食が出るんじゃってな」

谷川が真剣な顔で訊《き》いた。

「うむ、オードブルから、デザートまで、全部出るぞ」

すでに、経験ずみの大淵が言った。

「碇泊しているときにやってくれんもんかな」

武田がそう言うと、東山が同意した。

しかし、武田の班の艦長会食は、今航海中、最大のシケのときにやって来た。佐世保から朝鮮東南部の要港鎮海まで、練習艦隊は台風の中心に巻きこまれて、たらいのようにふり回された。二日目の昼、完全にダウンしたときに、艦長会食が発令された。

ハンモックから降りた東山は、

「第一班、艦長会食に行くぞ」

と、力なく声をかけた。

谷川は元気よく、服部は何気なく、そして、釣床のロッカーから這い出てきた武田は、力のない足どりで、艦の最後部にある艦長室に向かった。

艦長、副長、航海長、指導官が正面に座り、こちら側に十四名の候補生が座った。コースは、オードブルにはじまり、スープ、海老の冷製、チキンのソテー、牛ヒレ肉のトルネードステーキ、フルーツ、ケーキ、コーヒーと従兵が順序よく皿を運んだ。武田はオードブルの一部を口に入れただけで、フォークが動かなくなってしまった。艦の後部は、とくに揺れが激しいようで、舷窓の外の水平線が、四五度以上傾いたかと思うと、突然、上方に投げあげられ、ふいに消滅したりした。谷川は盛んにフォークを動かし、服部も、適当にナイフをつけていた。

するとと艦長が、不思議なことを言った。

「今日の候補生は、少食だね」

「そうですな。海もわりに静かですがね」

と長井副長が応じた。

武田は、激しい怒りを感じながら、一つの術を自分に施《ほどこ》していた。ある軍医官から聞いた、船酔い止めの秘術である。それは、左の拇指《おやゆび》を肋骨の上から三枚目にあてて強く押し、首を左横に傾けるのである。こうすると、船の動揺が応力の方向にそらされ、内耳にある三半規管の反応が異なってくるというのである。なるほど、この方法は、少々利《き》き目があった。武田は、運び来たり、運び去られる、うまそうな料理の皿を見送りながら、艦長の前で、へどを吐く醜態だけはさらすまい、と自分を励ましていた。

「そこの候補生、頭をどうかしたかね」

と艦長が訊いた。

武田は、答える暇もなく、首を左に傾けたまま、となりの東山のテーブルを見ていた。フルーツが出ており、手を洗うためのフィンガーボールのなかで、透明な水が揺れていた。東山は、そのフィンガーボールを手にとると、体の右側にこれをかくし、ゲロリと胃液を吐き、従兵に渡した。結局、東山は、せっかくの会食なのに何も食わず、ただ、胃液を吐いて、艦長の前を退出したのだった。

艦隊は翌日、鎮海に入港した。ここも何もないところであった。要港部から、鎮海の町まで、幅五十メートルほどの新しい砂利道が、真っ直ぐ伸びていた。候補生たちは、四キロの道を歩いて、町に入ったが、朝鮮人の町のとなりに、新開地らしい埃っぽい道路と、白壁の家があるだけで、食い物らしいものは、入手できなかった。

しかし、武田は軽い充足を感じていた。なんといっても、ここは大陸の一端であった。彼の生まれた満州と地続きなのである。小学校五年生まで彼は満州で育った。岐阜県の父の郷里へ帰省するときは、汽車で朝鮮を通ることが多かった。京城の南に鳥致院《ちょうちいん》という変わった名前の駅があり、とり飯弁当がうまかったことを、彼は記憶している。

同期生の大部分は、大陸を知らず、網代笠《あじろ》をかむり、やぎ鬚を生やした老人や、チョゴリを着た若い女などを、物珍しげに眺めていた。しかし、鎮海は貧しい町であり、食料品が手に入らなければ、エキゾチシズムだけでは、候補生にとって、無縁の町であった。

鎮海の貧しさについて、東山が感想を洩らすと、服部が言った。

「いや、満州よりはまだいい。大連の波止場の苦力《クーリー》などは、宿なしだ。その日暮らしで、かつぐときは、一枚十五キロの豆粕の板を、九枚もかつぐからな」

武田は、自分の父が駅長を勤めていた平頂堡《へいちょうほ》という小さな駅のことを思い出した。満人の子と仲よしになり、その家に遊びに行った。その家は村長の家なので、満人集落ではましな方であった。しかし、もう一人の友だちの家は、貧しかった。シーフ（主婦）と呼ばれる老女がいて、うどん粉をうすくのばしたものに、生ニラとみそを入れて、丸めてくれた。口のなかに入れると、ツーンと刺激臭があった。コーリャン畑で働いていた青年が帰って来て、手ばなをかむと、まくわ瓜を、支那靴の横で叩いて割り、なかの種子の部分を、うまそうにすすった。満人の糞のなかに、まくわ瓜の種子が多い理由がそれでわかった、と子供心に武田は思った。

六

鎮海から大連は、かなり長い航海であった。台風艦隊の名にふさわしく、出港すると間もなく、台風が沖縄に向かっている旨の気象通報が入った。台風は毎時三十キロの速度で北西に進み、艦隊は、十二ノットの速度で北西に進む。台風は徐々に艦隊に追いつき、黄海は三角波を立てて荒れ狂った。第一班は天測であった。

「黄海の海戦だな」

腰に、へどを吐くための空缶をぶら下げた武田がそう言った。

「煙も見えず、雲もなく……ではなく、食事もとれず、星もなく……というわけだな」

東山が青ざめた顔で、六分儀を操作しながら言った。

そして、この台風は、大連に入港するころには、日本海に抜けてしまった。

大連埠頭の岸壁には、在留日本人が、日の丸の旗を立てて出迎えてくれた。

「妹が来てるぞ」

氏原が指をさした。小柄だが、生き生きとしたセーラー服の女学生が、旗を振りながら笑っていた。

氏原と服部は、大連に家があるのだが、すぐに自由外出は許されなかった。

まず、汽車で旅順に行き、爾霊山《にれいさん》に登り、白玉山《はくぎょくざん》の忠霊塔に詣で、ロシア軍の造った東鶏冠山のペトンの要塞を見た。武田は父に連れられて、大連や星ヶ浦に来たことはあるが、旅順ははじめてなので、興味があった。赤土が露出し、未だに一木も生えない爾霊山の山肌は異様であったが、ロシア軍の機関銃に対し、小銃だけで突撃したのはなぜだろう、と彼は考えた。しかし、そのように、攻撃精神だけで近代兵器に立ち向かうのが、日本軍人らしくてよいのかも知れぬ、とも考えた。武田は、もっとも近代的な兵器である飛行機乗りを志願していたが、その半面、自分の息子をもふくめて、多数の部下を殺すことによって、二〇三高地を占領した乃木将軍を、やはり偉いと思わねばいかんのだろう、とも考えていた。

旅順の要港部で、要港部司令官、塚原二四三中将の昼食のレセプションがあり、候補生は、午後九時まで、自由散歩ということになった。武田は、氏原の家に招《よ》ばれて、晩飯を食うことになっていた。しかし、服部に、

「おい、そんな平凡な家庭の晩飯なんかよせよ。おれが、おもしろいところへ案内してやろう」

といわれると、その気になって東山や、谷川や、機関科の石川とともについて行くことにした。

服部は、四人を、旅順の旧市街の裏街に案内した。このあたりは、満人の商店街でごみごみしていた。衣類、家具など雑多な商品が並べられ、飲食店には、豚の頭が吊され、油の匂いが漂っていた。

書館という派手な飾りをつけた家が並んでいる一角に出た。

「おい、書館といっても、本屋ではないぞ」

服部がそのなかの一軒の扉を押した。内部には、テーブルがいくつかあり、満人の男と女が首の長い陶器の壺から酒を注いで、呑んでいた。女は髪を頭の両側で束《たば》ねて垂らし、若か

ったが、化粧が濃かった。脂粉の香が立ちこめていた。

服部が支那語でなにか叫ぶと、奥から女が三人ほど出て来た。化粧をしておらず、蒼い顔をしていた。

「おい、服部、ここは淫売宿じゃねえか」

と石川が言った。

「品の悪いことを言うな。満人の遊廓だ。なかなか美人がいるぞ」

「ふーむ……、服部、貴様、ここで上がったことがあるのか？」

武田は違和感を感じながら、そう訊いた。

「まあな、中学四年生のとき、おれはここで筆おろしをしたんだ」

「ふーむ、貴様、ませとるな」

谷川も、羨望と軽蔑を半々にしたような言い方をした。

「なんだ、貴様たち、まだ童貞なのか……」

服部は、小馬鹿にしたような言い方をし、女の一人に酒を注《つ》がせた。

「これはな、老酒《ラオチュウ》というんだ。上海の近くでとれる紹興酒のような上等な酒を、老酒と呼ぶんだ」

「こりゃあ、こんなところを指導官付に見つかったら、懲罰だな」

東山があたりを見回しながら言った。

「大丈夫、大高中尉は、こんな所へは足を踏み入れんさ」

服部は、うまそうに老酒を呑み干すと、言った。

「おれはな、大連に恋人がいるんだ。いま女学校の四年生だが、手を出すわけにはゆかん。それで、休暇にはこういうところへ来て、はけ口を見出していたのさ。つまり、精神的には彼女を愛し、肉体的な欲求はこういうところで処理するんだ。二十一歳といえば、立派な大人だぞ。マスターベーションなんて、子供のやることだ」

服部がそう言うと、石川が同調した。

「そうだな。おれも中学生のとき、年上の女とやったが、やはり本物はええぞ。おい、服部、貴様、ここで上がるんか」

「いや、今日は酒を呑むだけだ。東山が心配するからな。遠洋航海中に、一物が腫れてきても困るからな」

すると、それまで黙っていた谷川が、やや安心したように大きな声を出した。

「おい、何か食うものはないのか。おれは色気より、食い気だぞ。要港部司令官のレセプションは、貧弱だったからな」

「あわてるな、いま、本格的なチャン料理を食わせてやるからな」

老酒を五本ほどあけてそこを出ると、服部は、赤地に黒で「請千客万来」などと大書した聯《れん》を下げた酒家《シユウチヤ》という店の玄関をくぐった。服部の注文で、いためものや揚げものなど、五皿が卓の上に並んだ。谷川と石川はせっせと食いはじめ、武田と、東山もそれにならった。

「おい、谷川、貴様が、いま食っているのは何か知っとるか」

「豚だろう」

「豚の鼻のうま煮だ」

「ふーむ、下手《げて》だが、うめえや」

「こちらは、豚の耳、そちらは豚の一物、これは、豚の爪先だ」

「ふーむ、捨てるところばかり食わせるんだな」

「そのかわり安いんだ」

　そのような問答を聞きながら、武田は、海軍にも、いろいろな男が入って来るものだと考えていた。彼は満州生まれであるが、彼の知っている支那料理というものは、鶏のから揚げや、鮑《あわび》の蒸し物、鯉のから揚げ、それに、一般的なものでは豚饅頭（ギョーザの大型）や、マントウ（肉まんや餡まんがある）などであった。

　翌日の昼は、大連市内の満鉄本社、製油所などを見学し、夕方の列車で、新京に向かうことになった。いよいよ、満州国皇帝に拝謁することになったのである。

　皇帝溥儀《ふぎ》は、満州から出た愛新覚羅王朝（清朝）の最後の皇帝として、四年間在位した。一九〇八年、即位したときは三歳で、一九一二年、辛亥《しんがい》革命によって退位した。日本の工作によって、満州国が成立したのは一九三二年である。当初、溥儀は執政という名のもとに、満州国政府の主席となった。そして、一九三四年（昭和九年）皇帝となったのである。清朝時代の帝号は宣統《せんとう》帝であり、満州国となってからは、康徳帝と呼ばれた。武田たちが新京を訪れた昭和十五年には、皇帝は三十四歳であった。

武田は、未だ会わざる皇帝に、ひそかな親しみを感じていた。皇帝と自分とは、同族ではないか、と考えていたのである。武田は背が低く、長胴短足族の一人だと、自分を考えている。武田の父は岐阜県人であるが、「お前はお母さんの血をひいて、大陸系だな」と言ったことがある。北海道や東北には、古代に北方の大陸から人類が渡って来たことは、多くの歴史家の説くところである。満州に育ち、満州の人間や風物を愛する武田は、ひそかに自分を、大陸の血をひく人間だと、考えていた。武田の生まれた街は、四平街といって、長春（新京）より百キロほど南の町であるが、郊外へ出ると、蒙古人の包《パオ》を見ることができた。大きなテントのなかで生活している長胴短足の人種を見て、武田は顔も姿態も、自分と似ているように思い、懐かしく感じたものである。そのような理由で、武田は清朝の直系である皇帝に会うのを楽しみにしていたのである。

大連から新京までは、ほぼ七百キロある。新造の特急亜細亜《あじあ》号は、十時間足らずでこれを走る。列車は、熊岳城という満州で唯一の温泉町を過ぎるころ、夜行となった。武田は小学生のころ、父に連れられて、この温泉に来たことがある。海岸の砂風呂が珍しかったが、蚊というものを、満州ではじめて経験したのがここで、蚊帳《かや》の香りが新鮮に感じられ、何度も出入りを繰り返して、母に叱られた記憶がある。

列車は、深夜、奉天に止まった後、どういうわけか、六十キロ北の鉄嶺という駅で止まった。武田は、プラットホームに降りてみた。夏の終わりではあったが、大陸の夜気は冷えていた。鉄嶺は、日露戦争の終結当時、日本陸軍がこの線まで進出していたところといわれている。そして武田が、小学校二年生から五年生までを過ごしたのが、この町であった。父は鉄嶺駅の助役をしており、後にすぐ北の平頂堡という小駅の駅長となった。武田は、平頂堡から汽車で鉄嶺に通った。客車のときもあれば、貨物車の一番後ろの車掌室に乗ったこともあった。貨物車に乗るときは、幾列にも並んでいる貨物列車の間をくぐることが多い。貨車を連結するとき、車輌の列が波動的に動く。そのようなとき、武田たち汽車通学の小学生は、その波にひっかからないように、見通しをつけて、連結器の下をくぐるのである。武田の知っている老人で、連結のとき、車輌の下にいて、片脚を失った男がいたが、幸いに、武田たち小学生にはそのような災害はなかった。

武田は、プラットホームで大きく息を吸った。幼年時代を過ごした鉄嶺の夜気であった。駅の建物は、父が勤務したころと変わっていないようであった。ロシアふうの煉瓦造りで、屋根は青銅でふいてあり、どっしりとした駅で、待合室から道路までは五十段近い階段があった。

小学校三年のとき、武田は駅の近くで、うんこを出してしまったことがあった。学校の帰りに本屋で立ち読みをしている間に、便意を催《もよお》し、駅の便所へ急いだが、大通りの角を曲って、駅の階段が見えたとたん、肛門の筋肉がゆるんで、排便してしまったのである。武田は、ズボンの裾から、黄色い便が流れ出るのを見るとしゃがんでしまい、近くにあった満鉄の事務所から男女の事務員が出て来て、武田を便所に連れて行ってくれた。女の事務員が、かいがいしくズボンをぬがせて洗ってくれ、男の事務員は、「臭い、臭い」と言いながら、バケツで、武田の下腹部に水をかけた。家畜が洗われている姿を、武田は連想した。女の事務員は、そのあとをぬぐってくれ、二階から大人物《おとなもの》のパンツを借りて来てはかせてくれた。まだ濡れているズボンをはき、洗ってもらった自分のパンツを手に持つと、武田はランドセルを揺すりあげ、礼もろくに言わず、その事務所を出た。

「今度から、出そうになったらね、どこの家でもいいから、そう言うんですよ」

と、女事務員が言った。武田は自分の母のつぎに、その女性を好きだと思った。

回想の内容は果てしがないが、停車時間は短かった。ベルが鳴り、武田は車内に入り、亜細亜号は発車した。

車内では、機関科の石川が、各車輌を荒らしていた。

「おい、氏原、貴様、大連で家へ帰ったろう。酒か菓子を出せ」

そう言って、強請して歩く石川は、酒の匂いがした。

武田たちの亜細亜号は、早朝、新京駅に着いた。

待合室で、駅弁を食った後、候補生は、満州国皇帝の宮殿に向かった。新宮殿が新築中で、仮宮殿は、昔の富豪の邸らしい屋根の反った支那建築であるが、かなり老廃していた。日本の宮城の広大荘厳とは、較《くら》ぶべくもなかった。廊下の板はゆるみ、庭には割れた瓦が積んであった。

武田たちは謁見の間ともいうべき広間に整列して待っていたが、いっこうに拝謁のような厳粛な気持は湧いて来なかった。このときも、武田は最前列の中央であった。

予想より早く、廊下で足音がした。いそぎ足で、せかせかとした感じであった。日本の天皇のような、規則正しく、しかも重々しい感じはなかった。三十四歳の満州国皇帝は、無造作に段の上に登った。指導官が、「最敬礼」と令し、一応頭を下げさせた後、「直れ」と令した。

武田たちは、頭を上げて、直前にいる皇帝を見た。そして、武田は落胆した。清朝の純血を継いだ皇帝は、長胴短足族ではなく、おそろしく背が高いのである。武田の位置からは、仰ぐようにしないと顔が見えないのである。丸い眼鏡をかけた皇帝は色白で、肌が艶々としており、青年学究のように見受けられた。皇帝は、いかにもそう教えられたかのように、ぴょこり、ぴょこりと候補生たちに頭を下げた。お辞儀の安売りという感じであった。清朝の皇帝というものは、あのように簡単に頭を下げるものであろうか、という気がした。その反面、武田は、皇帝に痛々しさを感じた。幼少にして、皇帝となり、退位して流浪し、いままた、皇帝となる。その白皙《はくせき》の額に、武田は愁いの翳《かげ》を読みとったのである。

皇帝というよりは、良家に育った青年という感じの、その人は、お辞儀をすますと、そそくさと壇を降り、ふたたび、速足で、廊下の向こうに去った。武田は、期待していた親しみを感じなかったかわりに、予想していなかった憂愁を感受する結果となった。

謁見の部屋を出たとき、谷川と武田は私語した。

「おい、皇后に会いたかったたな」

「うむ、あんな医者の見習いみたいな皇帝より、美人の皇后を見たかったたな」

すると、氏原が言った。

「皇后は阿片《アヘン》中毒で、人前には出ないらしいぞ」

宮殿の広い、しかし荒れた庭のかなたで、手押し車に乗って散策している貴婦人の姿に、武田たちは眼をとめた。

「あれが皇后だろうか」

「わからんな、阿片患者なら、暗い部屋で、長い煙管《きせる》で阿片を吸うんじゃないのか」

候補生は、そのようなことを語りあいながら宮殿を出た。

昼は、関東軍司令官梅津美治郎中将の公邸で、ガーデンパーティーがあった。こちらは新しく、庭もよく手入れされ、満州国皇帝の宮殿より、はるかに立派であり、実力者であることを示していた。陸軍将校の夫人連が、サービスに庭園のなかを往来した。

夜は、中央飯店という一番大きなホテルで、満州国総理張景恵のレセプションがあった。これは量が豊富で、谷川や武田を満足させた。

帰路は奉天（瀋陽）で下車して、清の北陵などを見学する予定であった。列車は、公主嶺と四平街に止まった。公主嶺は、武田が幼稚園に入り、小学校に入学した場所である。父は、車掌から助役になって、駅に勤務していた。幼稚園がひけると、武田は駅に遊びに行った。通信に使うタブレット（腕環式通票）を腕にひっかけて歩いたり、技手のすきを見ては電信の鍵《キー》を叩いたりするので、父は追い出し策として、駅弁を買ってあたえた。そのころ、すでに駅弁は三十銭していたように思う。武田は、その駅弁を大切に持って帰り、家の近くの小公園でひらいて、おかずを食べた。卵焼きや、カマボコを噛みながら、空を仰ぐと、乾いた青い空に、高層雲が流れていた。初秋であったと思う。雲は高く、ポプラの梢がそれに向かって伸び、アカシアの葉は十分、緑を保ち、満州の空は印象的であった。

成人してからも、駅弁の卵焼きやカマボコを見ると、武田は満州の空を想い出す。十三年ぶりに車窓から見る公主嶺の街は、かなり近代化しているように思われた。急速な変化、つまり膨脹がそこでは起こっているのであった。公主嶺の郊外には、大きな農事試験場があり、軍事的にもそれは、重要であると思われた。大豆の改良などもやるが、ヨークシャー、バークシャーというような大きな肉豚の交配改良に、力を入れていたように武田は記憶している。

四平街は、武田の生まれた街であるが、街の姿は、武田には馴染《なじ》みがなかった。武田は、この街の満鉄の社宅で生まれたが、育ったのは数え三歳までで、その後は長春に移っており、街の形には記憶がない。四平街はスーピンといって、蒙古がここを征服する以前から、交通の要衝で、大きなバザール（市）が催されたという。近代でも、ここからは、チチハルや熱河へ至る鉄道が伸びている。しかし、いまの武田にとって、自分の生まれた四平街は、コーリャン畑の起伏する地平から突然あらわれ、平野のなかにひろがってゆく新興都市に過ぎなかった。

往路、夜行列車で通った鉄嶺は、昼の陽光のなかで、武田の前に姿を現わすこととなった。鉄嶺の手前の平頂堡で、武田は、自分が幼年期を過ごした家を見ることができた。灰色のどっしりとした煉瓦造りで、ロシアがはじめに鉄道を敷いたとき、ロシア人が建てた家で、武田の母は、ロス建てと呼んでいた。

家の前に小川があり、近くの遼河がはんらんすると、この川にも水があふれ、雷魚やギューギューという鯰《なまず》を網ですくったおぼえがある。東へゆけば、本幹山脈の支脈に連なる丘があり、秋にはキノコがとれた。シメジは汁に入れるとうまい。丘と畑の間には、小さな池が点在し、冬には天然のスケート場となった。小学校二年生の武田は、下駄に刃のついたスケートを買ってもらい、それで池の上を滑った。氷の厚さは三十センチ近くもあるが、満人が魚を釣るために穴をあけるので、それに脚をとられぬように気をつける必要があった。冬休みのとき、元日の早朝、武田は下駄スケートを提げて、一番大きな池に行った。朝日は丘の上に顔を出していたが、満人の集落は、まだ靄《もや》のなかに沈んでいた。日本人の社宅は、アカシアや楡《にれ》の林のなかにあり、炊煙も出ていない。武田はスケートをつけると、真っ直ぐに滑《すべ》った。池といっても、長辺は千メートルに近い。だれも妨げる者のいない、厚い、新しい氷の上を、武田は全速で直滑走しながら、充足を感じていた。満州の風物は、彼の幼年時代を自在なものにさせていたのである。

平頂堡の駅を通るとき、武田は西側の林のなかを注視していた。線路に近い位置にかなり大きな墓が残っていた。この地区で演習があったとき、列車事故で殉職した独立守備隊の兵士の墓である。その裏に武田はペスの死体を埋めたのだった。

鉄嶺小学校四年生のときである。武田の家では、ペスという駄犬を飼っていた。褐色で毛が長い北国の犬であった。雨に濡れると、臭いが強かった。ペスは武田によくなれ、忘れた弁当箱を駅までとどけてくれたりした。ペスは、線路の向こうの、満人集落にいる牝犬と親しくなった。ある日、自宅へ帰る途中、ペスは列車に轢《ひ》かれた。首を切断され、眼球がとび出していた。

「家に帰ろうと思って急いだんだろう」

と父は説明した。

武田はペスを憐れに思い、兵士の墓の裏の土を掘って葬り、ペスの好きだった豚饅頭と、少量の牛肉を供えた。翌日、行ってみると、供物は人か獣に奪い去られてなかった。十歳の少年の胸にも、無常という気持が兆《きざ》した。

武田は、この犬の死のことを、詩に書いて綴《つづ》り方の時間に提出した。教師は驚いて武田の母を呼んだ。

「女学校の上級生が書くような詩を書きますね。読書調査のときもキングだの婦人倶楽部だの大人の雑誌を書いている。あまり早熟な教育はよくありませんね」

母は、そう言って教師に叱られたという。

「仕方がないわね、あんたの伯父さんは、新聞記者で、小説家だったんだから……」

母はいつものあきらめたような口調で言った。

回想は豊富であるが、風景は一瞬にして飛び去る。

平頂堡が去り、鉄嶺の街が近づいた。車窓から見えるのは、満鉄病院の赤い屋根と、領事館の塔と、小学校の背の高いポプラだけである。鉄嶺は並木が多く、ロシアふうで、いまとなっては古い街であり、あまり変化もないように思われた。

奉天では、北陵を見学した。愛新覚羅王朝が、北京を占領する以前、瀋陽に都をおいていたころ、皇帝の遺体を埋めた陵墓で、広大な城壁に囲まれており、宝物殿には武器、衣類、陶器などが展示してあった。ここも武田には懐かしかった。小学校の遠足などで、二、三回来たことがあった。

午後一時、陵の見学を終わると、六時まで、自由散歩があった。武田は鉄嶺の街を歩いてみたいと思った。指導官付の大高中尉に申し出たが、許可されなかった。

「軍艦では出港に遅れると後発航期罪といって、厳罰に処せられる。貴様の望郷の気持はわかるが、遅刻するおそれのあるところに行かせるわけにはゆかんのだ」

そう言って、中尉は武田の肩を叩き、

「貴様、満州の生まれだったのか。道理で、茫洋として、日本人ばなれしとると思った。しかし、船には、もう少し強くならんといかんな」

と言った。

武田は止むを得ず、谷川たちと春日通りを歩いて、飯を食った後、映画を見ることにした。大陸劇場という新しい映画館で、「民族の祭典」をかけていた。昭和十一年、ベルリンで行なわれたオリンピックの記録映画で、レーニ・リーフェンシュタール女史が監督制作したものである。

「内地では、まだ封切っていませんよ。満州は、ドイツから大陸経由直送ですからね、一番早いんですよ。さあ、どうぞ……」

呼びこみの男は、そう説明した。

武田たちは入場した。オウエンスという黒人選手が走っていた。走り幅跳びであった。着地すると前にひっくり返るので、そのスピードがわかった。彼はこのほか、百メートル、二百メートル、四百メートルリレーで、四つの金メダルを獲得した。田島直人が三段跳びに十六メートルの世界新記録で優勝し、西田、大江が棒高跳びで、アメリカの選手と優勝を争った。三時間にあまる長い映画であった。

マラソンに、孫基禎《そんきてい》と南《なん》が出場するころ、武田の腕時計は五時半を指していた。集合地点の駅までは歩いて十分近くかかる。五時四十分になると、石川と谷川は、

「おい、もう出るぞ。集合時間に遅れる」

と席を立ってしまった。

武田はねばっていた。孫はまだ走っていた。リーフェンシュタールのカメラは、上から、下から、喘ぎながら走る孫の姿をとらえてはなさなかった。スローモーションになると、孫の両腕がゆっくりとピストン運動を繰り返し、影が海面に落ちた雲の影のように地上を移動して行った。孫が優勝し、映画が終わったのは、五時五十分であった。武田は、短剣を左掌で握ると、ふいに、駅に向かって駆けた。貴賓席で満足そうに笑っていたヒトラーの髭が印象的であった。ふいに、武田の脳裡に満州国皇帝の愁いを帯びた白い額が甦った。

――あの皇帝も、髭を生やせば、もっと威厳が出るかも知れない……。

そう考えながら、武田は、孫よりもオウエンスに似た走り方で、駅へ急いだ。

駅前では、候補生が整列を終わり、乗車にかかるところであった。駆けて来た武田を見ると、大高中尉は、眼を三角にして怒鳴りつけた。

「遅いぞ！　武田候補生！」

駅の大時計は六時一分前を指していた。

大高中尉は、武田のそばによると、

「鉄嶺とかへ行ったんじゃないか、と心配していたぞ。まあ、満州なんかはまた来られるさ」

と言った。

列車は奉天の駅を離れ、南に向かった。地平の向こうに巨大な雲が湧いており、その頂上から赤く染まりかけていた。満州の雲は悲しい、と武田は考えていた。その雲のはるか向こうに、ゴビの砂漠で知られる蒙古があるはずであった。

練習艦隊が大連の埠頭をはなれるとき、武田は二人の女性を見ていた。一人は氏原の妹の貴子《たかこ》であり、いま一人はそのとなりにいる少女であった。服部のいうところの恋人なのであるが、名前はわからない。セーラー服ではなく、ヨーロッパふうのスーツをつけ、襟に白いフリルがついていた。彼女は背が高く色白で、武田が子供のときハルビンで見た白系ロシア人の少女に似ていた。細い腕をあげ、二の腕の裏まで見せながら、ハンカチを振ったが、デ

ッキの上の服部は、応じる気配がなかった。無表情のまま立っている服部の横顔を眺めながら、

――こいつは海軍士官になるのは、道を誤ったのではないか。小説家にでもなった方がよかったのではないか。それとも、こういう男の方が、実戦には強いかも知れない、などと考えていた。

艦は埠頭をはなれ、艦と岸壁の間には、ラムネの泡のように、海水が湧き返った。岸壁では、旗やハンカチが物狂おしく振られたが、服部は表情を変えなかった。候補生たちは、見送り人に帽子を振ったが、武田は帽子を振る相手がいないので、自分を生み、育ててくれた満州へ、という意味で、あてもなく、大連の市街の上空へ向けて帽子を振っていた。

七

大連から上海への航海も、はじめは平穏であったが、途中から、台風にたたられた。揚子江の河口では、潮流と、うねりと、三角波と、それに、河の流れがくわわって、海は複合した不思議な動き方をしめし、練習艦は、完全にピッチングと、ローリングと、ヨーイングのミックスによる揺れ方をつづけた。

この日の昼、第一班は、最上甲板、艦橋のすぐ下で天測の実習を行なった。武田は三日間の航海で吐くものを吐き尽くしていた。子午線通過計測といって、正午に太陽の高度を計る

容易な天測であったが、六分儀を眼にあてると、頭が痛くなった。武田はよろめきながら、腰の缶をとりあげ、呻《うめ》き声とともに、青黒い胃液を絞るように吐いた。風がつむじを巻いており、胃液は竜巻のように螺旋《らせん》状を示しながら、舞い上がり、艦橋の窓から、天測を指導していた航海長の首に、ぺちゃりと巻きついた。

「こら、候補生！　デッキで吐くやつがあるか！　厠《かわや》で吐け！」

航海長は、苦笑しながら、気味悪そうに、武田の胃液をむしって、振り捨てた。胃液は下には落ちずに、風に乗って、前方の窓から顔を出して入港準備を指揮していた鍋島艦長の顔をかすめた。艦長はあわてて顔をひっこめ、胃液は、となりの窓ガラスに張りついた。眺めていた武田はおかしかったが、笑うと吐きたくなるし、腹は完全に空なので、笑うほどの元気もなかった。

上海は、揚子江の支流、黄浦江の左岸にある。共同租界の近くに第三艦隊の旗艦「出雲」が碇泊し、長谷川清司令長官の将旗が上がっていた。上陸の前に、指導官付の一人で、上海特別陸戦隊にいた、石原中尉の説明があった。

「リラの花散る上海、などという歌にだまされて、上海をロマンチックな町などと考えちゃいかんぞ。第一、リラの花なんかありゃせん。租界には毛唐と支那人と犬がいるきりだ。支那人は、金持ちと野鶏《イエチー》と呼ばれる淫売婦と、乞食と、あとは労働者だ。ガーデンブリッジはあるが、下を流れる蘇州河は真っ黄色だ。一つだけ注意しておく。絶対に横丁の石畳に入るな。数日前も水兵が二人やられた。上海には、チンパンとかホンパンとかいうテロ組織があって、日本の軍人を狙っている。かならず、二人以上つながって歩け！」

指導官付の注意は、以上のように、きわめて、散文的なものであった。武田は、氏原、東山、谷川、服部などといっしょに上陸し、まず、日本人がいちばん多いといわれる虹口《ホンキュー》地区へゆき、大きな喫茶店でコーヒーを飲んだ。メニューには、ほとんど食事らしいものはなかった。

「支那の夜」のレコードがかけられていた。

「上海も兵糧欠乏だな。まだ、満州の方がましだったな」

谷川が悟り切ったように言った。彼は落胆しないように、艦を出るときから、自分にそう言い聞かせていたのであった。電信のモールス符号で、「ヒ」は－－・・－なので、合調音語という記憶法では、ヒョーローケッボーと覚えるのであった。

五人はブロードウェーマンションという二十八階建てのビルを仰ぎ、なかに入ってみたが、食うものはなかった。蘇州河にかかるガーデンブリッジは、長良川の汽車の鉄橋よりも殺風景でごつかった。橋の向こう側にはインド人の巡査が立っていた。そちらはイギリス租界なのであろうか。バンドと呼ばれる埠頭があり、桟橋の放列が突き出ていた。

「上海というところは、何もないところだな。要するに、支那の貧しさと、ヨーロッパのエキゾチシズムをミックスしただけの町だな」

谷川が嘆息した。

「いや、ここは面白い街だ。何かがある。蘇州河の黄色い水にも、インド人ポリスのターバンにも、波止場の乞食にも、何か考えさせるものがある。上海へ来たら、日本人は何かを考えるべきだな」

服部がそうさえぎった。武田は、なかば同感だった。日本人と支那人、南支那の人間と満州の人間……。満州国皇帝の愁いを帯びた、蒼白い横顔が武田の脳裡にあった。

その夜は、アスターハウスという大きホテルで、長谷川長官のレセプションがあった。このときはホーコーズ（火鍋子）という鍋料理が出た。白い魚の切り身を、「食用蛇だ」と参謀が教えてくれた。武田ははじめて蛇を食ってみた。脂が強かった。意外なことに谷川は、蛇がだめなのであった。「鰻はいいが、蛇はいかん」といって、遠慮をしていた。

上海から南京へ行く途中、候補生は、蘇州を見学した。内地では、「支那の夜」の歌は下火となり、李香蘭の歌う「蘇州夜曲」が流行していた。

絵葉書にあるとおり、丸い穴のあいた石の橋が蘇州にはあった。蘇州河の水も、ここでは黄色ではなく、アオミドロのような濃緑色で、藻が一面に沈んでいるのが見えた。水はほとんど動かず、ゆるやかに反《そ》った瓦屋根の向こうに、夏の陽が傾きつつあった。それが詩にうたわれた寒山寺であったが、歌のような恋人同士の姿は見られなかった。三年前、ここは戦場であったのであり、人心は未だに砲火に怯《おび》えているのであろうか。日本の軍部が、どのように民衆を制圧しているのかを、そのときの武田は知らなかった。

南京では、中国政府主席の汪兆銘のレセプションがあるはずであった。下関《シャアカン》という、揚子江の河港に近い陸軍の宿舎に入ると、ベッドと毛布だけの部屋の床に、白い粉が積もるほど撒《ま》かれていた。

「おい、重大ニュースだぞ」

機関科の石川がやって来た。

「南京は、赤痢がはやっているので、明日の汪兆銘のレセプションはとり止めだそうだぞ」

候補生たちはどよめいた。床に撒いてあったのは、石炭酸であった。食うたのしみを除くと、上陸のたのしみは、半減もしくは、全滅するのであった。

「ちっ、支那の大統領の飯なんか、食いたかねえや。どうせまた、蛇の煮込みだろう」

谷川が負け惜しみを言った。

「じゃあ、南京では何を食うんだ」

武田の問いに、主計科の候補生が答えた。

「牛肉の大和煮と、食パンだ」

「ちっ、また鯨か……」

大和煮は、このころから鯨が多いという評判であった。

「蛇よりはましだ」

谷川があきらめの表情で言った。

翌日、南京政庁のホールで、汪兆銘のあいさつがあった。日本と協力して、新しい中国を建設したい、という意味のことを言ったようだが、武田はよく聞いていなかった。レセプションがないのなら、あいさつだけ聞くのは無意味に近かった。汪兆銘は演壇の上からスピーチをした。最敬礼もないので、顔はよく見えた。当時、五十五歳であったが、若々しくエネルギッシュであった。目先の利く商人のような顔だ、と武田は考えた。そこには、満州国皇帝のような憂愁の翳は見られなかった。そして、皇帝よりも、さらに自分とは異質の人間であるように思われた。

汪兆銘は、重慶を脱出して、この年の三月、日本政府と結び、新しい政治を行なうべく、努力しているところであった。

南京から上海にもどった少尉候補生は、佐世保に入港した後、鹿児島に寄り、横須賀で解散する予定であった。

九月も中旬を過ぎていたのに、相も変わらず、台風がやってきて、練習艦隊と同行あるいは逆行した。あまりシケがひどいので、鹿児島湾入港はとり止めとなり、横須賀に直行することになった。

十日間に近い長い航海であった。武田は、暇があると、ハンモックのロッカーで寝ていた。そして、一週間を過ぎたころ、あまり船酔いがつづくと、三半規管が麻痺して、酔いを感じなくなることを、武田は発見した。艦が遠州灘を通るころ、彼はしびれた頭をかかえたまま、ロッカーから這い出した。東山もハンモックから降りて来て言った。

「極限まで来ると……、酔いというものは、おさまるものだな」

「石川の言うように、自分の吐いたものを食うくらいの気力があれば、もっと早くこうなったかも知れんな」

　上下する水平線を眺めながら、語り合っていると、横に来た谷川が言った。

「違うな、石川は酒を呑むだろう。酒呑みは船に酔わんというぞ」


　横須賀に入港したのは、九月下旬である。

　練習艦隊司令官、清水中将の長い訓示があり、練習艦隊は解散した。司令官の訓示は型どおりであったが、別の意味で、武田にとっては、印象に残る、実り多い航海であった。

　練習艦隊課程を終了した少尉候補生は、それぞれ戦艦、航空母艦、巡洋艦、駆逐艦などに配乗され、艦隊勤務につくことになっていた。しかし、その前に飛行機搭乗員志望者は、霞ヶ浦航空隊で適性検査を受ける。検査をパスしたものは、翌年春、少尉任官後、飛行科士官として、正式に霞ヶ浦航空隊付となり、操縦訓練を受ける予定であった。

　武田は戦艦「伊勢」乗り組みが決まっていたが、飛行機志望なので、氏原たちといっしょに東京の上野駅から常磐線に乗った。海兵卒業生二百八十八人のうち、飛行機志望は二百人近かったが、適性検査をパスして、ふたたび霞ヶ浦にもどって操縦訓練を受ける者は、百名内外と想定されていた。

　霞ヶ浦の飛行場は広く、武田たちは、ここで、昭和初年、ツェッペリン飛行船が日本へ来たとき、そのために造られたという日本一の格納庫を見せられた。

「いまは古くなったので、押せば倒れるほどだ」

と六十五期の教官が言った。

感心して見ていると、それが武田たちの宿舎であった。

ここで彼らは、日独伊三国同盟の締結を聞いた。

ちょうどこの一年前、ドイツはポーランドに侵入し、ヨーロッパでは戦争がはじまっていた。そして、この年の六月、フランスはドイツに降服していた。世界は大戦への歩みを進めており、それは武田たちにも感じられた。

――やがて、おれはここで訓練を受け、前線に飛び立ち、そして、戦死するだろう……。

武田は、巨大な格納庫の壁をなでながら、そう考えていた。

十月二日、武田は山口県岩国の南にある由宇《ゆう》駅で降りた。連合艦隊は柱島《はしらじま》沖に集結していた。ランチで戦艦「伊勢」の舷梯（タラップ）に着くと、谷川が出迎えてくれた。

「おい、ここではな、茶碗で飯を食わせてくれるぞ。ガンルーム（士官次室）だからな。汁も、ちゃんと塗りもののおわんで出るんだぞ」

谷川は食い物のことで感激していた。

武田は、艦長室に行き、第八分隊士、左舷高角砲指揮官を命じられた。

ガンルームは、中尉以下の青年士官が集まるサロンであった。六十六期の沖本中尉が、ケプガン（キャプテン・オブ・ガンルーム）であった。

「候補生がそろったら、ＧＦ（連合艦隊）長官に伺候《しこう》（あいさつ）するぞ」

と沖本中尉が言った。

十月四日の昼、戦艦「伊勢」の少尉候補生は、内火艇で、連合艦隊の旗艦、戦艦「長門」に向かった。舷梯を上がると、東山が副直将校で、双眼鏡を首から下げて立っていた。ヘッドの彼は「長門」乗り組みであった。後甲板には天幕が張られ、軍楽隊が元禄花見踊りを奏していた。

「いま、長官は食事だ。終わったら、貴様たちの伺候を受けられる」

と、東山は言った。落ち着いていた。「長門」なら揺れないから、へどを吐く心配もないので、落ち着いているのだろう、と武田は考えた。奏楽が終わると、長官はいったん、長官公室に降りた。

武田たちは、後部四十センチ砲塔の前に整列した。長官はなかなか現われなかった。気がついてみると、後甲板の艦尾に近いところを往復している将官がいた。

「おい、ありゃあ、長官じゃないか」

「うん、白手袋をはめているぞ」

山本五十六は、少尉候補生で日本海海戦に参加し、軍艦「日進」の艦上で左手の中指と人差し指を失っていることを、候補生たちは知っていた。彼らの知識では、山本は当時の海軍で、もっとも強力で、近代的な長官であった。

先任候補生の橋田が、駆け寄って、候補生の整列を告げたが、山本は、軽くうなずいただけで、その熊のような散歩を止めようとはしなかった。あとから考えてみると、このときすでに、山本の胸中では、真珠湾奇襲の案が具体化しつつあったのであろうか。

しばらくすると、長官は、ゆっくり、少尉候補生の列の前に歩み寄った。

「戦艦『伊勢』乗り組み、少尉候補生、橋田文吾ほか十六名」

と、橋田が申告した。

山本は軽くうなずき、白手袋の右掌をあげて、静かに答礼を返し、

「しっかりやってくれ」

と言った。低い声であった。

「長門」を去る内火艇のなかで、武田たちは語り合った。

「長官は、何だか元気がないな」

「いや、あれでいいんだ。GF長官は、べらべらしゃべるもんじゃないんだ」

「長官のレセプションというのはないのか」

そう言ったのは、谷川であった。

少尉候補生は、大いに意気込んで、艦隊に乗り組んだのであるが、この年は、無事に過ぎた。十一月十一日には、横浜沖で、皇紀二千六百年の記念観艦式があり、戦艦「伊勢」も、横浜沖に投錨した。その後は、呉に帰り、ドックに入り、修理整備に努めた。となりの第四ドックでは、戦艦「大和」が最後の艤装《ぎそう》を急いでいた。すでに四十六センチ砲塔が積み込まれていた。

「大きいなあ……」

武田は谷川とともに「大和」の檣マストを仰ぎみた。

「おい、あの四十六センチ主砲発射の轟音は凄《すげ》えだろうなあ……」

谷川の興味は、前甲板の主砲塔にあった。

「貴様、飛行機志望じゃなかったのか?」

武田の声に、谷川は答えた。

「うむ、戦艦は飛行機の敵にあらず……これがおれの持論だったが、この『大和』を見ていると、それがぐらつきそうになるな」

「まったくだな……」

やはり、飛行機志望の武田も、うっとりという形で、巨艦の美しい流線型に見とれていた。

二人の少尉候補生が、「大和」の強さ、そして優美な姿に惹《ひ》きつけられている間にも、日本が着々として、戦争突入の準備を進めていることについて、二人は何も知らされていなかった。

(註、戦史によれば、山本五十六が真珠湾攻撃を決意したのは、昭和十五年九月、日独伊三国軍事同盟が締結された直後である。

彼は、この同盟が、対英米の開戦を誘うものとして、極力反対したが、力およばず、同盟が成立した後は、日本がアメリカを圧倒する手段を講ずるべく、真珠湾攻撃をみずから立案したのである。

海軍一般の評価では、山本は勇将、猛将というよりは、知的な軍略家であるとなっている。

彼は、軍縮条約を活用して、英米との戦いを避けるべく努力した。しかし、時代の波は、彼

を開戦の立役者として押し出すことになったのである）

年があけると、一月上旬、山口県室積《むろづみ》沖に集結した連合艦隊は、高知県宿毛《すくも》湾を基地として、本格的戦闘訓練を行なうこととなった。

大砲と士官

一

昭和十六年二月、連合艦隊は、四国の西岸宿毛《すくも》湾にいた。いまでも宿毛湾の名前を知る日本人は少ないが、太平洋戦争直前の連合艦隊は、主として、宿毛湾を訓練基地としていたのであり、足摺《あしずり》岬の北西にある湾であるといえば、位置もわかりやすいであろう。

二月十一日朝、海軍少尉候補生武田竜平は、宿毛湾内の戦艦「伊勢」のガンルームにいた。

ケプガンの沖本中尉が、武田を呼んだ。

「おーい、武田候補生。トンボ釣りに行ってくれい」

〝トンボ釣り〟とは、海岸の水上機基地に着水する水上機の救難艇のことである。一期の戦闘訓練は、昨日で終わりを告げていたが、福岡県の雁《がん》ノ巣《す》航空隊に不時着していた、戦艦

「長門」の水偵（水上偵察機）が帰って来るので、その整備に、宿毛町海岸の救難基地に待機せよ、という司令部からの指令である。十一日の救難艇は、「伊勢」が当番であった。

武田が了承して、剣帯を腰に巻き、ガンルームの外に出ると、副長の坂本中佐が、

「おう。少尉候補生。救難チャージ（艇指揮のこと）はいいが、ほかの艇を沈めんでくれよ」

と後甲板から声をかけた。

坂本中佐は、砲術科の中でも、もっとも規律厳格といわれる陸戦隊の出身で、海軍体操のベテランであり、昨年十月、「伊勢」に乗り組んできた候補生は、毎朝二十分以上も体操をやらされたものであった。

武田は、唇を噛んだ後、副長に敬礼をした。昨年末、候補生の一人が、呉軍港で巡洋艦の内火艇を一隻沈めてしまったことがある。それ以来、副長はますます候補生を子供扱いするようになった。候補生のことを、「この子は」などと呼ぶようになったのである。武田は、それを残念に思っていた。

そこへ、もう一度、副長が声をかけた。

「候補生、舷梯（タラップ）から降りるんじゃあないよ」

「は、繋船桁《けいせんこう》から降ります！」

武田はそう答えると、左掌で短剣の先を握り、艦首へ急いだ。

繋船桁というのは、艦首に近い位置の両側に張り出しているヤード（桁＝横木）のことで、

このヤードから長い索が何本もさがっており、その先に、水雷艇やランチやカッターがつないである。普通、艦の乗員が、これらの小舟艇を利用する場合は、繋船桁にいる艇を舷梯に呼びつけて乗船するのであるが、艇員だけで任務につくときは、すべて、繋船桁から索をつたわって、艇に降りることになっていた。艦首に走り去る武田の肥満した姿を坂本副長はじっと見送っていた。

昨年秋の乗艦以来、三人の候補生が、繋船桁の索から海に落ちていた。副長は、塩水を呑むことが、候補生を一人前の士官に仕上げる早道であると考えていた。

繋船桁は、十メートル以上も横に張り出しているが、人間の歩く横幅は、十センチそこそこしかない。ただし、その上を綱渡りみたいに手ばなしで歩くわけではなく、繋船桁の先端から艦体まで、索が張ってあるので、それを握って、蟹のように横這いするのである。繋船桁の高さは海面上八メートルくらいで、落ちても命に別条はないが、スィーマンシップ（船乗り精神）に欠けているということで、面目を失うことになる。

武田は、横に張った索を握ると、へっぴり腰で、ヤードの上を横に移動しはじめた。後甲板からは、副長や当直将校が、双眼鏡でそれを鑑賞していた。二月の太平洋はシケていた。大きなうねりが、四万三千トンの艦体を持ち上げ、また引き下ろす。そのたびに、海面の水雷艇も傾きながら上下する。武田はやっと艇をつないである索の位置にたどりつき、下を見た。水雷艇は、二メートルくらい上下している。艇が持ち上げられたときに、うまくとび降りないと、二メートルをとび降りなければならない。へたをすると海のなかである。

土佐は南国とはいえ、二月の海水は、黒味を帯びて冷たそうであった。

索にぶら下がって、六メートルほど降りると、靴にこつんとさわるものがあった。海水に持ち上げられた艇首が、当たったのである。ふり返ると、艇長の神崎兵曹が舵輪を握って笑っていた。いま、とび降りれば、と思っている間に、艇首はすーと下がった。こちらの体も風で動くので、タイミングがなかなか難しい。風が強くなり、武田の体は、艇の上方でみの虫のように大きく揺れた。後甲板で笑っている坂本副長の顔が見えるようであった。

艇は前進をかけ、前部の機関室の屋根が真下に来た。武田は、風の冷気で、掌の指がしびれるのを感じた。

「えいっ！」

と、気合をかけて、彼は機関室の屋根めがけてとび降りた。そのとき遅く、艇はすでに下降をはじめており、武田は約二メートル落下した。彼が艇に着く前に、艇は上昇をはじめ、彼の両脚はひどい勢いで機関室の屋根に激突し、武田の左脚は、屋根を踏み抜いた。

天井から脚が出て来たので、機関兵はびっくりして入り口から顔を出した。

やっとの思いで、脚を穴から引き抜くと、武田は、後部ケビンの前にある艇指揮の位置に立ち、

「舫《もや》い放て！　前進微速、取舵《とりかじ》一杯！」

と命じ、機関室への通信索をチンと一つ引いた。

神崎兵曹が舵輪を回し、水雷艇は、大きく左回頭して、陸上に針路を向けた。

「艇指揮！　艦橋から信号です」

艇長神崎兵曹の声に、艦橋を仰ぐと、横に張り出した信号甲板で、信号兵が赤と白の手旗を振っていた。

「ゲ、ン、キ、デ、ヨ、ロ、シ、イ、テ、イ、ヲ、コ、ワ、ス、ナ。フ、ヨ、ス」

――元気でよろしい、艇をこわすな、か、畜生！

と武田は舌打ちをした。フヨスとは副長より水雷艇へ、という意味である。

二

武田候補生は、艇を宿毛基地の桟橋に向けた。深い入り江ではないのでうねりが押し寄せ、波が高い。桟橋に艇をつけると、武田は、艇長の神崎兵曹と、艇員の西田をつれて、水上機の指揮所に行った。

海軍少尉候補生は海軍兵曹長と少尉の中間に位する。したがって、神崎二等兵曹より上級である。また、軍艦に積んである水雷艇や内火艇では、若い士官がチャージ（艇指揮）といって、艇全体の指揮をとる。その下に艇長といって、下士官がおり、操舵を担当するのである。

水上機の指揮所へ入ると、数人の搭乗員が休憩していた。本当はもっと多いのだが、この日は祝日なので、艦内で休養しているのである。武田は、当直将校の山田大尉に救難チャージの任に着いた旨、報告した。

「うむ、ご苦労、『長門』の水偵は、昼過ぎに着くらしい。フロート（浮舟）の支柱の具合が悪いらしいが、このうねりでは、ちょっと危険だ。着水のときは、待機していてくれ」

山田大尉は、武田より三期上の海軍兵学校の六十五期生である。武田が四号生徒のときの一号生徒で、入校当時はずいぶんこの人に殴られたものである。いまは巡洋艦の飛行長なので、落ち着いた顔をしていた。

あいさつを終わると、武田は外へ出て海岸を眺めた。滑り（水上機を引き揚げる斜面）に、水偵と水戦（水上戦闘機）が三機ほど揚げてあり、翼と支柱が風に鳴っていた。

午前は、平穏と退屈のうちに過ぎた。午後零時すぎ、ランチが昼食を運んできた。搭乗員待機室の一隅で、西田が運んで来た食罐をあけてみると、なかなかご馳走であった。

小鯛の塩焼き、エビの甘《うま》煮、鮃《ひらめ》の煮物、ハムサラダ、牛肉の煮つけ、かまぼこ、卵焼き、寒天、りんご……と、どっさりある。

「ああ、今日は紀元節だからな」

武田は、ガンルームで、料理をぱくついている大食漢の谷川や杉原の姿を想い浮かべた。

「ご馳走ですな、これで一本つけばな」

呑ん兵衛の神崎兵曹は、嬉しいような物足りないような顔をしてみせた。祝日の昼には、艦内で乾盃がある。救難艇は勤務中なので酒は出ない。

料理を食って、りんごをかじっていると、山田大尉が電信紙を手にして、指揮所から待機室に姿を現わした。

「おい、武田候補生！　いま、通信室に入った連絡によると、『長門』の水偵はやはり左翼の支柱が悪いそうだ。あと三十分でこちらに着くから、衛生兵を乗せて、桟橋で待機していてくれ。軍医官も来てもらうように、いま、『伊勢』に無電を打たせている」

「わかりました」

武田は、半分かじったりんごを食罐に投げこむと、神崎兵曹を呼んだ。

「おい、りんごはみな食ってゆけ。娑婆では、貴重品なんだぞ」

山田大尉の声に、武田はあわてて、食罐のなかから、りんごをひろいあげた。

艇員をまとめ、桟橋の水雷艇で待機していると、間もなく爆音が聞こえた。指揮所の上空をバンク（左右の翼《よく》を交互に傾けること）を振りながら通過すると、旋回に移り、後席の偵察員が発光信号を送りはじめた。

「ヒ、ダ、リ、フ、ロ、ー、ト、シ、チ、ウ、コ、セ、ウ、キ、ウ、ゴ、タ、ノ、ム」

「左フロート支柱故障、救護たのむ……か」

武田がそう繰り返すと、

「こんなシケた海に着けないで、もっと内海のおだやかな基地に着ければ、ええのにな」

神崎がそう言いながら、首をかしげた。

「いや、明日から二期の戦闘訓練がはじまる。水偵は主砲の弾着観測をやらなけりゃあならんからな、なんとかして基地に帰ろうと必死なんだろう」

武田は、そのように自分の感想を述べた。この「長門」一号機には、やはり、武田が四号のときの一号生徒であった平野大尉が乗っているはずである。卒業以来会ったことがないので、武田は再会を楽しみにしていた。

風が西風なので、「長門」の水偵は、海岸から沖の方向に向かって、着水態勢に入った。

水雷艇に乗りこんで来た山田大尉が、

「いかんなあ、波の高い方に着水する。逆だといいのになあ」

双眼鏡をかざしながら、そう言い、

「艇指揮！　着水地点に、艇を向けろ！」

と指令した。

武田は、後進で桟橋から艇を離し、大きく回頭して、沖へ向かった。

水偵は、滑りの百メートルほど沖の地点に着水したが、沖へ出るにしたがって大きくなるうねりの波動にうまく同調できず、何度もジャンプして、フロートがはげしく海面を打った。

「いかんなあ、やられるぞ」

山田大尉がそう叫び、間もなく、水偵は左に大きく傾くと、翼端が水をすくい、大きな飛沫をあげながら、斜め向きになって、とんぼ返りをうち、転覆した。

「やられた、急げ！」

山田大尉の声に、

「両舷前進全速！」

武田は、機関室への伝声管にそう叫び、

「水偵の位置！」

と目標を神崎兵曹に指示した。

水偵の転覆したあたりは、かなり沖になるので、うねりが高い。呼吸する巨人の背中のようなうねりの上に、フロートを上にして、水偵は浮いていた。三人の搭乗員は、転覆のとき投げ出されたとみえて、救命胴衣を胸に巻いたまま、漂うように浮いていた。一号生徒だった平野大尉もいたが、しこたま潮水を呑んだらしく、泣いたような顔をしていた。

「よし、まず搭乗員を助けろ！」

艇を、泳いでいるパイロットたちに近づけると、山田大尉は、

「おい、平野！　ゆくぞ」

と、命綱を投げた。

平野大尉は、着水のとき、前方の遮風板で顎を打ち、偵察員の川村兵曹は、脇腹を打っていたが、生命に別条はなかった。

「おい、平野、まあ軽傷でよかったな」

山田はそう言って、顎から流れる血をガーゼで拭っている同期生をねぎらった後、言った。

「おい、武田候補生、つぎは、水偵を曳航するぞ。あのメーン・フロートの先に環《わっぱ》がついているだろう。あいつに命綱《ライフライン》を通せ。すべるから裸足《はだし》でゆけ！」

武田は靴をぬいで、ズボンの裾をまくり、自分も胴に命綱を巻きつけ、いま一本の綱を手

にして、艇の舷側にぶら下がった。水偵はメーン・フロートの腹を海面に見せて浮流しており、機体は海中である。神崎兵曹が慎重に艇を操縦して、フロートに近づけ、武田は、綱を握って、フロートの上にとびおりた。

ところが、フロートはカツオブシの腹のようで、断面が山型の斜面になっており、いつも水につかっているので、よく滑る。正規の位置ならば支柱につかまればよいのであるが、転覆しているので何もない。先端の環の位置まで歩こうとした武田は、うねりによるフロートの傾斜に足をとられて、たちまち海中に転落した。少量の水を呑んだ後、浮上した武田は、泳いで、環の位置にたどりつき、環に命綱を通すと、

「よろしい！」

と、片手をあげ、また、がぶりと水を呑んだ。

「よし、艇指揮をひきあげろ！」

山田は、自分も力を併せると、武田の命綱を引っ張った。武田は、びしょ濡れになって、艇の上に上がった。

「よし、武田！　よくやったぞ」

山田の声を聞きながら、——こういうことなら、軍服でなくて、黄色い作業服を着て来ればよかった、と武田は考えていた。

「艇指揮、エンジンをかけろ。はじめは微速でやれ。急に曳くと、綱が切れる。ワイヤとは違うからな」

山田の指示にうなずいて、

「両舷前進微速！　取舵一杯！」

武田は、通信索を引いて、チンと一つ鈴を鳴らした。水雷艇はうねりにもまれながら、ゆっくり、水偵を曳航しはじめた。

基地へもどると、整備兵たちは、転覆した水偵を正位置にもどし、滑りに引き揚げる作業で忙しくなった。

武田は搭乗員たちとともに、ふんどし一本になって、服やシャツを絞りはじめた。待機所の裏の木の枝に服をかけていると、

「海軍さん、ミカンどうですな。今日は紀元節ですけん、たくさん食べて下さい」

近くの農家から、主婦や娘たちが、大きな籠を運んで来て、ミカンを配りはじめた。待機所の裏にもやって来て、

「ミカン、どうです？」

と若い娘が声をかけたが、ふんどし一本の武田を見ると、

「あーら！」

と言って、横を向き、そのまま近寄ると、武田の近くに、ミカンを五個ほどおいて立ち去った。南国の娘らしく、髪が黒く豊かで、眼も、黒瞳《め》の大きな子であった。

そこへ中年の主婦が現われ、

「あら、あら、海軍さん、えらい恰好《かっこう》して……。海へ落ちなさったかね。うちで洗ってあげ

ますに……。替えの着物でも持って参じましょう。それでは寒かろうに」

と言って、娘たちに手伝わせ、濡れた衣服をまとめて立ち去った。

そう言われてみると、たしかに二月の風は肌に冷たく、急に胴ぶるいがして来た。裸の上に、予備の飛行服を着込んで、待機所のストーブにあたっていると、農家から衣類がとどけられた。武田はそれを見ただけで、飛行服をぬごうとはしなかった。気がついてみると、体の一部が冷え冷えとしていた。ふんどしだけは、まだつけたままであった。武田は裏へ出ると、ふんどしをはずし水道の水で洗って、木の枝に干した。

夕刻、農婦たちが、焚き火で乾かした衣類をとどけてくれた。武田のふんどしも乾いていた。救難チャージの任務を解かれて、「伊勢」に帰ると、武田は副長に呼ばれた。

「基地で泳いだそうだな。候補生……」

そういうと、坂本中佐は愉快そうに哄笑した。

「『長門』からお礼の信号が来ているぞ」

坂本は、かたわらの当直将校の方を向き、

「この子も、少しずつ士官らしくなってゆくよ。な、だれでもはじめは卵だ」

そう言って、また笑い声をあげた。

ガンルームへ引き返しながら、武田は、ふんどしのことを考えていた。風にあおられながら、木の枝にひっかかった形で、ひるがえっていた白い布の一片が、たよりなく、わびしい感じで、彼の胸のなかで、いまだにはためいていた。

三

その夜、武田はハンモックのなかで、精を洩らした。武田のハンモックの位置は、中甲板後部、伊勢神社が祀《まつ》られているあたりである。すぐ横が副長室で、その後ろは、艦長室である。

夢のなかで、白い大きな布が舞っていた。女が布をまとって空を飛んで、武田の方に近づいて来る。女は裸体だった。白い布は、自分のふんどしだが、女はミカンを運んだ娘かどうか、武田は迷っていた。女の顔は母の顔に変わり、幼な馴染みの娘の顔に変わり、そして、髪の黒い、瞳の大きい、宿毛の娘の顔に変わった。武田は浜に寝ていた。女は裸で、そのかたわらに立った。彼は、女の茂みのある部分に眼をやった。ここも黒々として深かった。武田は童貞なので、自分の方から為《な》す術《すべ》を知らなかった。娘も処女らしかった。武田は立ち上がり、二人は向かいあって立っていた。気がついてみると、彼も裸だった。部分を蔽《おお》うべき布は、上空にあって、舞っていた。突然、中年の女が現われて、娘を突きとばした。娘は武田にしがみついた。武田が娘を抱くと、空から布が舞いおりて、二人をつつんだ。布につつまれて、二人は舞い上がった。下界で笑い声が起こった。下を見ると、中年の女の顔が坂本中佐の顔にかわり、大口をあけて笑っていた。武田は、布に「前進全速」と命令した。布は了承して、二人をつつんで、空高く昇りはじめた。二人は、抱きあい、娘の胸のふくらみが、武田の胸の筋肉を圧し、娘の茂みが、武田の仰角をかけた砲身に似たものにまつわりついた。

武田は空中で精を放ち、眼覚めた。あたりは暗く、伊勢神社の近くに、不寝番の哨兵が立っていた。武田は、濡れたふんどしの中で、己れの砲身が、急速に萎《な》えてゆくのを感じていた。


翌日から、連合艦隊は、二期の戦闘訓練のために、太平洋に出撃した。

武田の戦闘配置は、左舷の高角砲指揮官である。

「伊勢」は三十六センチ砲十二門、十四センチ砲十六門のほか、二連装の十二・七センチ高角砲を八門もっているので、片舷には、二連装二基計四門であり、これが艦橋の近くに装備されている。艦橋の上部にある左舷高角砲指揮所で、この四門の高角砲の射撃を指揮するのが、武田少尉候補生の任務である。

この当時、連合艦隊は第一艦隊の第一戦隊「長門」「陸奥」、第二戦隊「日向」「伊勢」、以下、巡洋戦艦、巡洋艦、水雷戦隊となっていた。艦隊旗艦は「長門」で、司令長官山本五十六大将が座乗していた。

「伊勢」は、「日向」の後続艦として、土佐沖で訓練に従事する。戦艦であるから十二門の三十六センチ主砲の訓練が主体である。武田のいる高角砲指揮所から、主砲の旋回するのが見える。

「左砲戦！」

という号令が、拡声器で鳴ると、艦首にある四門の主砲が大きく左に回る。

「左四五度、反航する敵の一番艦！」

と号令がつづく。

「距離、三〇〇《サンマルマル》（三万メートル）」

で、ぐっと大きく仰角がかかり、砲身が中天を指す。男性的で魅力にあふれている。

「撃ち方始め！」

と、号令がかかるが、訓練であるから弾丸《たま》は出ない。しかし、艦橋トップの、主砲射撃指揮所では、砲術長の宮川中佐が、十八センチの大望遠鏡に、両眼を押しつけて、沖の標的を狙い、観測機の連絡を参考にして弾着を修正しているのである。

主砲とほぼ同時に、高角砲の訓練もはじまる。分隊長の星田大尉が、防空指揮官で、主砲指揮所の屋根に上がり、

「両舷、対空戦闘！」

を命ずる。

これで、八門の高角砲、二十梃の二十五ミリ機銃が動きはじめる。

左舷高角砲指揮所の武田は、

「左、対空戦闘！」

と勇ましく、下令する。

眼下にある四門の高角砲が、いっせいに天を突く。こちらは、主砲と違って、七〇度以上

の仰角がかかるから、砲口が眼の前に来る。いっぱいに仰角をかけた四門の高角砲は、そりを打たせた四個の男根を思わせる。その発射寸前の、ためにためた姿は、美しい。武田が陶酔を感じるのはこのときである。しかし、訓練であるから、発射することはない。

「左九〇度、仰角六〇度、突っこんで来る敵の爆撃機！」

敵機来襲の想定にもとづいて、武田はこう指令する。このとき、かたわらにいる指揮所付下士官の神崎兵曹が、

「当日修正、左へ二《ふた》……」

というように、修正データを注入する。当日修正というのは、指揮所にあるステレオ（立体式）測距儀などで計ったデータのほかに、当日の風向、風速などを加味した最終の修正データである。これを入れないと、弾丸《たま》はよいところにゆかない。

五日に一度ぐらい航空戦教練がある。「赤城」「加賀」「飛龍」「蒼龍」などから発艦した雷撃機や爆撃機が、戦艦部隊を攻撃するのである。このとき、連合艦隊主力は輪形陣を組んでいる。いち早く、敵側の飛行機を発見した外側の駆逐艦が、対空射撃を開始する。やがて、二百機以上の攻撃隊が、六隻の戦艦めがけて、槍の吹雪のように降って来る。高角砲機銃は応戦にいそがしいが、気がついてみると、ただやみくもに高角砲をふり回しているだけで、こんなことで実戦に役に立つのか、きわめて疑わしい。

しかし、いよいよ実弾を発射する機会が来た。

二月下旬、第二戦隊の対空実弾射撃が実施された。この日は、「陸奥」の高角砲要員が、

監視員として「伊勢」に乗りこみ、どの程度の成績が上がったかを審査して、長官に報告する。

GF（連合艦隊）司令部はもちろん、軍令部、砲術学校、艦政本部からも専門家の士官が大勢、腕に赤や黄の腕章を巻いて、高射器（射撃データを算出する電気式計算機の一種）や、防空指揮所のあたりを右往左往する。狭い左舷高角砲指揮所にも、五人の士官や下士官が入りこんで来たので、身動きがとれなくなってしまった。「伊勢」の高角砲指揮所員は上がり気味である。

さて、実弾射撃はどのようにして行なわれるかというと、まず「伊勢」の左後方十数キロのところから、吹き流しを引っ張った水偵が接近する。これを対空見張りと指揮所員がなるべく早く発見して、対空戦闘に入る。どこで敵機を発見するか、初弾発砲まで何秒かかるか、標的曳航機は、高度三千ぐらいで、「伊勢」の正横二千メートルを通過するが、射撃終了までに何発発射できるか。そして、標的に命中あるいは至近弾となった有効弾は何発であるか、これらを監視員が計測するのである。

分隊長の星田大尉から、「まず敵機発見、これがすべての基本だ」と教わっていたので、武田は、敵機発見の訓練に力を注いだ。幸いに、ステレオ測距員の沢田一等水兵は、視力二・〇以上というよい眼をしているので、航空戦教練のときも、敵機発見は早かった。

さて、いよいよ実弾射撃である。

「左対空戦闘」がかかってから、武田と沢田は、懸命に左舷後部の空をみつめた。

「来た！　指揮官、わかりました。左一六〇度、距離一八〇（一万八千メートル）！」

自称視力三・〇の沢田一水が、早くも目標機を発見した。

「よし、来たか」

武田も急いで、十二センチ双眼鏡をその角度に合わせると、吹き流しを曳いた水偵が小さく見えた。こうなったら一刻も早く、射撃を開始することだ。

「左砲戦！　左一六〇度、同航する敵機。高射器、目標はわかったか！」

「了解！　追尾しています」

高射器が目標を狙うと、電動によって高角砲が目標を向くようになっている。

「二番砲塔よし！」

「四番砲塔よし！」

武田が双眼鏡から眼を離すと、眼前に、高角砲の砲身がそりをうたせていた。やはりこの姿は美しい。

――いまだ！

「撃ち方始め！」

武田は大きな声で射撃開始を命じた。高射器のかたわらにいる射手が引き金をひき、砲身の内部で火薬が炸裂した。武田の眼の前に、真紅の花がひらき、その紅は瞼の裏にまでとびこんで来た。四門の高角砲は振動し、強烈なその波動は、高角砲指揮所をゆすぶった。武田はあわてて双眼鏡にしがみつき、飛行機の姿を追い、後方の赤白だんだらの吹き流しにピントを合わせた。二秒、三秒、不思議なことに、茶褐色の煙は、曳航機のすぐ後ろに、ぽっとすすけた花のようにひらいてみせた。

「ばかに近いな」

武田がそう考えるのと、曳航の水偵がバンクを振るのと同時であった。水偵もここで撃墜されてはたまらない。標的からははずれているが、曳航機にとっては、あきらかに有効弾なのである。

上部の防空指揮所から、

「飛行機が危ない。もっと左へ寄せろ！」

と怒鳴る声が、伝声管から聞こえた。星田大尉ではないから、砲術学校の高田教官であろう。

武田はあわてて、

「左へ寄せ！　二《ふた》（二百メートル）急げ！」

と、命じた。

「急げ」とは、データ整いしだい、つぎつぎと発射せよという意味である。しかし、そのときには、すでに、眼の前が真紅に染まり、弾着はふたたび、水偵の近くに茶色の花をひらいた。ようやく吹き流しに近づいたのは、第三弾からである。

上部の指揮所から、

「当日修正は入っているか？」

と聞かれて、武田は、ふっとわれに返った。

「神崎兵曹！　当日修正はどうした！」

「すみません、忘れました！」

神崎兵曹は、手に持った板で、自分の頭をぽんと叩いた。測距員が早期に発見したので昂奮して、自分の役割を忘れてしまったのである。

実弾射撃が終わると、前甲板に集まり、砲術学校の教頭木村大佐から講評があった。

「左舷高角砲の敵機発見は、きわめて早期にして、優秀なり。ただし、当日修正をわすれ、曳航機に危険を感ぜしめたる点は、はなはだ遺憾なり」

肥満した木村大佐の講評を聞きながら、武田は、強烈な花火のような発射時の紅い閃光を想い浮かべていた。その紅さが、女の部分の紅さとつながりがあるように思えた。もし、女の部分に、あのように燃える真紅の場所があるとすれば。

武田は始末書を書き、神崎兵曹は二週間の上陸止めとなった。

四

三月上旬、山本五十六の率いる連合艦隊は、東支那海に作戦行動を行なった。

第三艦隊の大陸経済封鎖を援助するためであるが、主計科候補生の話によると、内地にばかりいて戦時加俸をもらっていては申し訳ないので、戦地に行動することにしたのであろうという。上海の東方から、香港《ホンコン》の南方まで戦闘訓練を行ないながら航海をつづけ、行動が一段落すると、艦隊は澎湖《ほうこ》列島の要港、馬公《まこう》に入港した。臨時休養のためである。

　投錨すると間もなく、半舷上陸が許可された。

「候補生、面白いものを見せてやるからついて来い」

　ケプガンの沖本に引率されて、「伊勢」の候補生は馬公に上陸した。平べったい島だが、潮の干満差が十メートル以上もあるという。

　桟橋に上陸して、台湾ふうの田舎町をしばらく行くと、水兵の大行列に遭遇した。その行列の先端まで行くと、二階建ての同じような家が数軒並んでいた。

「候補生、なかへ入って見ろ！」

　ケプガンの命令で家のなかに入ると、階段の上にも一人ずつ水兵が並んでいた。手にはそれぞれ消毒クリームを握っていた。外へ出て二階を仰ぐと、二月だというのに、腰巻一枚の若い女が支那ふうの団扇《うちわ》で、体をあおいでいた。

「候補生、よく見ておけ。これがＰハウス（遊廓）だ。下士官兵の性欲の処理場だが、シック（性病）をもらうと戦力に影響するので注意を要する」

　ケプガンがそう語っていると、二階の女が言った。

「かたいこと言ってないで、上がって来たらどうだい、士官さん。かわいがってあげるよ！」

この夜、強力な低気圧が台湾西部を襲った。

「伊勢」の坂本副長は、下におろしてあった内火艇二隻を、馬公港内の桟橋に避難させることにし、谷川候補生を避難チャージに指名した。

「谷川候補生、艦隊の出港は明朝十一時である。低気圧は今夜中に支那大陸に抜ける。九時半までに、帰艦するように」

副長からそう命じられて、谷川は意気揚々と、二隻を率いて、港に向かった。

翌日午前七時、武田たちは、ケプガンに起こされた。

「おい、谷川候補生の避難艇がおかへ上がったぞ。いまから救助に行く」

甲板に出てみると、すでに、ランチがおろされ、デリック（木製クレーン）用の木材などが積み込まれていた。武田たち候補生五名がケプガンとともにランチに乗った。低気圧は去っていたが、うねりが残っていた。港が近づくと、武田たちは海岸の内火艇を探した。

「おい、どこだ、谷川は？」

「お、あそこだ、あんな高いところだ」

橋田の指さすところは、海面から十メートル近くも上で、内火艇二隻が完全に腹を出して、陸揚げされたイルカのように横たわっていた。

「気をつけろ。まだ潮は干《ひ》くぞ」

ランチを着けると、舫綱《もやい》を伸ばし、木材を陸揚げした。谷川は眼を赤くして、泣いたような顔をしていた。

「谷川候補生、どこへ行っていたんだ。艇をはなれるな、と言っただろう」

「はい、艇のなかで寝ていたら、ゴトンゴトンと、船底が岩に当たりはじめたのであります」

「潮の干満が激しい、と言っておいたはずだ」

ケプガンは、木材をコロにするように並べ、全員で、艇をかついで、そこにのせた。艇は十五分くらいで、水中に入り、もう一隻も進水した。

「おい、谷川。貴様、酒でも呑みに行っていたんじゃないのか」

橋田が近よって、谷川の尻を打《ぶ》った。

「いや、飯を食いに行っていたんだ。ここはソーセージがうまいんだ」

谷川は、まだそんな呑気なことを言っていた。

艦に帰ると、副長が待っていた。

「困った子だね、この子は……。江田島や練習艦隊で、何を習ってきたんだね」

副長は、谷川の頭をコツンと撃った。

武田は、谷川に近づくと言った。

「おい、貴様、ほんとうは、あのＰハウスへ行って来たんだろう」

「いや、違うんだ。飯屋で酒を呑んでいたんだ。女もいたけどな」

谷川は、疲れた表情で、眼をしばたたいていた。

連合艦隊が宿毛に引き揚げたのは三月末のことである。

五

四月の第一日曜日は、休養で、連合艦隊は宿毛湾に碇泊し、さまざまな艦型を、大きなうねりに任せていた。

午前十時、戦艦「伊勢」の後甲板に、十六名の少尉候補生が整列した。艦長の柳沢大佐が現われ、通常礼装姿の候補生たちに、四月一日付で、海軍少尉に任官した旨、伝達があった。式が終わると、最後部の艦長公室で、祝賀会が催された。

まず、艦長の音頭で乾盃があり、つづいて、副長の坂本が立って、

「新少尉に一言申し述べておくが、これからは、一人前に扱う。いままでのように、よその艇を沈めても、始末書ではすまない。すべて責任をとらされる。それが考課表に影響し、昇進、人事、転勤にも影響するから、そのつもりでいてもらいたい」

と述べ、着席すると、盃を傾け、

「いまの候補生は楽ですなあ。遠航（遠洋航海）は重油の船で、候補生も八ヵ月足らず。われわれのときは、遠航は石炭船で、港々で、石炭積みで、鼻の穴は真っ黒け。少尉になるのに一年以上かかりましたからなあ」

と、艦長の方を見ながら言った。

「そうだな。しかし、昔の方が物価は安くて、エスプレイ（芸者遊び）も楽だったな。近ごろは、諸事値上がり。エス（芸者）にも勤労動員に出せ、という声もあるらしい。無粋《ぶすい》なことだ」

みずから鼻の下が長すぎるので髭を生やしたという柳沢艦長は、

「まあ、新少尉諸君。今日はせっかくの任官祝いだが、宿毛の訓練基地では色気もない。これでも見てくれい」

と従兵の方に顎をしゃくった。

従兵が、一幅の軸を艦長の背中にあたる壁面にかけた。歌麿の美人画であった。浮世絵の価値などわからぬ武田は、絵では仕方がない、と考えていた。谷川も同じ想いであったとみえ、

「艦長、絵よりも本当のエスを見たいですなあ」

と言った。

「まあ、エスなら、呉に入港すればいくらでも見られる。あまりへベッて（芸者と泊まること）腰が抜けないように。まず、訓練をしっかりやることだな」

副長が、わきからそう言った。

酔いが回ると、武田は、副長の後ろに回り、両手をかけて揺すぶった。

「副長、一度、相撲をとりましょう、後甲板で……」

「こら、暴力はいかん。武田か、貴様は柔道四段だったな。腕力よりも、当日修正を忘れん

ように気をつけい」

そう言われると、武田は全身から力が抜けてゆくのを感じた。

谷川も酔っ払ったとみえて、

「艦長、エスプレイにも、当日修正というものはありますか」

と質問し、

「当日修正どころか、貴様たちは、まだ標的に向かって大砲を発射したこともあるまい。ひよこが何を言うか」

と軽くいなされていた。

翌日、連合艦隊はふたたび訓練のため出港した。出港の前に、武田たち「伊勢」の新少尉は、「長門」に移乗した。名にしおう四十センチ主砲の実弾射撃を見学しようというのである。

武田たちが「長門」の舷梯を駆け足で昇り、後甲板に出ると、後部の方を散歩している将官がいた。前に伺候（あいさつ）したことのある司令長官山本五十六である。彼は両掌に白手袋をはめ、それを後ろ手に組み、ややうつ向きかげんに、後甲板を行きつ戻りつしていた。昭和十六年四月には、第一機動部隊司令長官に南雲忠一中将が任命され、航空部隊の編制も決定していた。山本五十六の胸中では、真珠湾奇襲の青写真が着々として具体化しつつあったが、新少尉たちには、黙然と思索にふける長官の姿が映っただけであった。

出港した「長門」「陸奥」の第一戦隊は、土佐沖に向かった。武田たち新少尉は、マストの頂上にある防空指揮所にのぼった。ここは主砲指揮所の屋根にあたり、吹きさらしである。「長門」は、当時世界最強といわれた戦艦で、「伊勢」より一回り大きく、速力も、「伊勢」の二十三ノットに対して、二十六ノットと速い。戦闘訓練が下令されると、「長門」は全速で目標に向かって航進をはじめた。二十六ノットというと、遅いようだが、時速四十八キロくらいであるから、汽車の屋根に立っているくらいの風圧がある。

「タンタンタン、タカターン！」

と、「撃ち方始め」のラッパが響き、主砲の射撃がはじまった。四十センチ砲八門の一斉射撃である。

十二・七高角砲よりは凄いだろうと考えていた武田は、初弾発射の爆風に圧倒されて、しゃがみこんでしまった。重量一トンある砲弾八発を押し出す火薬量の爆発であるから、あたりの風圧は、台風の比ではない。眼の前から頭の芯《しん》までが、真っ赤に燃える。こうなると、女性の深部を連想している余裕もあたえられない。

「新少尉は手すりにつかまれ。吹っ飛ぶぞ！」

ケプガンの叫び声に、やっと気をとり返し、手すりにしがみついたところへ、第二弾が、艦体を大きく揺すぶった。武田は眼があけておられず、しばらくうつ向いていた。そこへ坂本副長が近づいて、

「武田少尉、どうした。よく見ておかなければ、駄目じゃないか、この子は……」

と気合を入れた。

武田は両掌でしっかり手すりのチェーンをつかみ、両眼を見ひらきながら、

――副長は砲術科出身だからなれているのだろう。こちらはなにしろ、こんなどでかいのは、初体験なんだからな、と考えていると、第三回目の斉射が行なわれ、灼熱した雲の塊が、見ひらいた武田の両眼の奥まで、めりこむように入って来た。

しばらくして、大きくまたたいた武田は、

――童貞を失うときも、こんなに大きな火花が、眼の奥で散るのだろうか……。

と考えていた。

六

戦闘訓練が終わって、宿毛に引き揚げると、電報が来ていた。航空志願者の新少尉六名に、霞ヶ浦航空隊へ転任の辞令がとどいたのである。入隊は、五月一日になっていた。「伊勢」は戦闘訓練が終わると、四月二十日に母港の呉に入港することになっているので、そのとき退艦して、茨城県の霞ヶ浦に向かうのである。

武田も志願していた。自分の運動神経があまりよくないことは知っていたが、これからの戦争では多分、飛行機が主役になるであろうし、戦場に死ぬのなら、空で死ぬのが軍人らしくてよかろうと考えていたのである。

副長は六人の新少尉を集めて、辞令の件を伝達した後、

「これからは飛行機が中心の近代戦だから、諸君の任務は重大である。十分習練して、お役に立ってもらいたい」

と言って、一同の顔を見回した後、

「ところで、見渡したところ、諸君のなかには、あまり反射神経のよくない人もかなりいるようだ。事故を起こして、大切な機材を損耗しないように。それから、飛行機乗りはM（モテること）になるけれど、いい気になって、へベッて、体をこわさんように、注意してもらいたい」

と言った。

――いつもこの副長は、言うことが多すぎる、と武田は思ったが、それもこれでおしまいのようであった。

翼と童貞

一

四月二十日、戦艦「伊勢」は、母港である呉に入港し、それから間もなく、飛行学生として、霞ヶ浦航空隊に転属になる六名の新少尉の送別会が、呉の盛り場、中通りの料亭二鶴《にかく》で催された。

六名のなかには、武田と坂下が入っていた。

坂下猛《たけし》は、柔道三段で、体格がよく、武田のよい相手であったが、あわて者で、「伊勢」が呉碇泊中、艦載水雷艇を指揮して、桟橋にゆく途中、巡洋艦の内火艇を沈めたことがあった。内火艇が近づいたとき、前進と後進を間違えて、機関室に信号を送ったため、水雷艇の艇首が、内火艇の胴腹に喰いこんだのである。それからあわてて、後進をかけたので、水雷艇の艇首が抜けて、胴体に大穴のあいた内火艇は浸水して沈んでしまった。なかに乗っていた巡洋艦の艦長は、制服のまま海にとびこんで、しばらく泳いだ。水雷艇に助けあげられると、艦長は真っ先に艇指揮の坂下を殴りつけると、

「馬鹿者！　すぐ、巡洋艦××へ着けろ！」

と叫んだ。

しかし、坂下は馬鹿正直なところがあった。

「いえ、私は、当直将校の命令で、『伊勢』の艦長を迎えに行くところです。他艦の指揮は受けません。軍令承行令《しょうこうれい》で習いました」

坂下がそう言うと、艦長は、濡れた上着の裾を絞りながら言った。

「貴様、本当の馬鹿か！　こんな濡れた軍服で、レス（料亭）の宴会に出られると思うか！」

しかし、坂下はそれを無視して、水雷艇を桟橋に着けた。待っていた「伊勢」の艦長は、事態を知ると、驚いて、坂下に、巡洋艦に先に着けるように言った。

「はい、艦長がそうおっしゃるのならば、巡洋艦××に着けます」

そこではじめて、巡洋艦の艦長は、濡れた軍服で、自艦に帰ることができたのである。

エスがそろって、宴会がはじまると、ケプガンの沖本中尉が言った。

「おい、今日は、壮行会だから、壮烈にやるぞ。エスども、どんぶりを持って来い。戦技終

了なみにやるぞ」

心得た芸者は、六人の前に、伊万里《いまり》焼のどんぶりを並べ、なみなみと酒を注《つ》いだ。

「さあ、飛行機乗りは、それを全部呑むまで、どんぶりを下におろしちゃいかん」

ケプガンの命令で、ごくり、ごくりと酒を呑みこみながら、武田は、戦技終了時の艦内の宴会を思い出していた。艦隊訓練の終期には、戦闘競技ともいうべき、各艦の技術の競技が行なわれ、評価が行なわれる。これが終わると休養となるので、その晩は、各分隊の居住区では、痛飲するのである。ウォスタップという、アルミニュームの大きな洗濯桶に、何本もの一升瓶から酒が注がれ、どんぶりよりも大きいニューームの食器にすくって飲むのである。

百八人の部下を持つ武田は、分隊長とともに十六個班を呑んで回り、明け方にはつぶれて、兵士たちにハンモックまで、かついで運ばれたのであった。

酒が回ると、まず、坂下が活気づいた。

「おう、そこのエス、こっちゃへ来《こ》う」

彼は、近くにいた染福という小柄な芸者を膝の上に抱き上げると、裾の間に掌をさし入れた。

「あら、いけんよ！　そんなヘル（助平）な真似したら……」

女は、腰をよじると、坂下の掌をはずした。

武田のとなりには、染太郎という、ふっくらとした、しかし、おきゃんな若い芸者がいた。

「おい、貴様もこちらへ来い」

武田は女を抱き上げた。

肉がやわらかく、ふわふわとして、思ったより軽かった。膝の上に乗せて、太股をもむと、

「あら、ヘンな気持……。まったく、近ごろの若い士官は、ませとるわねえ」

女はそう言いながら、なすにまかせた。

「なにをいうか。もう少尉だ。それに、あさってからは、霞ヶ浦で飛行機に乗るんだ」

武田は、少し得意になって言った。

「あら、飛行機？　大丈夫？　おにいさん、少しにぶいんじゃないの？」

「ばかなことをいうな。ちゃんと適性検査に合格しとるんだぞ」

武田は酔いが回るのを感じながら、女の両股の合わさる、付け根にあたる部分を指先で押した。上から押しただけであるが、その部分はひどくふくよかで、やわらかく感じられた。

「あら、いけんよ、うちゃ、気分が出てしまうけん。うちゃ感じやすいんよ」

女は広島弁でそう言ったが、武田はかまわずに、いっそう強く押しつけて、指先を回した。かすかな骨の手ざわりがした。

――これが、人体の図解で見た恥骨というのかな、と彼は想像した。婦人雑誌の付録で、彼は見たことがあった。

となりでは、坂下が、いい機嫌でうなっていた。

「おれは、飛行機乗り。レキシントン、サラトガを沈めるか……」

それにつづいて、武田が言った。

坂下が、それにならって、言い換えた。

「あら、その方が本当らしいわ」

膝の上の芸者がはやした。すると、坂下が、それにならって、言い換えた。

「エスの腹の上に不時着だ……」

「ずいぶん、露骨ね、このおにいさん……」

坂下の膝に乗っていた女が言った。

武田の膝の上の芸者が、彼の顔をあおぐようにしながら言った。

「おにいさん、きょう、ストップ（泊まる）するの？」

「いや、おれは帰るよ、あさっては転勤だからな」

武田は、女の体から掌をはなしながら言った。

じつをいうと、彼は少しこわかった。柔道の訓練とともに、かなりのストイシズムを身につけている彼にとって、女体はいまだに神秘的なものであり、それを犯す心境になるには、まだ時間がかかると思われた。それに、料亭で、芸者の顔を見るのも、これがはじめてであった。候補生の間は、レストランしか入れなかったのである。

「おにいさん、ヘルなわりに、度胸がないわね。まだ、童貞？」

女にそう言われると、武田は、

「馬鹿をいうな、女なんか知っとるぞ」

と、虚勢を張ってみせ、女を畳の上におろすと、

「おい、酒だ」

と、テレ隠しに、どんぶりをさし出した。となりの席では、坂下が、女の乳房のあたりを、後ろからまさぐりながら、うなっていた。

「レキシントン、サラトガを沈めるか。エスの上に不時着するか……」

この夜の、染太郎の恥骨らしい骨の感覚は、長く、武田の指先に残り、ときどき、それは甦《よみがえ》った。

二

武田たち第三十二期飛行科学生が、霞ヶ浦航空隊の隊門を通過したのは、五月一日のことである。隊門から、学生舎までは、両側に桜の並木があり、葉桜が新緑の強烈な香りを発散していた。

空には爆音があり、赤とんぼの三機編隊が、隊門の上空を通過してゆくところであった。操練（操縦練習生）といって、水兵から募集されたパイロットの卵たちであるが、もう卒業が近いらしく、はるかな上空では、スタント（特殊飛行＝宙返りなど）をやっている赤とんぼが、蝶のたわむれる姿に見られた。

「やっとるのう……」

武田のとなりでは、トランクをさげた坂下が、空を見上げながら、唸《うな》るように言った。

そのとき、

「田舎やなあ……。こりゃあ、ロクなエスもおらんな、霞ヶ浦にゃあ……」

と、眉をしかめながら言ったのは、反対側にいた井村である。井村は神戸の生まれであるが、色白で、スマートな好男子であった。

「土浦へゆけば、レスがあると、ケプガンが言っとったがな……」

武田がそういうと、

「ありゃあな、つちうらやない、どのうらというんや。泥臭いからやろう」

と、井村が、軽蔑するように言った。

武田は、生徒のとき、この男とはあまり親しくなかったが、このときも、反発するものを感じた。井村は、土浦をばかにするつもりで、どのうらと言ったらしいが、武田は、自分がばかにされたような気がした。


学生舎は二階建てで、学生室が五十ほどあり、各室に三つの机とベッドがあり、武田は、坂下といま一人、宮川という小柄な男と同室であった。右どなりには、三十五分隊生徒のとき、伍長であった氏原啓一がおり、左どなりには、武田の嫌いな井村がいた。

その夜は、各自、荷物の整理を行ない、翌朝、学生舎前に整列して、霞ヶ浦航空隊司令千田貞敏大佐の訓示があった。

千田大佐は、千田タルビンという仇名があり、体が大きく、両頬が垂れ下がるようにふくらみ、声の大きな人であった。

千田司令は、

「これからは、飛行機が主要兵器となる時代であるから、訓練に励んで、一日も早く国家のお役に立つように」

とごく常識的な訓示を、大声で行なった後、

「とくに大切なことは、ほかの科目では、士官は命令だけを下しておれば、あとは、下士官兵がやってくれるが、飛行科はそうはゆかない。常に技術の勝負である。いくら士官だといばってみせても、技術が下手では、ばかにされてしまう。名実ともに指揮官となれるように、日夜、腕を磨いてもらいたい」

と、つけくわえた。

武田は自信がなかった。彼は、柔道や相撲は強かったが、体操は得意ではなかった。運動神経が鋭敏な方ではない、と自分を考えていたので、果たして、部下を率いて、スタントをやり、空中戦闘で戦果をあげ得るか、不安な気持であった。

千田司令につづいて、飛行学生教育主任指導官の納富《のうとみ》健治郎大尉が壇上に上がって、注意をあたえた。

「私は六十二期の納富大尉だ。諸君ら六十八期の一号の一号（65期が四号のときの一号）だ。このことをよく覚えておけ。訓練は猛烈果敢、徹底的に行なう。来年二月の卒業期には、編隊宙返りと夜間離着陸ができるまでにもってゆく。できないものは、おいてゆく。それから

「もう一つ……」

彼は、ここでにやりと笑い、

「訓練は果敢に行なうが、遊ぶときは遊んでよろしい。近いところでは、土浦にエスが四十人いる。土曜の午後と日曜は上陸（外出）があるから、東京へ出かけてもよろしい。ただし、絶対にシックをもらって来るな。とくにR（RINBYOの頭文字）になると、学生食堂の戸棚に、飛行機の震動で、菌がもの凄く迅速に繁殖するから、気をつけろ。なお、学生食堂の戸棚には、SA（SACK）とクリーム（消毒用）が入れてあるから、エスプレイで、ストップするときには、かならずそれを使え。決して、ベアー（裸）でやってはいかん。これも、お国のための御奉公だ。気をつけろ」

と、言った。

つづいて、指導官付の岩下豊中尉が、

「ただいまより、学生は、飛行服と、落下傘バンドを受けとれ。午前は、九三式中練（中間練習機）の性能と、操縦に関する座学、午後は、離着陸同乗訓練を開始する。かかれ！」

と令した。

昼食が終わると、武田たちは、飛行服をつけ、学生舎前に整列して、駆け足で、飛行場に向かった。

飛行指揮所は、四階建ての航空管制塔になっており、その前に、テーブルと折り椅子が並べられ、納富大尉たち教官が折り椅子にかけ、学生はすぐとなりの待機所のベンチにかけた。

一人の教官が五人の学生を担当し、下士官の教員が補助についた。武田の受け持ちは、六十六期を恩賜の短剣で卒業した岩下豊中尉で、武田のほかに、坂下、宮川、氏原、井村が、岩下中尉の訓練班に入った。

赤とんぼと呼ばれる二枚ばねの九三式中練は二座で、ダブルセット装置といって、前席と後席に同時に動く操縦桿《スティック》と足踏桿《フットバー》が装備されてあった。後席に教官または教員が乗り、前席には学生が乗る。

まず、氏原が、赤とんぼの二七三号機の前席に乗って、岩下中尉とともに離陸した。つぎは、武田である。武田は不安であった。彼は飛行機に乗るのははじめてではない。生徒のとき、呉に近い広《ひろ》の航空隊で九〇式偵察用練習機に乗り、また、休暇中、伊勢の鈴鹿航空隊や、岐阜県各務原《かがみがはら》の飛行機製作所を訪ねて、艦上攻撃機や、双発の陸攻（中型攻撃機）に乗せてもらったこともある。しかし、それらはみな、乗っけてもらったのであり、自分で操縦するのは、今度がはじめてである。

武田は、ベンチの上で何度も座りなおし、落ち着かなかった。女が処女を破られるときは、こんな気持なのか、などと、考えてみたりしていた。

二七三号機が着陸し、列線に近づくと、武田は、教わったとおり、駆け足で、地上指揮官納富大尉の前方まで走って行き、

「武田少尉、二七三号機、離着陸同乗出発します」

と申告して、敬礼した。

納富大尉は、無言のまま答礼した。

この人は、唇が厚く、口が大きく、顎が張って、額にはいつもギラギラと脂が浮いており、魁偉《かいい》といえる容貌をしていた。後から聞いた話によると、一晩に芸者と交わる回数については、海軍でも有数という話であったが、このときは何もわからないので、ただ有名な戦闘機乗りだとだけ考えていた。

武田は、列線に停止した二七三号機の横に直立して、

「武田少尉、同乗お願いします」

と、岩下中尉に申告した。

岩下中尉は後席から、飛行帽に飛行眼鏡をかけたまま答礼した。前席から、飛行眼鏡を額の上にはね上げた氏原が、緊張のためか、やや蒼ざめた顔で、おりて来た。

前席のシートに腰をおろすと、武田は飛行眼鏡を眼の前におろし、固定ベルトを締め、伝声管をぶら下げる吊紐を首にかけると、

「武田少尉、離陸準備よし！」

と申告し、膝のポケットから皮の飛行手袋を出して、掌にはめた。

「ようし、最初はおれがやる。よく見ておれ」

伝声管で岩下中尉の声がすると、二七三号機は、整備員にチョーク（車輪止め）をはずさせ、するすると、列線から、滑走路の方にすべり出した。滑走路といっても、海軍でもっとも広いといわれた霞ヶ浦の飛行場は、一面の芝生で、舗装の部分はなかった。

飛行場の端で、いったん停止すると、

「いいか、離陸の前は、スティックを一杯手元に引いて、上げ舵にしておき、エンジンを途中までふかしてみる。こうすれば、プラグ（点火栓）の汚れがとれるので、離陸途中のエンジンストップという事故が防げる」

岩下中尉はそう言うと、エンジンをふかしてみせた。武田の眼の下にあるスティックが、手前にひきつけられていた。

「では、離陸する。スティックにさわるな」

二枚ばねの赤とんぼは滑走をはじめた。武田は、両側に流れ去ってゆく緑の芝生の線を意識しながら、鼻先にあるスティックの頭を見ていた。スティックは、やや前方に傾斜していた。

「いいか、最初は、スティックを押し気味にしてやる。こうすれば、飛行機は水平となって、浮力がつきやすい。十分浮力がつくと、飛行機は自分で浮き上がろうとする。そこで、スティックを引いて、上げ舵をとれば、機は自然に地面をはなれる。いいか。自然にだ。わけはないのだ」

岩下中尉は、兵学校生徒のとき、体操が得意であった。操縦も得意なのであろう。彼の言うとおり、機はふわりと浮き上がって、航空隊庁舎の屋根を下に見て、霞ヶ浦の上空に出た。湖面には、ワカサギをとる舟が帆をふくらませていた。

「ここで、第一旋回、右旋回をする。フットバーをよく見とれ」

右旋回の場合は、スティックを右に倒し、右のフットバーを踏む、と教科書には書いてある。見ていると、右のフットバーが前進し、左は後退した。機は、湖上で右に傾きながら旋回し、真東、鹿島灘の方向に向いたところで、翼を水平とし直進の姿勢にもどった。しばらくゆくと、また、

「右旋回！　これが第二旋回だ。ここまでは上げ舵で上昇し、高度二百五十で水平飛行にもどす……」

武田が計器盤の高度計を見ると、2（二百メートル）と3の中間で、針が止まっていた。

「ここで、しばらく飛行場と併行に、南に向かう……」

右下には、南北に長い霞ヶ浦の飛行場が、耕地に囲まれて、幅の広い緑の牧場のように見えていた。それを出はずれると、さらに、右旋回し、飛行場のエンド（終端）から、五百メートルほど南方で、右旋回し、滑走路に機首を向けるのである。この離着陸用の矩形のコースを、誘導コースと呼ぶ。

「いいか、第三コースからスロットルレバー（絞り弁）を絞って、高度を下げ、第四コースでは百ないし、百五十メートルにもってゆく。それから下降して、飛行場のエンドをかわると間もなく、高度七メートルで、エンジンを絞って機首を引き起こす。そうすれば三点（両車輪と尾輪）着陸がうまくできる。おれが七メートルというから、その高さをよく覚えておけ！」

機は、第四旋回を終わると、下降をつづけ、飛行場のエンドの芝生が、線条となって後方

に去った。

「はい、七メートル！」

岩下の声で、武田は左側下方を見たが、ただ芝生が流れ去るのみで、五メートルなのか、十メートルなのか、全然見当がつかない。

そのうちに、二七三号機は、軽いバウンドとともに着陸した。

「では、武田、今度は貴様やってみろ。まず、スティックを握って、スロットルを前に押せ！」

いわれたとおり、武田は、右掌でスティックの頭を握り、左掌でスロットルレバーを前に押した。

「よし、増速したら、スティックを前に倒せ！」

「はい！」

武田は、スティックを前に倒した。機は、尻を持ち上げ、つんのめりそうになった。

「ばか！　とんぼをついてしまうぞ。そんなに急に押す奴があるか」

スティックが、急に手元に引かれた。

「鈍感！　貴様、にぶいんと違うか」

岩下は自分で操縦して、機を離陸させると、言った。

「はい、今度は上昇。上げ舵だ。やってみろ！」

「はい、上昇します」

武田はふたたびスティックを握ると、手元に引いた。機首が上がり、機はスピードを失ってふらふらした。

「ばか！　鈍感！　そんなに急に引っ張ったら、ストール（失速）してしまう。高度の低いときは気をつけろ！」

岩下は、機首をやや下げると、言った。

「教科書に出ていたろう。上昇中は、地平線がエンジンの中間あたりに見えるようにと。さあ、やってみろ」

武田は、おそるおそるスティックを掌にすると、前に見えるエンジンと地平線の関係を調節した。地平線が何度も上下した。すると、また、岩下の罵声が伝声管の内部を揺るがせた。

「ばか、いつまで直進しているのだ！　第一旋回！」

気がついてみると、機は湖上に出ていた。武田は、あわてて、スティックを右に倒し、右のフットバーを踏んだ。機は大きく右に横すべりした。

「鈍感！　すべっとるぞ。旋回計のボール（玉）を見ろ」

計器盤中央にある旋回計の黒い鉄球が、大きく左に振れていた。

「右のフットバーを踏みすぎるんだ。玉が左にゆれているときは、玉を踏むつもりで、左のフットバーを踏め！」

言われたとおりに左脚を使うと、旋回計の玉は中央にもどった。

「鈍感！　いつまで旋回しているんだ。逆もどりするつもりか！」

いきなり、スティックがもぎ取られた。武田の顎の下で、スティックがぐるぐる回り、機は動揺した。

——ひどいかんしゃくもちだな……。

と武田は考えた。

「鈍感！」の連呼のうちに、飛行機は第四旋回を終わって、着陸のパス（進入コース）に入った。

「いいか、機首を上げ気味にして、スピードを五十五ノット（百二キロ）まで落とせ。ほかに着陸する機がいないか、よく見張れ！」

とても、一度にそんなにはできない、と武田は思った。見張りをすると、速力計や高度計は見えないし、速力計を見ていると、機首の上がり具合がわからないのである。

「そら、エンドかわったぞ……。頭が下がっとる。速力を殺せ！　鈍感！　いま、七メートル、スロットル絞れ！」

やつぎばやにいわれて、スロットルをデッドまで絞り、武田はスティックを引いた。

「早すぎる！　引き方が！　鈍感！」

二七三号機は、着陸前に、機首が上がり、地上三メートルくらいで、七十メートルほど、水平飛行をつづけた後、息が切れて落下するように着陸し、大きくジャンプした。

「だめだ。バルーニングだ。にぶいな。貴様のように、にぶい奴は、会ったことがない」

バルーニングというのは、機が着地前に浮き上がることで、母艦に着艦する場合などには、きわめて危険なのである。

「さあ、もう一回、離陸だ。スロットルを押して！　まだ、早い、早い。何べん言ったらわかる！　鈍感！」

このような調子で、四回の離着陸訓練を終えると、武田の機は列線にもどり、坂下と交替した。

「おい、どうだった？」

と、氏原が訊《き》いた。

「だめだ。鈍感！　の連発だ。おれは自信を失ったよ」

武田は、飛行帽をとると、飛行服の肘で、眼鏡を拭いながら言った。

「おれもだいぶやられたよ。同じさ。おれは三号のとき、あの人が分隊の伍長だったが、気の短い人でな。気にすることはないさ」

氏原は、そう言って慰めた。

やがて、井村と交替した坂下が待機所のベンチにもどって来た。

「いやあ、やられた、やられた。いかん、おれは、パイロット不適格だ。やはりドンガメ(潜水艦)の方がよかったな。貴様みたいににぶい奴は、見たことない、って言われたぞ。ヒカーンだな」

坂下は、帽子をとると、飛行服の膝を叩いた。

「おい、心配するな。おれも言われたぞ。ドンカーンってな」

今度は武田が慰める役であった。

「そうか、みな同じか。それならいいが……。どうも、おれはリキ（力）は自信があるが、運動神経の方はな。とくに、あの、七メートル、というのが、全然わからねえ。おれは色盲かな」

坂下は、不安気であった。

「元気を出せ！　貴様、レキシントン、サラトガを沈めるんじゃなかったのか」

「うむ、あれか。しかし、このようすじゃ、エスの上に不時着するまでには、かなりかかるな」

坂下は、少し元気をとりもどして言った。

三

離着陸訓練は、午前一回、午後一回で、しばらくつづいた。一回の飛行時間が二十五分であるから、一日に五十分ずつ飛行時間が加算されてゆく。早いもので、七時間、遅いもので十五時間で、単独飛行が許される。

「鈍感！」の連続で同乗飛行がつづくのであるが、このとき、小しゃくなのは、井村の態度であった。

列線からもどってきた井村に、

「おい、貴様、鈍感って何回いわれた?」

と、武田が訊いたのに対し、

「いや、べつに……」

というのが、彼の答えであった。

「井村の奴、ウソ言っていやがる。あいつだけ、鈍感でないということがあるものか」

と坂下も憤慨した。

「いまに、単独になればわかるさ、鈍感か敏感か、な」

運動神経に自信のある氏原はそう言った。

二日目から、岩下中尉は、長さ一メートルほどの棒を持参した。「鈍感!」という罵声とともに、これで、後席から手を伸ばして、学生の頭を殴るのである。

「いいか、五回以上殴られたら、罰金ギザ一枚(五十銭)だぞ」

当時の五十銭はカレーライス二杯ほどの金であるから、現今の四、五百円に相当するであろうか。ギザは積み立てて、卒業のパーティーの費用にあてられることになっていた。

やがて、最初の日曜日がやって来た。

氏原が武田を誘いに来た。

「おい、新宿へ行かないか。御苑のそばに、大連時代からの親友の家があるんだ」

「そうか、婆婆は物がないというから、キャラメル(航空用熱糧食)でも持ってゆくか。おい、坂下、貴様どうだ」

「いや、おれはちょっと。……別に、行くところがあるんだ」

「ふうん？」

「エンゲ（婚約者）が渋谷にいるんだ」

「へえ、貴様、エンゲージしていたのか」

「うむ、おれと同じ鳥取の出身でな。陸軍少佐の奥さんの妹なんだ」

「おい、写真見せろ！」

「いや、そいつがないから、もらいに行くんだ」

するると、氏原が言った。

「おい、ほっとけ！　エンゲのいるやつなんか、相手にするな。飛行機乗りには、娘はやれぬ。おれは結婚なんかしないぞ」

「すまねえ……」

あやまる坂下を仲間はずれにして、武田と氏原は、常磐線の荒川沖駅から汽車に乗ると、上野に向かった。

氏原の親友の家は、鮎川家といって、新宿御苑ととなり合わせの内藤町にあり、近くには元陸軍大臣の宇垣一成が住んでいた。

鮎川家を訪れると留守であった。

「しまった。電話をしておけばよかったな」

鮎川家のとなりは、明治維新まで、新宿御苑の持ち主であった、元信州高遠《たかとお》十五万石の城主、内藤子爵の邸であった。

「ふうむ、これが、元大名の邸か」

二人が、鉄の鋲《びょう》を打った門などを眺めているうちに、どやどやと鮎川家の人々が帰って来た。鮎川家の主婦波子は、黒い喪服をつけていた。鮎川家の当主は、先月、病気で亡くなり、この日が三十五日なので、増上寺に法事に出かけたのであった。

「あら、啓一ちゃん。よく来たわね。しばらく見ない間に、立派な将校さんになって……。今度は飛行機ですって？　もう、飛んでいるんですか」

波子は、肥満しており、朗らかな性格らしく、夫を失って間のない女性とは見えなかった。

氏原は、鮎川家の家族を武田に紹介した。

「こちらが、長男の清君、おれと大連一中の同級生だ。いまはT医大在学中だ」

「ヤブ医者の卵ですよ」

背の高い学生服の青年は、そう言って笑った。鮎川家は、女一人、男五人、六人の子持ちであった。しかし、武田は、その人たちの後ろにいる、洋服の喪服姿の若い女性に目をつけていた。

「啓一兄さん！」

と彼女は甘えるように言った。髪を長く垂らして、肩のへんでカールさせており、鼻筋の通ったノーブルな顔立ちであった。

「ああ、内藤家の親戚の娘さんだ。上杉京子さんといって、外交官の娘さんだ」

「はじめまして……」

と、上杉京子は、しなやかに体を曲げてあいさつをした。

「外交官というと、大使ですか」

「いいえ、父は、昨年までフランス大使館の参事官をしておりましたの。フランスがドイツに降服しましたので、いまはベルリンに行っておりますの」

「京子さんは、パリの女学校を出たんだ。フランス語はペラペラだぞ」

氏原がそう説明するのを聞きながら、武田は、坂下のことを思い出していた。坂下にはエンゲがいるという。おれも、エンゲを持つなら、こういうフランス人形のような女性にしたいものだ。

——しかし……。

と、彼は自分を抑えることにした。ずんぐりした岐阜県出身の田舎者の彼と、すらりとして、イブニングドレスのよく似合いそうな京子とでは、あまりにも世界が違いすぎる。やはり、いまのところは、「鈍感！」と罵られながら、飛行訓練をつづけるのが向いているだろう。そして、太平洋で死ぬのだ。女のことは考えない方がいい。無縁の世界なのだ。

彼はそう考えることにした。

「さあ、なかへ入って……。そうそう、お下がりのお饅頭がありますよ。それに落雁《らくがん》も……」

波子が、氏原たちをせきたてた。

「葬式饅頭ですか、おばさん……」

「なに言ってるの。いまや、お饅頭は貴重品なんですよ。有難く頂戴《ちょうだい》しなさい」

波子は、鍵をあけると、家のなかに入った。鮎川家の幼い子供たちは、武田たちの軍服や短剣を珍しがり、二人がかりで、武田に相撲を挑んだりした。武田は、久方ぶりに家庭的な雰囲気にひたり、岐阜県の郷里で病臥している母のことを思い出したりしていた。

子供たちとたわむれながら、武田は氏原と上杉京子のことを考えていた。京子は、氏原のエンゲなのではないだろうか。

帰りの汽車の中で、氏原の語ったところによると、京子の父が大連の総領事館に勤めていたころ、氏原とは家が近く、小学校も同じなのでよく遊んだ仲だという。氏原の父と、鮎川家の主《あるじ》とは、満鉄の同僚であった。鮎川家と上杉家も親しくなり、その縁で、主人が病気のため満州から日本に引き揚げた鮎川家は、内藤子爵の持ち家を借りたのである。

「そうか。しかし、貴様と京子さんはエンゲではなかったのか?」

武田の問いに、氏原はやや動揺しながら、答えた。

「京子さんには、もうエンゲがいるんだ。近く結婚して、ブエノスアイレスの日本大使館に赴任するらしいんだ」

「ふうむ、アルゼンチンか……」

武田は、急に、京子の色白な顔が遠のいてゆくのを感じた。

「相手は、松平伯爵の縁戚だ。まあな、おれたち赤とんぼ乗りとは、遠い世界さ」

氏原が諭《さと》すように言った。

武田は、空しさを感じていた。生徒のときは、「将校生徒は、衆の模範であれ、下士官兵の上に立つのだ」と教育され、海軍少尉に任官したときは、いくらか社会の上流に仲間入りをしたような自負を抱いていた。しかし、日本の上流社会というものは、武田とは無縁の上空に浮遊しており、手がとどきそうにはなかった。武田が感じた自負心は、錯覚であったのである。そして、そのような上流社会のためにも、命を賭けて、戦場へ赴くことに、彼はまだ気づいていなかった。

四

離着陸訓練をはじめて、二週間目の土曜日朝、飛行学生の飛行時間は、平均七時間半に達していた。

「つぎの者は、本日、離着陸単独を許可する。十分注意して事故のないように……」

納富大尉から、十数名の学生が名前を呼ばれた。氏原と井村は入っていたが、当然のように、武田と坂下は入っていなかった。

「氏原少尉、離着陸単独出発します！」

申告して、一人で赤とんぼに乗る氏原を、武田はうらやましそうにみつめていた。

氏原も、井村も、着陸したとき、バウンドやバルーニングがあったが、どうにか無事に最初の単独飛行をこなした。つづいて、武田や、坂下の同乗飛行がはじまった。武田は依然として、七メートルの引き起こし感覚が会得できず、「鈍感！」と精神棒を喰らった。

坂下の番になったとき、意外なことが起こった。訓練の途中で、飛行機が列線にもどり、岩下中尉がおりて来たのである。坂下は、単独飛行に切り替えられたのである。武田は屈辱を感じた。

「ふむ、これで、わが班の二人乗りは、武田と、宮川だけやな」

井村がそうつぶやくのを聞くと、武田は無念に思った。

坂下は、第一回、かなりバウンドしたが、どうにか、着地した。武田は焦躁を感じた。坂下が自分よりも、運動神経が発達しているとは思えなかった。呉で、内火艇を沈め、巡洋艦の艦長を泳がせた彼が、自分よりも早く単独になるのなら、それはどこかが歪《ゆが》んでいると考えるべきであった。武田は一つのことを念じていた。

そのころ、空が曇って、風が強くなった。坂下の機は、第四旋回で、風に流され、はるかかなたの高圧線の鉄塔の上で旋回し、みるみるうちに、高度が落ちてきた。飛行場のエンドは、大体において芝生であるが、東端《たん》寄りには、小さな松が数本生えていた。坂下は、高度十メートルくらいで、エンジンをふかしながら、やっと飛行場のエンドまで、機を引っ張り込んで来たが、しだいに降下して右翼を松の枝にひっかけた。二枚の翼の中間には、斜めに張った支柱があり、松の枝がそれにからんだので、松は根元からひっこぬかれ、翼にぶら下がった。坂下の機は、右翼が重くなり、右に傾いた。坂下はエンジンを一杯にふかし、左旋回しようとした。最初右に向かった坂下機は、つぎにやや上昇して、大きく左に旋回し、飛行指揮所の方に向かって来た。

「おや、いかんぞ。こりゃあ、こちらに来るぞ」

地上指揮官の納富大尉が立ち上がった。坂下機は、右翼に、葉の青い松の木をひっかけたまま、格納庫の方に向かった。教員の一人が、大きな赤旗を左右に振った。坂下機は、十五メートルほどの高度で、松の木をぶら下げたまま、指揮官席の上空を通過した。

教官たちは首をすくめた。

「心胆を、寒からしめよるのう。だれじゃ、あの学生は……」

納富大尉はそう叫んで、黒板の搭乗員割を見た。武田は、軽い安堵を覚えていた。坂下には悪いが、彼ならばあのへんが相当なので、最初の日に単独というのは、少しでき過ぎたと考え、劣等感に悩んでいたのである。

坂下は、松の木をぶら下げたまま、飛行場の北端、学生舎の近くで着地した。右翼に松の木があるので、着地と同時に大きく右旋回し、逆とんぼをついた。

「おい、事故だ。現場へ行くぞ」

岩下中尉の声で、武田は氏原たちとともに、スターター（エンジン始動車）に乗って、坂下機の方に急いだ。坂下は、逆とんぼをついた中練の座席で、うつ伏せになっていた。

「おい、坂下、大丈夫か」

機によじ登った武田がのぞきこむと、坂下は顔をあげて、

「いかんな、おれは、偵察行きじゃな」

と言いながら、額をなでていた。着地のとき、打って、こぶができていたのである。

坂下は、特別にギザ三枚を払い、外出止め一回を命じられた。

その夜、土浦の桜川に近い霞月楼《かげつろう》というレスでクラス会が開かれた。航空隊のある阿見《あみ》村から、土浦までは、四キロ。学生は三台のバスに分乗して、霞ヶ浦沿いの道を、土浦に向かった。このあたりの霞ヶ浦の景色は、帆を張った舟や、釣舟が出ており、牧歌的である。ど、、、のうらなどと言って、軽蔑することはない。

土浦市は、土屋氏十万石の城下町で、当時の人口は二万そこそこであった。霞月楼は土浦で一番大きな料亭で、黒塗りの門を入ると、大きな石燈籠が立っているという古風な店であった。士官たちは、この店をKGと呼んでいた。

クラス会といっても、霞ヶ浦名物のワカサギの塩焼きや、桜川の鰻をさかなに酒を呑んで、最後は、柔道の投げ合い、胴上げのやり合いで、色気の乏しいものである。芸者の歌などに耳をかすものはいなかった。

十五人ほど呼ばれた芸者のなかに、華やいだ感じの若い美人がいた。騒ぎ疲れた学生は秀代というその女のまわりに集まった。

「おい、秀代、貴様、今夜おれとストップせんか」

井村がくどいたが、秀代は首をふった。

「駄目よ、秀代はホワイト（しろうと）ですもの」

「何を言ってけつかる。インチ（馴染み客）が、いるのやろ」

そのとき、年増の芸者が、はたから口を出した。

「学生さんたち。この子に手を出したらだめよ。岩下教官のインチじゃからね」

「なんだ、教官のインチだったのか」

学生たちは鼻白んで、四散した。

やや離れたところから、武田は、——上杉京子を色っぽくすれば、こんな顔になるのだろうか、と考えながら、表情の豊かな秀代の横顔を見ていた。

しばらくすると、ほかの席にいた教官たちを、学生が広間に連れこんだ。

「岩下中尉、怪しからんですな。ナイス（美人）のエンゲがありながら、どのうらに、インチをつくるとは……」

学生の一人が、岩下にからんだ。

「まあ、よく聞け！」

酔いの回った顔で、岩下は一同を制した。

「なるほど、おれは、東京にエンゲがいる。親が決めた相手だ。しかし、おれは、彼女にはさわらぬつもりだ。遅かれ早かれ、おれたちは戦場に行く。自分の愛する女性を不幸にしたくないんだ」

「だから、エスで間に合わせるんですか。どうも、センチメンタルだな教官も……」

「かまわんじゃないか。エスはストップするためにあるんだからな」

するとと、岩下の横に来た秀代が、

「ええ、どうせ、私ははいせつ用の代用品ですからね」

と、岩下の膝をつねり、岩下は大きな悲鳴をあげた。

その夜、一部の学生は、ストップするつもりで、エスを物色したが、結局、全員そろって、バスで隊に帰ることになった。最初のクラス会なので、クリームやSAを用意している男も少なかった。武田も、ひそかに物色していたが言い出すことはなかった。

彼らの大部分は童貞であり、ためらっていたのである。戦場に行かずとも、飛行機に乗れば、常に死の危険がともなう。童貞のまま死ぬべきか、死ぬ前に女を知っておくべきか、彼らがふんぎりをつけるには、いくらか時間がかかりそうであった。

翌日は日曜日であった。氏原とともに鮎川家を訪れようかと相談していると、坂下が、頼みがある、と言いだした。

「おい、武田、おれの代わりにエンゲのところに行ってくれんか」

「貴様のエンゲのところに?」

「うむ、きょうは、肉が手に入るから、すき焼きをすると言って、姉さんといっしょに待っているんだ。おれは外出止めだから、代用品で行ってくれ。おれから電話をしておく」

「ふうむ、どうする? 氏原……」

「行こうじゃないか。すき焼きもいいが、坂下ご自慢のエンゲの顔を拝見しようじゃないか」

「ナイスだぞ。エンビイ（うらやむ）してもだめだぞ」

頭のこぶを、濡れたタオルで冷やしながら、坂下が言った。

武田は、氏原とともに午前の上野行きに乗った。訪ねる丸山家は、渋谷松濤《しょうとう》という高級住宅地の一角にあった。主人の陸軍少佐は、満州に出征中で、留守をあずかる妻の由子と、妹の律子が接待にあたった。第一師団の方から手に入れたとかで、肉は上等の方であった。

「すみませんな、代用品で」

「そのかわり、もりもり、食べますから、坂下の分まで……」

そう言いながら、二人は酒を呑み、肉を食った。肉が終わると、うどんを入れて食った。途中で氏原が律子に訊《き》いた。

「坂下とは、いつ結婚するんですか?」

「それが……」

律子は、髪が黒く、豊かな、まだ少女といえる若い娘だった。うつ向くと、襟もとのうなじが白く、耳たぶに血が上った。姉の由子がひきとって言った。

「坂下さんて、案外、意気地がないんですよ。結婚しても、間もなく、戦地へ行くことになる。ぼくが死ぬと、律子さんが、戦争未亡人になる。それが、しのびないんですって……」

「………」

それを聞いて、武田は氏原と顔を見合わせた。どこかで、聞いたことがあるような気がしたからである。

「ねえ、いいじゃありませんか。軍人が戦死したって……。そんなこと言っていたら、私だって結婚できないことになりますわ。うちのは、二・二六事件のとき、蹶起するつもりで準備しながら、私と結婚したんですからね。それで、事件の前に、満州にとばされて、それっきり……。さみしくてたまらないわ。きょうは、大いに呑みますからね。さあ、お風呂が沸いたら、入って下さいね、ゆっくりして行ってね。ね、律子ちゃん、坂下君は坂下君、きょうは、氏原さんたちと愉快に過ごしましょうよ」

由子は、そういうと、盃に酒を注いで、なめはじめた。武田と氏原が湯から出ると、

「私も入ろうかしら。若い士官さんのあとだから、男性ホルモンが多くて、体にいいかも知れないわね」

由子は、武田たちのいる部屋で、着物をぬぎ、華やいだ長襦袢姿になると、浴室に向かった。湯のなかで、歌をうたっている由子の声が聞こえはじめた。

「亭主がいないのに陽気な人だね」

武田が呟《つぶや》いたが、氏原は答えなかった。律子はうつ向いて、湯呑みをいじっていた。帰りぎわに、律子が一枚の写真を武田に託した。

「これ、坂下さんにあげて下さい。頼まれたんです」

二人が丸山家を出て、なかをあけて見ると、お下げ髪でセーラー服姿の律子の姿があった。

「坂下の奴、しあわせなのか、不幸なのか、わからんな」

「うむ……、女でも、男を知ると、ああ、大胆になるものかな」

「渋谷というところは、物を考えさせるところだな」
二人は、ちぐはぐなことを語り合いながら、駅の方に歩いた。

五

飛行時間九時間五十分で、武田は宮川とともに単独飛行を許され、坂下はそれよりも遅れた。しばらくの間、航法、写真撮影など、偵察の訓練があり、梅雨に入るころ、学生たちは、スタントの教科に入ることになった。

訓練の前に、納富指導官から注意があった。

「いままでは、水平飛行であったが、きょうの午後から、スタントになると、飛行機に酔う者が出てくる。なぜかというと、それはG（重力）の問題だ。上昇するときは、プラスのGがかかるが、下降するときは、マイナスのGがかかる。デパートのエレベーターでおりるときに、ふわっとするじゃろう。スタントになると、あれのひどいやつが来る。昼飯を食いすぎないように注意せい」

昼飯はカレーライスであった。いつもは兎が多いのであるが、この日はやや上等の豚肉であった。武田はおかわりをして、腹いっぱいになってから、納富大尉の訓示を思い出した。

午後の飛行訓練がはじまり、武田が前席に座ると、岩下が言った。

「きょうは、垂直旋回、失速反転、宙返り、の三種を実習する。高度三千五百まで上昇せい」

所定の高度に来ると、後席から、

「ただいまより模範、手を離せ」

と言い、まず、垂直旋回をやってみせた。

「翼が、水平線に垂直になるまで傾斜させると、舵の利き方が前とは違ってくる。旋回圏が小さいから、空中戦闘に常用される。ただし、Gは三G（普通重力の三倍）から四Gかかる」

機は横倒しになって、急旋回をつづける。筑波山が何度も目の前を通り過ぎた。Gが強いので体が機に押しつけられ、むせるような感じである。武田は微妙に「の」の字を描く、スティックの先端をみつめていた。

「つぎは、失速反転……」

これは、機首をぐいと上げて、失速に近くなったところで、機首を左か右にひねり、頭が落ちたところで、フットバーを踏んで反転するのである。失速して頭が落ちるところで、武田は気持が悪くなった。カレーライスの刺激臭をともなったおくびが出はじめた。

元来、飛行機というものは、自分で操縦しておれば、よほどの悪天候でも酔わぬものである。しかし、ベテランのパイロットでも、他人の操縦する飛行機では酔うことがある。練習艦隊でも、船によく酔った武田は、飛行機が下降するたびに、排気と潤滑油（通常、ヒマシ油を使う）の臭いを意識するようになった。

「つぎは、宙返り。一杯突っこんで、ゆっくり引き起こしたら、ループ（輪）の頂上で、少しスティックをもどしてやる。こうすると、きれいなループが描けるようになる。ではやってみる……」

二七三号機は、スピードをつけるために急降下すると、急に引き起こされた。今度急降下したら、絶対にへどを吐く確信が、武田にはあった。未消化のカレーライスは、のど元まで来て、噴出を迫っていた。

「はい、ここで、ちょっとスティックをもどしたら、ゆっくり起こしてやる……」

ループの頂上で、一瞬の間、背面で水平飛行を行なった二七三号機は、ループの下降の部分に入った。体がふわふわと宙に浮き、こめかみから神経を抜きとられるような感じがした。雨もよいの六月の曇り空が、前方を移動しつつあった。

——マイナスのGだな、かなり、強い。三Gか、四Gか……。

そう考えたとき、武田の思考とは何の関係もなく、茶褐色の棒のようなものが、口からふき出した。棒はたちまち、飯粒と、ジャガイモと、玉ネギと、肉を混合した粘液の集合体と変わり、分解して、操縦席の内部で渦巻き、外部にとび出し、前面の遮風板を茶色に染めた。この粘液は、つむじを巻いて、岩下の後席にも、浸入した。

「あ、おい、何をやった！　武田、貴様、やったな」

それにつづいて、むせぶ音が伝声管を伝って来た。

「教官！　前が見えません。拭きます」

武田がベルトをはずし、立ち上がって、飛行手袋で遮風板を拭うと、払われた混合物は、ちょうどうまく、岩下の席にとびこんだ。

「おい、やめろ。全部こちらへ来るぞ」

気がついてみると、機は降下をつづけていた。

「教官、水平飛行にもどします」

出すものを出した武田は、エンジンをふかすと、上げ舵をとった。機は土浦の真上であった。岩下の返答がないので、自分の伝声管を見ると、吐瀉物がかなりつまっていた。これでは聞こえぬはずだと考え、武田は咄嗟《とっさ》の処置として、伝声管を口に密着させ、ぶっと力いっぱい吹いた。なかの飯粒をふきとばそうという試みである。

後席で悲鳴があがった。

「おい、何をする。馬鹿！　やめろ。おれの耳のなかに飯粒が入ったぞ」

混合物のなかの固形物は、伝声管のチューブを通り、岩下の耳の孔にとびこんだのである。

武田はにやりとしながら、

「すみません、教官！」

とあやまった。

「この鈍感！　きょうは、ギザ三枚だぞ」

と、精神棒が後頭部を見舞ったのは、かなり後のことであった。岩下は、耳の掃除にいそがしかったのである。

この年、六月二十二日、ドイツはソ連に侵入し、独ソ戦が開始された。残っている戦いは、日本対英米あるいはソ連という組み合わせのみになってしまった。

七月のはじめに、一つの事件が起こった。

武田たちは、航法、通信など偵察の訓練とスタントを、午前午後に分けて行なっていた。ある日の午前、戦闘機乗りの二人の教員が、九六式戦闘機で空中戦闘を見せてくれることになった。戦闘機乗りである納富大尉が、学生のスタント訓練の参考に見せようと考えついたものである。

九六戦は、小型であるが、金属製低翼単葉で、空戦性能はよく、零《ゼロ》戦出現前の海軍の主要戦闘機であった。

二機の九六戦は、関東平野の入道雲を背景に、お互いに相手の後方につこうとして、巴《ともえ》戦を展開していた。

「戦闘機は、お互いに相手の後につけようとする。後ろから射撃されたら負け。それから、空戦中はどうしても高度が下がってくる。そこで、ドイツのパイロットは、インメルマンターンというのを考えた」

納富大尉は、拡声器で学生たちに説明した。

二機は、蝶がたわむれるように、上になり、下になりして、高度を下げて来たが、一機が、上昇力をつけるため、急降下したところ、そのまま、芋畑に突っこみ、土煙をあげた。

「やったか！」

納富大尉は、メガホンをほうり出し、トラックに乗って、現場へ急いだ。武田も他の学生とともに別のトラックで、あとにつづいた。

九六戦は、エンジン全開のまま、芋畑に突入し、エンジンは土中にめりこみ、座席がつぶれてエンジンに密着し、翼と胴体は四散していた。

「真中《まなか》兵曹だな」

犠牲者は、第三班の教員である予科練出の真中二等飛行兵曹で、武田も臨時に同乗してもらったことがあった。若くて精悍な感じの男で、年齢は武田と同じぐらいであった。

真中は、操縦席をこわして、引きずり出されたが、顔が計器盤にめりこんだため、原形をとどめておらず、計器盤が顔の形に陥没しており、血のりが付着していた。

「かわいそうに。まだ若いのにな」

納富大尉は、真中の飛行服の胸を拡げ、耳をあててみたが、即死であった。

真中が引きずりあげられた後の操縦席で、武田は異様なものをみつけた。操縦桿《スティック》にピンク色のものがつまっていた。九六戦は中練と違って、操縦桿が木製ではなく、ジュラルミンのパイプなので、その先端が折れて、中央部が真中の腹に突き刺さり、肉が内部に入りこんだのである。スティックのなかの肉は、ピンクのなかに、白い脂身を点在させており、それが上質のハムかソーセージのように、武田の目には映った。

午前の飛行作業は早く終わった。昼飯は、ハンバーグステーキであった。

「いや、これはだめや。あれを見たら、こんなもんは食えんわ。主計科も、ちと事情を考えんといかんな」

井村は、早々にフォークとナイフをおくと、

「おい、武田、坂下、よくそんなに食えるな。やはり、田舎に育つと、質実剛健やな」

と言って、席を立った。

翌日は土曜日で、午後、上陸が許可された。坂下は渋谷の丸山家へ、武田は氏原とともに、新宿の鮎川家へ行くことになっていた。

隊門の前でバスを待っているとき、氏原が武田に言った。

「上杉の京子さんな、結婚したそうだ。もうアルゼンチンに出発したらしい」

「そうか……。結婚したか」

当然のことながら、武田のところには、何も知らせはなかった。

「ブエノスアイレスに新婚旅行か。船で何日くらいかかるのかな」

「さあ、一ヵ月くらいかな。地球の反対側だからな」

氏原は、硬い表情で、晴れた空を見上げていた。

そのとき、井村が近づいてきて言った。

「おい、武田、貴様もいい加減にバー（バージン＝童貞）をおろしたらどうや。東京のナイスな芸者を紹介してやるぞ」

家の裕福な井村は、東京や、横浜の花街で遊んでいた。

「貴様は、ぽちゃぽちゃとして、唇が厚いから、女に喜ばれるぞ」

井村は、近よると、武田の顎を下から、ぺたぺたと叩いた。

「うるせえっ！」

武田は、井村のベルトに手をかけると、引き寄せ、腰を沈めてとびこみ、浮き腰をかけた。井村は一回転して地上に落ちた。

「ああ、おとろしや」

井村は、掌の泥を払いながら、立ち上がったが、かかって来る気配はなかった。武田は焦躁を感じていた。何かを破壊しなければ気がすまなかった。その原因が、昨日の真中教員の死にあるのか、それとも、自分がいつまでも童貞であるためか、おそらくは、両方にあるのではないか、と彼は考えていた。

六

十一月三日の明治節を中心に、飛行学生は二泊三日の休暇をあたえられた。

武田は、東海道線で、岐阜市に近い穂積の郷里に帰った。バセドー氏病を患《わずら》って、床についていた母は、長男の顔を見ると、元気になって、台所に立ち、カレーライスなどをつくった。岩下教官の耳の孔にとびこんだ飯粒を思い起こしながら、武田はそれを食べた。

「竜平もそろそろ、お嫁さんを考えなくちゃいけないわね、もう二十一になったんでしょう」

「早すぎるよ、それに、戦争中だしね」

「だから、早く結婚して、赤ちゃんをつくって、お母さんを安心させておくれ。お母さんは、多分、長くはないからね」

母はしばらく口ごもった後、

「じつは、宇野さんのお嬢さんね、話があるんだけれど……」

と、言い出した。

「お嬢さんて、次女の方かね」

「そう、光江さんよ。岐阜高女を一番で出て、岐阜県庁に勤めてみえるけど、姿もいいし、気立てもよさそうだし……」

宇野光江は小学校長の娘であった。姉の敏子は、武田の一年上で、一番で卒業していた。光江のことは、武田の脳裡にあり、その一角を占めていた。このとき、武田は二人の男女のことを意識していた。一人は、アルゼンチンの大使館に、夫とともに赴任した上杉京子のことであり、一人は、霞ヶ浦の芋畑に突入して殉職した真中兵曹のことであった。

「縁談はだめです。断っておいて下さい」

武田は、断定的な調子で言った。

自分は気負っている、と思った。本当は女に憧れ、女が欲しいのであった。しかし、いま、縁談は不要であると思われた。その原因はよくわからないし、それを解明する必要はなさそうに思われた。

「そうかねえ、田舎の娘さんじゃあ、気に入らんかも知れないね。海軍の士官さんだからね」

母は、顎を襟の間に入れ、鷺がこくびをかしげるような姿で、考えこんでいた。

七

十二月八日朝のことである。

飛行学生は、午前九時、学生舎前に整列を命じられた。千田司令が現われて、台の上に登った。司令は大きな声で言った。

「よく聞け！　本朝未明、わが帝国は、英、米、オランダと交戦状態に入った。そして、わが、機動部隊は、ハワイ真珠湾を奇襲、戦艦五隻を轟沈《ごうちん》、四隻を大破せしめ、目下戦果を拡大中である」

学生の間にどよめきが起こり、それが歓声に変わった。

司令は、微笑とともにそれを眺《なが》めていたが、

「静かにして、あとを聞け。いいか、これで日本は、いよいよ最大の決戦に突入した。まさに、皇国の興廃がかかった一戦である。しかも、緒戦に大戦果をあげたのは、諸君の先輩である海軍航空部隊である。このことも肝に銘じ、かならず後につづくよう、今日以降、いっ

そう訓練に励むよう、司令は大いに期待している」

　そこで司令の訓示は終わった。

　この朝の訓練は気合がかかっていた。寒い朝であったが、学生たちは、飛行場まで、ワッショイ、ワッショイとかけ声をかけながら走った。

　この日の午前、武田たちの飛行作業は編隊訓練であった。

　岩下中尉は、武田と坂下を二、三番機につれて離陸することになった。

「きょうは、どんなことがあってもついて来い。たるんだ真似をしては、太平洋で戦っている先輩に、申し訳が立たないぞ」

　岩下は、精神棒で殴る真似をしてみせた。

　離陸すると、岩下は三機編隊を霞ヶ浦の湖上に誘導し、低空飛行を行なった。高度十メートルで、左に急旋回をするので、左側についている武田の機は、左翼が水をすくう形になり、あわてて、高度をあげた。岩下は、後ろをふり向くと、左の拳をあげて、殴る真似をしてみせた。

　――きょうは、教官も気合がかかっているな、と武田は考えた。

　つぎは、右旋回で、こんどは、坂下が水をかぶりそうになる番であった。彼も、何回もとびあがって、岩下から殴る真似でおどかされた。湖面には、寒鮒を釣る舟が出ており、編隊が近づくと手をふったが、真上を通過すると、首をすくめた。

　湖面を終わると、岩下は編隊を率いて、土浦城址の上空を、高度百メートルで通過した。

市民が出て来て空を見上げた。編隊は、高度を五十メートルに下げると、旋回をつづけた。城址に市民が集まり、空を見上げて手をふり、日の丸の旗をふっている者もいた。もう、ラジオで開戦を知ったのであろう。旋回をつづけながら、

——岩下教官も、意外に稚気があるな、と武田は考えていた。

訓練を終わって、待機所のベンチにもどると、学生たちは、それぞれに昂奮していた。

「いよいよ、おれたちの番やな、おれは絶対戦闘機や」

井村は、左掌を前に出し、右掌で、それを追尾してみせる形を示してみせた。

「おれも戦闘機だ。それ以外にゆく道はない」

氏原は、それだけいうと、唇をひきしめた。

飛行学生は、二月初旬、霞ヶ浦の練習機教程を卒業して、九州の別府に近い宇佐《うさ》の航空隊で、実用機教程に入ることになっていた。ここで専門の機種が分かれるのである。

「おれは、艦爆だな、戦闘機は自信がねえ」

武田は、ゆっくり言った。急降下爆撃を主任務とする母艦用の艦上爆撃機が、一番彼に向いているように思われた。艦爆はもっとも体力が必要であり、そのかわり、空中戦闘のようなデリケートな運動神経は要求されなかった。

「おれも艦爆へゆきてえが、多分、偵察だな。航法とトンツーだ。これも苦手なんだ」

坂下が、物憂い調子で言った。百名の飛行学生のうち、三分の一が偵察、三分の一が戦闘機、三分の一が、艦上攻撃機（雷撃機）と艦爆に回される予定であった。

最初の離着陸単独で、松の木をひっこぬいた坂下は、偵察行きがほぼ確実と思われた。そのとき、後ろに来た岩下が言った。

「おい、坂下少尉、偵察が何が悪い。偵察こそ、本当の士官の仕事だぞ。操縦は、車曳きといってな、下士官でもやれる仕事だ」

「ヘンな慰め方しないで下さいよ、教官。私はもう覚悟はできているんです。偵察将校となって、雷撃隊を率いて、レキシントンに体当たりするんです」

「そうか、体当たりか……」

岩下は、軽くうなずいた。

「しかし、坂下の奴は、レキシントンの前に、エスに体当たりする方が早そうやな」

井村がそうまぜ返した。

そのような会話を聞きながら、武田は、やや空しいものをも感じていた。彼も、功名手柄を立てねば、と感じ、死を意識していたが、いざ大戦がはじまったとなると、死はさして深刻なものではなく、おれだけは死なないだろうという、兵士がだれでも抱く固定観念に支配されかかっていた。

その夜、武田は岐阜県の郷里にいる両親に手紙を書いた。

「以前に、軍人半額二十五年、と書いて送りましたが、いよいよ、私にも、御奉公のときが来ました。前から申し上げているとおり、竜平の体は、この世にはなかったものとお考え下さい。これで、当分、たよりをすることはないと思います。いままでの御養育に感謝し、御両親様の御健勝、長命を祈り上げます」

そう書いて、やはり武田は、空しいものを感じた。

おれは気負っている、と彼は考えていた。死を誇示することが、この時代の青年の自己顕示であり、国家のために死ぬことに、絶対的価値を見出すように武田たちは教育されて来たのであった。しかし、武田は、そのような理念のなかに自分を燃焼し尽くすことが、自分にとって、最高の美徳であることに納得しながらも、やはり、肚の底からゆすぶり上げてくる一つの衝動を抑えることができなかった。それは、生への欲求であり、それが性的な欲望となって、端的に武田を動揺させていた。上杉京子はアルゼンチンへ去り、岐阜の宇野光江はこちらから断わってしまった。しかし、女を知らずに戦場で死ぬのは、決して氏原のいうように純粋なのではなく、むしろみじめなのだ、と、武田のなかのある部分が訴えつづけていた。

武田は、となりの坂下の方を見た。彼も手紙を書いていた。

「おい、坂下、貴様も郷里へ、覚悟のほどを書き送っているのか。レキシントン、サラトガはいいが、エスの腹に不時着なんて書くな。おふくろさんが心配するからな」

「いや、おれは、丸山の律子さんに書いているんだ」

「ふむ、来週の約束か」

「いや、別れるんだ。婚約解消だ」

「ふうむ、解消か……」

武田は立ち上がると、坂下の机上を見た。坂下は、半紙に筆で字を書いていた。

一、婚約解消通告ノ事

此度、非常ノ事態出来ニツキ、私ト律子様トノ婚約ノ件、解消致シタク、此段通告仕リ候

というところまで書いてあった。

「おい、なんだか、忠臣蔵みたいだな。それに、通告とは一方的だな。宣戦布告みたいでおだやかでないぞ。——律子さん、悲しむぞ。おとなしい、いい人だからな」

「だからいかんのだ。ああいう人を犠牲にすることはできん。といって、結婚もしないのに、致すわけにも参らんのだ」

「そうか、貴様も、それで悩んでいるんか」

「うむ、いまとなってはな。岩下教官の気持がひとごとではなくなって来たんだ」

「なるほどな」

武田は、しばらく、肉太な坂下の婚約解消通告という文字を眺めていた。こちらも、童貞を解消するわけであるが、通告する相手はなさそうであった。

十二月十一日、マレー沖で、英戦艦プリンス・オブ・ウェールズ、レパルス撃沈の戦果発表があり、十二月十三日の土曜日は、戦時中ではあったが、祝賀の意味で、一泊の上陸が許

可された。

　氏原が武田の部屋に来て言った。

「おい、東京へ行かないか。来週は外出禁止になるかも知れんぞ」

「そうだな。おい、どうする?」

　武田は坂下の方を見た。

「うむ、とにかく、東京へ出よう」

　坂下は、一つの決意を眼の色に示しながら言った。

「今夜は、土浦《どのうら》はにぎやかそうだぞ。もう、我慢ができなくて、ペンダウン（筆下ろし＝童貞を失うこと）する奴が多いらしいからな」

「貴様はどうなんだ。氏原……」

「おれか、おれはバーのまま死ぬな。どうせ戦死するんだ。女を知るってことは、大した問題じゃない。井村のように、徹底的に遊ぶか、でなければ、バーのまま死ぬんだな」


　三人が、背広に着かえて常磐線に乗り、上野で降りたとき、武田は言った。

「おい、おれは、渋谷へゆくぞ。坂下がエンゲの律子さんと別れるというから、それにつきあうんだ。鮎川家のおばさんに、これを渡してくれ」

　武田は、酒保で買った羊羹を、氏原に渡した。

　坂下と武田は、山手線の内回りに乗ることにした。駅は、小旗を持った人々でごったがえしていた。円陣の中央に、白いたすきをかけた坊主頭の青年が、軍歌に聞き入るように、頭を下げていた。

〽わが、大君に、召されたる
命、栄《は》えある朝ぼらけ……

そのような、歌声を背にして、二人は電車に乗った。

「おい、どこへ行く?」

武田は、坂下が渋谷の丸山家へ行くはずはないことを承知の上で、訊《き》いた。

「うむ、先輩から聞いたんだが、大塚にチング（ウェイチング＝待合）があって、エスも、わりにいいのがいるそうだ」

「そうか、池袋で時間をつぶして、大塚へでも行くか」

二人が、大塚駅に近い三業地に足を踏み入れたのは、午後九時近くであった。ネオンもひかえ目に、燈火の少ない、さみしい色街であった。武田は、中学時代に暗記した樋口一葉の『たけくらべ』の書き出しを思い出していた。

「廻れば大門の見返り柳いと長けれど、お歯ぐろ溝《どぶ》に燈火《ともしび》うつる三階の騒ぎも手に取る如く、明けくれなしの車の行来《ゆきき》にはかり知られぬ全盛をうらないて、大音寺前と名は仏くさけれど、さりとは陽気の町と住みたる人の申《もう》し」

花街らしく、枝垂れ柳があったが、吉原と違って、大塚は陽気な町とは思えなかった。三味線の音が聞こえる細い通りに入り、二人は、中くらいの待合の玄関をくぐった。武田は、自分が十分落ち着いていることを確かめるため、せきばらいをしてみた。

二階の部屋にあがると、武田の母親に近いぐらいの年輩の仲居が、

「お酒？　それとも、これ？」

と、右腕をあげ、肘枕をする恰好をしてみせた。

「両方だ！」

坂下が虚勢を張って言った。

「若い子？」

「あたり前だ」

今度は、武田が、大きな声を出した。

「あなたたち、軍人さんね。学生さんじゃ、芸者と寝ると叱られてしまうけれど……」

仲居は、二人の坊主頭を見くらべてそう言った。

いかのうに和《あ》えなどを肴にして酒を呑んでいると、芸者が二人あがって来た。一人は二十歳ぐらいで、君太郎と言い、いま一人は、少し年上で、君奴と言った。

「おい、君太郎姐《ねえ》さん、一杯いこう」

武田は自分のとなりにきた、日本髪の若い女に、盃をさした。化粧が濃く、燈火に映えて、それがまぶしかった。

「あら、姐さんだって……。まだ、姐さんじゃないわよ。ねえ、姐さん……」

君太郎は、姉芸者の方をみて、くすりと笑った。土浦の宴会で、芸者の顔は何回も見ていたが、今夜、女の肌に触れるのかと思うと、緊張して、呑むあとから酒はさめていった。

「なんだか陰気ね、騒ぎましょうよ」

姉芸者の君奴が、三味線を持って来て、サノサ節を弾《ひ》いたり、「勝って来るぞと勇ましく」と、はやりの歌をうたったりした。

坂下は、結構酔いが回ったらしく、君太郎と、トランプをして、はしゃいだりした。武田は三味線に合わせて歌をうたったが、力が入らずややもすれば、気が抜けそうであった。そこへ、

「さあ、お部屋の準備ができましたよ」

と仲居が入って来た。

廊下をしばらくゆくと、武田は、泊まりの部屋に案内された。ぼんぼり型のスタンドに、淡い灯がともり、薄暗い部屋の底に、大きな蒲団が一つ敷いてあり、枕が二つのせてあった。

「お兄さん、サック持ってる?」

君太郎が、ぬいだ着物を畳みながら、訊いた。

「ああ、持ってるぞ」

武田は、学生舎の食堂から持って来た「ハート美人」と、消毒クリームをポケットから出した。寝巻に着かえて、蒲団のなかに入ると、武田は、自分の男のものに触れてみた。小さ

くちぢかみ、先端が濡れて、ぬるぬるしていた。

「おお、寒い、冷えるわね、今夜は……」

赤い椿を散らした長襦袢一つになると、君太郎は、武田の左横にすべりこんで来た。間近で向かい合ってみると、女は子供っぽく見えた。武田は、長襦袢の裾から掌を入れると、女のくさむらに触れた。女は肉づきがよく、陰阜が盛り上がりふくよかであった。武田は、女の裂け目に指をすすめた。

「ああ、くすぐったい。どれ、私もおにいさんにサービスしてあげる……」

女は、武田の右脚の上に、自分の左脚をからめると、武田が触りやすい形になり、左掌で武田のものを握った。

「あら、小さいわねえ、どうしたのかしら？　おにいさん、私が嫌い？」

女は、正直に心配しながら、武田のものを揉んだり、しごいたりした。武田は、そのとき、泊まり部屋の畳に近い部分に、鏡が張りめぐらされているのに気づいた。

「おい、教えてくれ。おれははじめてなんだ」

「あら！　はじめて？　困ったわ、私どうしよう。あまり上手じゃないのよ、私……。君奴姐さんに代わってもらおうかしら？」

「向こうもはじめてだ」

「え！　両方はじめて？　そうは見えないけど……。なぜいままで遊ばなかったの？」

「なぜって、貴様……」

「あら、貴様だって……。やはり、おにいさんたち、兵隊さんね」

話しているうちに、武田は、自分のものがやや怒張してくるのを感じた。

「あら、少し大きくなったわ、おにいさん、してみる？　はい、こちらへ入って……」

君太郎は、武田を、自分の両股《もも》の間にひざまずかせると、手をのばしてサックの箱をとり、リング型に巻いたゴムを武田のものにあてはめた。

「さあ、あとは、自分でするのよ」

君太郎は、天井を見ていた。武田は、最前、指で確かめておいた、女の空洞と思われるところに、自分のものをあてがい、腰を前進させた。

——これで童貞とお別れだ……。

武田は一種の罪悪感を意識していた。怒張が去っており、武田のものは、女の入り口の括約した部分を突破することができず、その周辺を、先端でこね回すのみであった。

「あら、どうしたのかしら？　シャンとしないわね。本当に、おにいさん、はじめて？　一度下りて、休んだらいかが？」

武田は、女のことばに従って、横になると、大きく呼吸した後、

「おい、ここを見せてくれんか」

と言った。

「いや、するのはいいけど、見せるのはいや。見たらゲッソリするわよ。女でも、自分のものなんて見ないわよ」

「おれは、一度も見たことがないんだ。見せろ！」

武田は起き上がると、頭上の電燈のスイッチをひねり、女の長襦袢をはねた。白い股の付け根の部分を押しひらき、明るい燈火のもとに露呈された女のものに、武田は見入った。

「変態ね、おにいさん……」

女は観念して、するがままに任せた。武田は仔細に観察した。図面で見たように、裂け目の上部に濡れた核があり、下方に空洞の入り口があった。全体にピンク色をしていたが、空洞の周辺にある、うすい貝の肉の小片は、やや黒ずんでいた。武田は、ふたたび、怒張を感じ、女と交わる姿勢になった。

「あら、今度は大丈夫よ、うまく行ったわ」

女は、責任を果たしたように、素直に喜び、両脚をからめると、体を浮かし、まわすように動かした。かすかではあるが、武田の意識のなかに、垂直旋回のときに、「の」の字を描く、スティックの動きがあった。ゴムがあるので、感触は鈍かった。

「ねえ、ここ吸って！」

と、女は乳房を露《あらわ》にした。かなり、筋肉が無理をするのを感じながら、武田はそれを吸った。中途半端な摩擦感のうちに、武田は自分が、頂上に達しかかったのを知った。女の耳の横に頬をよせながら、彼は射精を意識した。マスターベーションとは違うが、これがこの世の至上の快楽とは思えなかった。しかし、いままで彼を揺すぶっていた得体の知れない焦燥感は消滅していた。マスターベーションの後に、いつも悔恨に似たものを覚えるのであるが、それに似たものがこのときもあった。

　サックを処理しながら、君太郎は言った。

「童貞って、私、はじめてだわ。でも、重いもんね、童貞って……」

　武田は、もろに自分の体重を、君太郎にあずけていたのである。

　厠に入って放尿をしていると、坂下が入って来た。前を向いたまま、武田は訊いた。

「おい、どうだ。うまく行ったか、貴様の方は……」

「うむ、はじめてとは思えん、といってほめられたぞ」

　坂下は、六十八期随一といわれる巨大なギヤ（性器）を持っていた。武田は、それを風呂で見たことがあった。きっと女が喜ぶだろう、そう思うと、武田は、坂下がうらやましいと思った。

「大塚沖の海戦は、無事に終わった、というわけだな」

　坂下と交替しながら、武田は言った。

「うむ、小型空母二隻轟沈、というところだな」

　武田は、坂下の口癖である、レキシントン、サラトガを沈めるか、という文句を想い出しながら、厠の窓から空を見た。月のない夜であった。硬い感じの暗い空に、彫りこまれたような星がまたたいていた。

夏雲

一

昭和十七年二月初旬、海軍少尉武田竜平は、霞ヶ浦の飛行学生教程を終わり、大分県の宇佐航空隊に着任した。日本海軍の機動部隊は、前年の十二月、真珠湾攻撃を終わって、ひと休みした後、南太平洋海面に出撃中であった。

霞ヶ浦では、離着陸、編隊飛行など、基礎的な飛行訓練であったが、宇佐は実用機教程で、艦爆（艦上爆撃機）、艦攻（艦上攻撃機）、偵察に分かれて、実戦の訓練を行なう。六月に卒業すれば空母を中心とする第一線部隊に配属されるので、青年士官たちの意気は揚がっていた。戦闘機の学生は大分航空隊で訓練を受けることになっていた。

七十名の飛行学生は、庁舎の後ろにある学生舎に入居した。一室に三名で、武田の同室者は、同じく艦爆専修の高木国彦と鈴木五郎であった。艦爆は計七名で、ほかに同期の灰田栄一と市橋良三がおり、さらに一期上の六十七期生から、追加で飛行科に入ってきた中村中尉と佐藤中尉がいた。

霞ヶ浦の教程を卒業するとき、担任の岩下中尉はこう言った。

「宇佐へ行くと、大体は別府へ呑みに行くことになるが、別府は遠いし、たてこむから、中津を推薦しておく。ここは古い城下町で、福沢諭吉の生まれたところだ。近くに耶馬渓《やばけい》があり、日田《ひた》という美人の産地があるので、芸者も、数は少ないが、美人が多い。筑紫《つくし》亭というのが、海軍のゆきつけで、おふじばあさんというのがネービー担当だ。いまは河豚料理がうまいはずだ。おふじに、よろしく言っといてくれい」

しかし、飛行学生を待っていたのは、日田美人と河豚ではなかった。入隊第一日は、司令および学生指導官関少佐の訓示と、荷物の整理であったが、第二日から降爆（急降下爆撃）の訓練がはじまった。

艦爆隊長は関衛《まもる》少佐で、分隊長は伊吹正一大尉、分隊士は、吉本三男、近藤武憲の両中尉である。

武田の担当は、土佐出身で二期上の吉本中尉で、兵学校時代は、柔道、水泳、ラグビーの万能選手であった。

「いいか、最初はおれが前席に乗って、一回だけ降下してみせる。『進入』と『引き起こし』の位置を、よく見ておけ。二回目からは、学生が前で、教官が後ろだ。この九六式艦爆は、旧式ではあるが、支那事変で活躍した実用機だ。霞ヶ浦の九三式中練のように、前後席にダブルの操縦装置などはない。前席の学生がエラーをやって突っこめば、後席の教官も一蓮托生だ。よく気をつけてくれ。これはまじめな話だ」

と、彼は説明した。

武田は、列線に並んでいる九六艦爆に視線をやった。二枚羽で油に汚れ、頑丈そうな、しかし、武骨に肩を張ったごつい姿であった。九六式艦爆は、皇紀二千五百九十六年（一九三六）、制式機として採用されたタイプで、すでに空母などで使用している九九式艦爆が、単葉全金属製であるのにくらべ、まだ木製の部分を残した旧型機であるが、機体は堅牢で、七〇度の急降下に十分堪え得た。

最初に高木が吉本の後席に同乗して、地上指揮所の横の標的に向かって、三回降爆の訓練を行なうと、蒼ざめた顔で待機所にもどって来た。つぎは武田である。

前席の吉本中尉は、八五二号機をガタガタいわせながら離陸すると、

「この機はオンボロだが、心配することはない。まだ百回や二百回は使える」

と伝声管で言い、

「降爆訓練は、高度五千から行なう。降下角度は六〇度、引き起こしは高度六百……」

とフシをつけるように言い、飛行場の上空を螺旋状に旋回しながら、二千、三千と高度をとった。

「いいか、離着陸でもそうであったように、降爆も風向風速を考慮せねばならん。戦闘海面

で敵の空母を狙うときは、太陽を背にして突っこむから、風向はかまっておれぬが、できれば風を背にしてやや浅い角度で進入し、突っこむにつれて角度が深くなり、投下地点では、六〇度から六五度までが望ましい。角度が浅いと、緩降下爆撃になって、スピードが出ず、下界から狙撃されやすい。角度が深すぎると、体が宙に浮いて、照準が難しい。ところで、今日の風は？」

「北東の風、六メートルです」

「うむ、では、海の方から、八面山《はちめん》の方に向かって進入コースをとる」

高度はすでに四千八百に達していた。周防灘の上空から、機は、飛行場のはるか南西に突《とっ》兀《こつ》とした岩の峰を見せている八面山の方向に進んでゆく。下方の周防灘は、ちりめんじわを寄せ、ところどころに、兎の耳のような白波を散らしていた。八面山の手前に、豊前善光寺という古い寺のある四日市の町があり、その左方に宇佐の町がある。高度五千からは、宇佐神宮の社殿と境内が、小さくまとまって見えた。宇佐と四日市の間を駅館《やっかん》川がうねうねと流れている。古代には、宇佐に伝馬《てんま》の駅があり、駅館には駅長がいたというから、この名前がついたものであろう。駅館川の川面が陽光をうけて白く光り、この日は晴天であった。

「目標が、エンジンの左側に沿って近づくように接敵する。そして、左翼の付け根まで来たら進入する。このように、スロットルを絞ると頭が下がる。そこで機首を左に振り、スティックを前に倒す。降下角五〇度で進入する。後ろから風が押してくれるから、自然に角度は深くなる……」

吉本は説明につれて機を操作した。

八五二号機は坂道にかかった馬車馬のように、急にスピードを失い、ついで、うなだれるように頭を下げた。

「今、五〇度！」

五〇度の俯角というと、かなり突っこんだ感じである。武田は後席にいるので見えないが、操縦席の吉本の照準器には、目標が入っているのであろう。肩バンドをはずして背のびしてみようと考えていると、

「高度を読め！」

と、いわれ、眼前の計器盤にはめられてある高度計をみつめ、伝声管に向かって、

「三千五百！　三千三百……！」

と呼称しはじめた。

「二千までは、五百ずつでよろしい。実戦では、敵の戦闘機を見張り、射撃しながら高度を読むのだ。千を過ぎたら、五十ずつ読め！」

「了解！」

高度二千で速力計を見ると、二百四十ノット（四百四十四キロ）のところで針がふるえている。九六艦爆の巡航速度は百二十ノット前後であるから、その倍は出ている勘定である。

高度千からは、いわれたとおり、小刻みに読みはじめた。

「九百五十、九百、八百五十……」

速力計を見ると、二百七十ノットに近い。

「七百！」

で、吉本は、

「用意！」

と叫び、

「六百！」

で、

「撃て！」

と機を力いっぱい引き起こした。

後席にいた武田は、頭が急に両膝の間に没下してゆくのを感じた。もち上げようとしても上がらない。それは抵抗しがたい力であった。専門用語でいうG（重力）がかかったのである。地上で人間にかかるのは一Gであるが、急降下から引き起こすと、五Gから七Gくらいまでかかる。いまの武田の場合は五Gくらいであろうが、それでも、生まれてはじめての強いGなので、これはひどくこたえた。

やっと頭が軽くなり、機外を見回すと、頭の上を地上の風景が過ぎ去り、それが海面の青に変わった。

「ただいま、右上昇反転！」

吉本がそう説明する。上昇反転というのは、機首を一杯突っこんでスピードをつけた後、右あるいは左に機首をひねりながら引き起こし、なかば背面になりながら上昇をつづけ、可能な高度まで上昇すると、機を水平に直す飛行技術である。高度五千から突っこみ、五百で引き起こし、三千まで上昇反転したところで、機は水平にもどり、ふたたび飛行場の上空で、螺旋状に上昇しはじめた。海上遠くまで出て上昇し、もどって来てもよいのであるが、それでは、地上の飛行指揮所が訓練機を見失うおそれがあるのだ。

「もう一度進入する！」

吉本はそう言いながら、機を八面山に向け、

「武田少尉、引き起こしがこたえたか。今度は、膝を揃えてその上に掌を重ね、頭をその上にのせろ。少しは楽だ」

とヒントをあたえた。

第二回目の引き起こしで、武田はいわれたとおり、両膝の上に掌をおき、その上に頭をおいた。今度は、頭が両膝の間にめりこむようなことはなかったが、眼のなかで、赤い火花がパチパチと飛んだ。

三回終わると、つぎは、学生が前席で操縦桿を握ることになった。生まれてはじめての急降下爆撃である。風向はほぼ一定しており、海上で高度五千をとると、武田は、

「接敵します！」

と伝声管で後席の吉本中尉に言い、機を八面山に向けた。岩肌がジグザグとして、昔ならば山賊が住んでいそうな山である。その手前に、東西に細長く飛行場があり、その西端近く

の指揮所付近に、白布で十文字が描いてある。そこに隊長と、脚を固定した双眼鏡をかまえた下士官が座っており、降下して来る艦爆の進入地点、角度、軸線などを計測し、採点するのである。

武田はいわれたとおり、白十字が、エンジンの左側にくるように機を操作した。左翼の前端に来たところで、

「進入します!」

と、スティックをぐいと前に倒した。機首が、がくりと下がり、体が宙に浮き、肩のベルトがそれを抑えた。

「バカ! いきなり突っこむ奴があるか、エンジンを絞《しぼ》るんだ」

吉本は不意を打たれてとび上がったらしく、怒っていた。武田は急いでスロットルを絞った。機は急降下に入った。

「角度が深い、少し起こせ」

「軸線は合っているか、標的は見えているか?」

そう注意する間に、吉本は高度を読んだ。

武田の進入は遅かったらしく、機は追い風に押され、前へ前へと行くので、眼の前にある照準器の丸い鏡面の十文字に、白十字を合わせようとすると、かなり機首を突っこまねばならなくなって来た。

「角度が深い、ただいま、七〇度!」

七〇度といっても、人間の体は機より上に出ているから、ほとんど九〇度あるいはそれ以上で、ふわふわ浮くように感じられた。

「高度七百！　引き起こせ！」

「用意！　撃て！」

武田は、全力でスティックを引き上げた。頭の血がすーっと下がり、眼前が暗くなった。二秒かあるいは五秒か、引き起こしはほぼ終わり、Gが減少するとともに視界がもどって来た。

「右上昇反転！」

吉本の指令にこたえて、武田は、スティックを右に倒し、右の足踏桿《フットバー》を踏んで、機首を右上方に向けた。機は浮力を失って、ふらふらし出した。

「おい、いかんぞ、引き起こすときに、スロットルレバーを押したか」

「あ、忘れました！」

武田がそう言ったとき、機はガクッと右に頭を落とし、浮力を失ったまま錐揉みに入った。

——あ、いけねえ、と心の中で言って、武田はスロットルレバーを全開した。

「バカモン！　何をする。錐揉みに入ったらエンジンをふかしてはいかん。この機は二枚羽だから、回復は早い。落ちついて操作しろ。霞ヶ浦で習っただろう」

「わかりました」

武田は、霞ヶ浦での記憶を呼びさまして、まず、スティックを中央にもどし、フットレバーを中正の位置にした後、スティックを前に押した。こうすれば浮力がもどるのである。高度計は千三百を指している。機は地上の格納庫と指揮所の中間の地点に向かって落下しつつあった。やっと、錐揉みから回復すると、機は、指揮所の方向に向かって、緩降下をつづけていた。隊長をはじめ、地上にいる搭乗員が、いっせいに逃げるのが見えた。武田は少し愉快になって来た。

「早く引き起こせ、殉職するぞ」

吉本の声に武田はわれに帰って機首を起こし、海上に向けた。高度は五十しか残っていなかった。

着陸して、地上指揮所の折り椅子に座っている関少佐に報告すると、

「最初だから仕方がないが、あまり心胆を寒からしめないでくれ」

と隊長は苦笑していた。

しかし、吉本分隊士はそうはゆかなかった。

「武田少尉、引き起こしのときにはスロットルを入れろと、あれだけ言っておいたじゃないか。何を聞いていたんだ」

そう言って、げんこつで、武田の頭を飛行帽の上からこつんとやると、

「それから、引き起こしのとき、ムヤミにリキ（力）を出すな。さすがのおれも、貧血するところだったぞ。貴様にリキのあることはわかっているんだからな」

と、肩を叩き、ニヤリと笑った。

二

五日ほど、急降下によるGとの激しい戦いがつづいた後、土曜日が来た。午後一時から日曜日の午後六時まで、上陸（外出）が許される。艦爆の飛行学生は、岩下中尉にいわれたように、中津へ出かけることにした。別府よりは近いし、中津の方が安いと思われたのである。頼山陽が推賞する名勝耶馬渓の入り口として知られる中津は、宇佐空《くう》に近い柳ヶ浦駅から日豊本線の上り列車で、五つ目である。

町で一番古い筑紫亭は、駅から徒歩七分ぐらいのところにあった。武田たちは、一度その古めかしい門前に立ってみたが、時間が早いので、海岸へ行ってみることにした。三百間《さんびやくけん》と呼ばれる海水浴場に出たが、二月なので人影がなく、荒涼としていた。左手に山国《やまくに》川の河口があり、その向こうに大きな紡績会社が見えた。若い士官たちは、大きな石を拾って砲丸投げの真似をしたりした。

午後五時、筑紫亭の門をくぐると、若い女中が歓迎してくれた。

「あんたが、おふじさんかね」

と訊《き》くと、

「可哀想なこと言わんといて。私は政子、通称マーコ坊。おふじさんは二階」

と、はきはきした調子で答えた。

二階の大広間へ上がると、艦攻や偵察の連中が、どてらに着かえ、将棋やブリッジに興じていた。

坂下猛が武田を見ると笑いながら言った。

「おい、ここはなかなか美人が多いそうだから、東京の経験を生かして、一つ頑張ろうぜ」

武田も笑って応じたが、心の中は少し硬くなっていた。あの経験をこの町で生かす自信が、彼にはなかった。

艦攻の進藤太平という大きな男が世話役で、「艦爆もわれわれと合同で宴会をやろう」と言う。代表格の高木が応諾すると、進藤は、小柄なばあさんを呼んで、打ち合わせをはじめた。

午後六時、約三十人が、並べられた卓の前に座って、会がはじまった。料理は染付《そめつけ》や赤絵の大皿に盛られた河豚の刺身である。これは、岐阜県出身の武田にとっては、はじめての味であった。うす切りのくせにねばりがあり、淡白とみえてどこかに妖しい刺激をひそめているこの魚肉は、若い武田にも美味と思われた。艦攻の進藤が箸で皿の上をかき回すようにして、一度に二十片以上も口のなかにほうりこむので、武田も真似をすると、おふじに叱られた。

「そんなにもったいないことするもんじゃありません。フクはひと切れずつ、ポン酢につけ、よく味おうて下さい」

「フク?」

ここで武田は、河豚のことを、本場の九州では、フクと呼ぶことを知った。

やや酔いが回ったところへ、「今晩は」と数人の芸者が現われた。体の大きいのが喜美子、背の高いのが要子、小柄でおでこの出たのがひろみ、一番の売れっ妓といわれるのがつぼみ、おとなしいのが潤子、とそれぞれに自己紹介をしたが、岩下の言ったように、田舎としては美人であり、少なくとも土浦よりは美人が多いように思われた。

「ねえ、霞ヶ浦から来たんでしょう、岩下さん、元気だった？」

体の大きな喜美子が、武田の向かい側に座っている進藤に訊いた。

「なんだ、貴様、岩下中尉のインチかあ？」

進藤が興ざめた顔をした。代々の飛行学生がここで遊んでゆくので、教官のお古を摑《つか》まされる可能性があった。

「ううん、私は、桐原さんのインチなの。桐さんと岩下さんは親友で、岩下さんも私にメートルあげていたのよ」

「この野郎、そうとう勝手なこと言う奴だな。あっちへ行け！」

進藤が突きとばすと、喜美子は余計にしなだれかかって行った。武田はそれを見ながら、口のなかに苦い唾がたまるのを覚えた。

二ヵ月ほど前、彼は東京大塚の花柳界で童貞を失っていた。ぎこちなく、いらだたしく、そして空しい体験であった。それは単に童貞という形のないものを捨て、一人前の男という、これも形のないものに転化する、内容のない儀式のようなものであった。先輩から聞かされたほどの快感がなかっただけでなく、病気の心配があった。衛生用具は使用していたのであるが、はじめての体験であるから、不安であった。毎晩、厠に入ると、懐中電燈で、性器の尖端を点検した。あのような空しい行為の代償が、このようなみじめな行為だとするならば、おれは少なくとも当分は、女を抱くなどと考えることはやめよう、と武田は考えていた。索然とした面持ちで盃をなめている武田のとなりに、

「どしたんね、つまらん顔して……」

小柄なひろみが座った。おでこが少々出ていたが、色が白く、この妓が一番おきゃんで美人といえた。

「うむ……」

武田は黙って盃を干した。

「おにいさん、霞ヶ浦のいい人のことでも思い出していたとでしょう」

ひろみは、何気なく言ったのだが、それはやはり当たっているといえたので、武田は少々あわて、

「おい、何か歌でもうたえ、女ども……」

と立ち上がった。

「ダンスしましょうか、蓄音機あるのよ」

喜美子が合図をすると、女中のマーコ坊が階下へ降りて行った。武田は座って河豚を食いながら、氏原のことを考えていた。兵学校で二年間同じ分隊にいた氏原啓一は、戦闘機を志

願して、大分航空隊にいた。霞ヶ浦のときは、氏原とともに、よく新宿の鮎川家を訪れたが、ここではそのような知人もいない。結局、六月までは、休日のたびにこの筑紫亭にお世話になることになりそうだ。すると、この芸者たちの大部分は、クラスメートのだれかのインチになってしまう。臆病なおれは、手を出すこともできないで、虚勢を張って騒ぐだけだ。これも空しいことだ。武田が、そう考えていると、

「ねえ、おにいさん注《つ》いで、私、今日、呑みたいの」

と、ひろみがコップをさし出した。注いでやると、ぐーっと一息にあけた。

「強いんだな、君は……」

「さっき、お客にいやなこと言われたの。海軍さんの席へ呼ばれてるって言ったら、貧乏少尉なんか相手にするなっち。なによ軍需成金の癖してねーえ。威張るなっち」

そういうと、彼女はまた一杯を干した。

進藤や鈴本が面白がって注ぐので、ひろみの色白の頬に血の気がさし、目元にうす紅がひろがって来た。

「おう、ひろみ、いい色になったな」

向かい側の席にいる進藤が冷やかした。

「ねえ、おにいさん、私、酔ってる?」

ひろみは、進藤にそう訊いた。

「うむ、かなり回って来たな」

それを聞くと、ひろみは卓の上にのし上がるようにして、進藤の頬を、ぱんと一つ張った。

「お、この野郎！」

そう言いながら進藤は苦笑した。美人のひろみは酒癖の悪い女であった。

「ねえ、こちらのおにいさん。私、酔ってる？」

彼女は、今度はとなりにいる武田に向かって訊いた。武田は警戒しながら、

「いや、酔ってない、しっかりしてるよ」

と言ってから、世辞がすぎたかな、と後悔した。

「うわあ、嬉しい、おにいさん話せるっちゃ」

ひろみは、いきなり武田の膝の上に座ると、後ろをふり向きざま、左の腕を武田の首に巻きつけ、唇を吸った。不意をつかれて、武田が息を呑もうとして舌を歯の間に出すと、ひろみの舌がそれを引き出し、激しく吸いこんだ。武田は体の芯《しん》が引き抜かれそうな感じで、思わず腰を浮かした。

「おい、やるなあ、ひろみ……」

「がんばれ、武田……」

周囲の男たちがはやしたときには、もうその慌ただしい行為は終わっていた。

「ねえ、おにいさん、私、酔ってる？」

武田の膝からおりると、ひろみは再度たずねた。武田は、自分のものがいままでになく硬直しているのを感じながら、

「貴様は、完全に酔ってるよ」

と言った。

ひろみは叫びながら、武田の両襟をとって、揺すぶった。その女の瞳《め》のなかに、悲しみとやさしさがこもっているのを武田は見てとった。

三

四月一日、武田たち六十八期生は海軍中尉に進級した。二期上の吉本と近藤は大尉になった。訓練は活況を呈しはじめた。

午前午後降爆訓練が原則であるが、午後は地上標的に対する射撃訓練、あるいは坂下らの偵察学生を後席に乗せて、一辺百マイルの三角形航法の訓練を行なうこともあった。

いずれ夜間降爆訓練も必要だというので、夕刻、飛行場に指導燈をともして、緩降下訓練を行なう夜もあった。

進級に先立つ三月七日、大分の戦闘機隊で同期生の渋谷富男が殉職した。着陸のため、九六式戦闘機で海面を低空で飛行場に接近して来たところ、突然失速して海中に突っこんだのである。渋谷は海中から引き揚げられたが、三時間の人工呼吸にもかかわらず、息を吹き返さなかった。渋谷はひょうきんな男であったが、操縦伎倆は、学生中一番であった。渋谷ほどの運動神経をもっていても、事故で死ぬことがあるということは、学生に大きな衝撃をあたえた。大分空で葬儀が行なわれ、武田もそれに参加した。

このころから飛行学生のエスプレイが目立って来た。まず偵察の連中がストップをはじめ、中津でも、武田の知っている芸者が、つぎつぎに偵察学生のインチになっていった。最初に席に来たつぼみや潤子もそれぞれ相手が決まり、残っているのは、喜美子とひろみと要子だけになってしまった。背の高い要子は不思議な子で、以前はよい家のお嬢さんだというが、客席へ来てもサービスをするわけではなく、客に注がれると酔っ払って、そのまま床の間に寝たりした。白系ロシア人に似た美人であるが、子供っぽいので、相手ができないらしかった。武田は、進藤や高木たちといっしょに、これらの売れ残りの芸者を相手に、海岸へ弁当を食いに行ったり、坂東好太郎と飯塚敏子の芝居を見に行ったりした。武田にはまだ性行為への恐怖が残っており、他の士官たちはお互いに牽制した形で、止むを得ず清遊をつづけていた。喜美子はインチの桐原が忘れられないというし、ひろみと要子はすぐに酔っ払って騒いだり、寝たりするので、ストップの対象には不適とみられていた。「童貞のまま潔《いさぎよ》く散る」という死への讃美がまだ彼らを支配しており、武田もいまだに童貞のような顔をして、その仲間に入っていた。童貞を失うときのぎこちなさとみじめさを味わった彼が、己れをもっともストイックに律しようと考えても、不合理とはいえないであろう。

訓練は毎日降爆であるし、それにもなれて、一種の倦怠感が学生舎の間に流れはじめたとき、それを吹きとばす事件が起きた。

昭和十七年四月十八日は土曜日であった。学生は午後から上陸で、武田は高木や鈴木や進藤とともに中津へ出かけた。例によって、本町通りの中津劇場で映画を見ていると、館内で叫ぶ声が聞こえた。

「航空隊の士官に申し上げます。至急、隊にもどって下さい。司令からの命令です。バスは駅前にとめてあります」

館内には明かりがつき、ふり返ってみると、腕章を巻いた衛兵がメガホンを手にしていた。武田たちは映画館を出て、駅前に急いだ。バスに乗ると、衛兵伍長がいた。

「どうしたんだ？　衛兵伍長！」

「はあ、アメリカ軍が、東京を空襲したそうであります。各軍港は対空戦闘、航空隊も即時待機です」

「ほう……。アメリカの飛行機が……。どこから来たのかな」

バスが航空隊に着くと、当直将校の近藤大尉が待っていて、

「学生総員飛行準備、急げ！」

と令した。

飛行服をつけて、飛行場へ出ると、一機しかない低翼単葉の九九式艦爆が、プロペラを回していた。

「おい、どうなんだ。先任下士官？」

先任搭乗員の高橋兵曹にたずねると、

「空母から来た飛行機が、昼ごろ、東京を空襲したというんですよ。こちらへも来るかも知

れませんが、なに、ここは練習航空隊で、艦攻と艦爆しかないですからね。どうにもならんとですよ。大分は戦闘機じゃけん、張り切っとるでしょうがね」

という気のない返事である。

武田は、戦闘機に行った氏原や井村が、張り切って九六戦のプロペラを回している姿を想像した。

夕刻、航空戦闘用意は解除されたが、翌日の上陸はとり止めとなった。

十九日の朝、司令は全員を格納庫前に集め、訓示をした。

「昨日昼ごろ、米空母より発進したとみられる、十六機の双発爆撃機が、東京、川崎、横須賀、名古屋、四日市、神戸などを爆撃、銃撃して、西方へ避退した。わが方の損害は、軽微であったが、かしこくも天皇陛下のおわします帝都を襲った敵の暴虐は許せない。この際、敵撃滅のため、いっそう訓練の成果をあげるよう、当分の間、上陸を禁止する」

このようにして、五月初旬まではきびしい訓練がつづき、夜間飛行訓練もはじまった。

五月八日、珊瑚海で空母の決戦が行なわれ、第五航空戦隊の「翔鶴」が大破し、小型空母「祥鳳」が沈んだが、アメリカ側は巨大空母レキシントンを失い、ヨークタウンが大破した。大本営は軍艦マーチとともにこれを国民に発表した。宇佐航空隊でも、久方ぶりに上陸が許可された。

五月十六日、土曜日午前、今日は久方ぶりに筑紫亭へ行って、鱸《すずき》のあらいで酒を呑み、女たちにダンスでも教えてもらうか、などと考えながら、武田が待機所のベンチを暖めていると、後ろで女の声がした。ふり返ってみると、モンペ姿の女が数名、かしましく話しながら近づきつつあった。

「お、あれは何だ」

横にいた鈴本もそう叫んだ。女たちは、喜美子、要子、ひろみなど、中津の芸者たちであった。

「どうしたんだ、きみたちは……」

近藤大尉が訊《き》くと、

「きょうは見学と慰問です。副長さんの許可ももらって来ました」

一番柄の大きな喜美子が、風呂敷包みと紙片をふりかざしてみせた。

「慰問か、しかし、指揮所へ入ってはいかん、その線から後ろで見ておれ！」

「まあ、近さま、隊ではきついのね」

「そこが見たかったっちゃ、うちたち……」

女たちは、けたたましい声をあげた。鬚が濃いが優男の近藤大尉は、別府でも、中津でも、M（もてること）であった。

「私、乗ってみたいわ飛行機、ねえ……、高木さん乗せて……」

「だめなのよ、高木さんや武田さん、まだ新前やろ。落ちたら、それこそ飛行機心中になってしまうとよ」

女たちの饒舌を背後に聞きながら、武田は、おだやかならぬものを感じていた。

――怪《け》しからぬことだ。神聖な飛行場へ女を入れるとは……。隊員がそれに気をとられて、事故でもおこしたら、どうするのだ……。

しかし、事故はおこらず、午前の飛行作業は、終了となった。解散を命じた後、隊長の関少佐は、

「おい、きみ、ちょっと……」

と、喜美子を格納庫の陰へ呼んだ。やがて喜美子は、ハンカチを眼に押しあてながら帰って来た。

「どうしたの、喜美ちゃん？」

「桐さんが戦死したっちゃ……。珊瑚海の海戦で……」

海軍大尉桐原隆は、「翔鶴」乗り組みの艦爆分隊長で、レキシントンに急降下爆撃中被弾したのである。

武田たちが、飛行服を軍服に着かえて、学生舎にもどろうとすると、女たちはこもごも喜美子を慰めながら、隊内の衛兵所の方に向かうところであった。歩みには力がなかった。

「おい、どうだ。駅館川の方でも散歩しないか。一時には上陸許可が出る……」

艦攻隊から来た進藤がそう声をかけ、女たちは了承し、隊門で衛兵伍長に深々とおじぎをして、外へ出た。

午後一時すぎ、進藤を先頭にして、武田たちが隊門を出ると、女たちは、駅館川の堤に腰をおろして待っていた。低い堤の向こうに菜の花の畑があった。田植えには間があり、農夫

の姿もまばらであった。近づくと、女たちの膝にも、菜の花や、蓮華の小さな花束があった。

「なあ、喜美っぺ。そんなに嘆くな。また代わりを見つければいいさ」

進藤が喜美子のそばに腰をおろして、そう慰めたが、

「うちゃ代わりなんかいらん。私は桐さんに水揚げされたんやから……。桐さん、前線から帰ったら、私と結婚する言うてたんやもん……」

喜美子は、そう言いながら、緑色のオンバコの茎をしきりに引っ張っていた。

「いや、エスとの結婚は難しいぞ」

「どうして？　エスやかって、人間なよ」

喜美子は、オンバコを、根元ぐるみ引き抜くと、立ち上がり、草を川面に投げた。細い流れであったが、駅館川の水は清流であり、小さな飛沫とともに、この雑草の一株を受け容《い》れ、海の方へ運んで行った。

――エスも飛行士も人間には違いない。しかし、結婚は難しいだろう（海軍士官の結婚は、海軍大臣の許可を必要とし、配偶者は、良家の子女で将校夫人にふさわしいもの、という原則がある。芸者と結婚した士官も稀にはあるが、その後の彼の昇進はきわめて遅かったといわれる）。芸者を待っているのは、長くつづく苦界の生活であり、飛行士を待っているものは、短い人生の後に来る確実な死だけだ……。

その昔、伝馬で都へ急ぐ旅人の姿を映したであろう駅館川の流水を眺めながら、武田はそんなことを考えていた。

四

その夜、筑紫亭の大広間は、かなり荒れ模様であった。厳密に言えば、大広間には人影がまばらであったといえる。進藤は、ヤケ酒をあおる喜美子を慰めると称して、別室へ連れ去り、高木も要子と、廊下のテーブルをはさんで、密談をはじめた。

武田も、何ものかに追い立てられる気持で、ひろみを誘って廊下へ出た。彼女は、コップを持ってついて来た。厠の手前にある蒲団部屋に入ると、武田は言った。

「どうだ、そろそろおれとストップせんか?」

「あらあん、何をいまごろ……」

蒲団部屋の電燈は薄暗く、ひろみの表情はよくわからなかった。

「武ちゃん、あれでしょう。桐さんが死んだんで、急にメートル上がったっちゃ。早う、やっとかんと、間に合わんもんね」

「どうだ。今夜、巴《ともえ》でもゆかんか」

巴は、筑紫亭の近くにある待合であった。

「駄目!　私はだめなの」

「今夜は都合が悪いのか」

「いつでもだめっちゃ……」

「なぜだ」

武田は焦って、ひろみを引きよせ、唇を近づけた。女はそれを遮《さえぎ》り、

「おふじさんに訊《き》いてごらんなさい、私には大切な人がいるのよ。その人の子供をうちゃ育てとるち……」

「ふうん、航空隊の人間か？」

「そう、武ちゃんの教官か、もっと上よ。いまは海の向こうやけどね」

「そうか、子供がいるのか」

それを聞くと、武田は急に熱が冷めてきた。欲望がしぼんでゆくようであった。

「おい、それを貸せ！」

ひろみのコップを奪うと、酒をあおり、空になったコップを、蒲団の山に投げつけると、
部屋の外へ出た。大広間に帰ると、大男の進藤がジョッキにウイスキーを入れて呑んでいた。

「おい、どうだった？　ひろみの方は……」

進藤にそう訊かれて、一瞬、武田はたじろいだが、

「いや、だめだ。子供がいるそうだ」

「そうだろう。あいつの彼氏は、おれたちより、だいぶ先輩だぞ。まあ、がっかりするな、
おれの方もペケさ。喜美のやつ、桐さんののろけばかり言いやがって、当分は、尼さんの心
境だなんてぬかしゃがるんだ」

「そうか、まあ、人間いたるところ青山あり、というわけか……」

武田は、体のなかがスカスカになったような気持で、進藤の向かい側に腰をおろした。

五日後の五月二十一日、近藤武憲大尉の送別会が筑紫亭で行なわれた。近藤は、近く出撃する「飛龍」乗り組みの分隊長として、機動部隊のミッドウェー攻撃に参加するのであるが、武田たちは詳しいことは知らなかった。近藤の馴染みだという芸者が、酒を注ぎながら、涙をこぼしているのが印象に残ったのみである。

六月五日、中部太平洋でミッドウェー海戦が行なわれた。日本はヨークタウン一隻を沈める代償として、「赤城」以下四隻の空母を失ったが、国民には真相は知らされず、武田たち士官ですら、詳しい実状は知らなかった。ただ、近藤大尉が、「飛龍」艦爆隊の分隊長として最後の攻撃に出撃し、戦死したということだけが、宇佐の航空隊に聞こえてきた。武田はかつて少尉候補生時代、横浜沖の観艦式に勢ぞろいした「赤城」「加賀」「飛龍」「蒼龍」の巨体を仰いだことがある。

——あの四隻が一日の間に沈んでしまったのか……。

そう思うと、目に見えぬ敵の力が、はじめてここで強固なものに思えてきた。

戦いの進展とともに、武田たちの卒業が近づいて来た。六月二十三日の卒業を前に、二十日の土曜日は、別府の料亭なるみで大分空との合同クラス会がひらかれることになった。六月十三日土曜日の夜、宇佐空の飛行学生有志は、筑紫亭で最後の会をひらくことになった。

会がはじまるころ、武田はひそかに期するところがあった。宇佐を去る前に、女と二度目の経験をもつことを、彼は考えていた。東京では、見も知らぬ芸者と、儀式のように行為を行なったのであるが、ここでは知っている芸者であるから、いま少し、潤いのある交情というものが期待できそうに思えた。

会がたけなわになると、彼は、要子を廊下に呼び出し、蒲団部屋に連れこんだ。要子は彼の口づけには応じたが、それ以上のことになると、冷たかった。

「武田さん、ここへひろみ姐さんを連れこんだでしょう」

「ふうむ、だれから聞いた？」

「うちだって、馬鹿やないのよ。寝ていてもわかるものはわかります。ひろみさんに振られて、私に切り替えたんでしょう。うちはね、それほど安い女やないのよ」

要子は少し鼻にかかった関西弁で言った。

「ふうむ、きみは生まれがいいそうだが……」

「生まれや育ちと関係ありません。あっちが駄目ならこっち……。そんなに便利よく、とりかえられてはたまりまへん。球突きの赤玉白玉とは違うのやさかいね」

「そうか、駄目か」

武田は、酒を呑む元気が出なかった。

中津の最後の夜だというので、芸者と泊まる学生が多かった。

「おい、武田、高木、鈴本、巴でフィッシュ（雑魚寝）せんか、喜美子もひろみも、要子も来るぞ」

進藤の提案で、数人の学生が巴の十畳の間に集まった。男枕と女枕が互い違いに置いてあった。進藤、喜美子、高木、巴の女中、鈴本、ひろみ、武田、要子の順に寝ることになった。ひろみがなかなか来なかった。午前一時過ぎ、階下で騒ぎがあった。おりてみると、帳場で、ひろみが倒れていた。肥満した巴のおかみが、ほっそりとしたひろみの体を介抱していた。抱き起こされたひろみの口元に血のしぶきがあった。

「舌でも噛んだのか?」

「コップを噛み割ったっちゃが……。この子のいい人が、ミッドウェーで戦死なさったとよ。『飛龍』の富永大尉いうてね。ヨークタウンに体当たりしなさったとやがね」

富永大尉は、霞ヶ浦における予備学生担当の教官であった。十期ちかく先輩で、いつも油にまみれた軍服をつけているので、〝よごれの富さん〟と呼ばれていた。豪快で部下を愛する気のよい上官であった。

――ひろみに子を生ませたのは、富さんだったのか……。

武田は進藤や高木らとともにひろみを介抱した。酒を吐かせ、唇のまわりを湯で洗わせた。

「富さんね、きっと帰るいうて、うちと約束したっちゃ。あの人はウソつきよ、大馬鹿もんよ」

そう言って猛《たけ》るひろみを、進藤が軽々と抱いて床の上に運んだ。

雑魚寝がはじまると、武田は右どなりの要子が気になった。右掌を伸ばすと、浴衣の上から、要子のくさむらが感じられた。要子の手がそれを払いのけた。何度も繰り返すうちに、要子は向こう向きになってしまった。武田は頭に血が上って眠れず、帳場へおりると、冷酒を呑みはじめた。一升瓶をさげて、三百間の海岸まで歩き、砂浜に座して酒を呑んでいると、東の方が白んで来た。巴に帰ると、水道にホースをつなぎ、頭から水をかぶった。台所が水びたしになり、おかみが起きて来た。

「あらあら、困るねえ。そんなところで、イモ掘られ（暴れる）ちゃあ……」

そこへ、二階から男女がおりて来た。

「だから言わんこっちゃない。要ちゃん、あんた、武ちゃんと関係してあげればいいのよ。この病気には、それが一番よ」

喜美子がわけ知り顔にそう言った。

濡れた浴衣のまま、上がり框に横になった武田は、

――中津では恥をかいた……、と考えていた。

五

七月一日付で、武田と鈴本は偵察の坂下らとともに、宮崎県富高《とみたか》の第一航空基地勤務を命ぜられた。高木は霞ヶ浦の教官、艦攻の進藤は、鹿屋の中攻（中型陸上攻撃機）隊へ転勤である。多くの思い出の残る宇佐――というよりも、中津――を後にして、彼らはそれぞれに赴任して行った。

海軍の関係者でも富高の第一航空基地、通称「一基地」の役割を知る人は少ない。富高は延岡《のべおか》の南方二十キロにある海辺の町で、海岸を伊勢ヶ浜と呼ぶ。有名な上質の碁の白石〝日向白《ひゅうがしろ》〟はこの浜で採取される。浜と日豊本線の間に、七百メートルの短い滑走路がある。これが富高の飛行場で、ここで「定着」という短距離滑走路の着陸を習練し、さらに空母で着艦訓練を行ない、空母乗組員となるのである。現在は日向市の一部であるが、かつては、空母搭乗員の養成を引き受けた基地であったのである。

富高基地に着任した武田竜平の心境は、後世の言い方で表現すれば、「ニヒル」であった。中津で女のために愚かしさを露呈した彼は、ここでは訓練に徹しようと考えた。富高での訓練は、まず、定着といって、幅三十メートル、長さ二百メートルの区域に、飛行機を着陸せしめる訓練である。

武田は兵学校時代に耽読した、宮本武蔵が瀧に打たれる心境になって、この訓練に没頭した。通常、三回定着をやってつぎの者に交替するのであるが、武田は十五回連続繰り返して、つぎの番にあたっていた一期上の佐藤中尉を怒らせたりした。宇佐を出て以来、床屋にゆかないので、無精鬚がぼうぼうと伸びてきた。

七月五日、富高に着任して最初の宴会が延岡市の翠光《すいこう》という料亭で催された。延岡は富高から日豊本線で北へ四駅、人口八万、内藤家七万石の城下町で、近代では、旭ベンベルグの大きな工場で知られている。町の中央を鮎漁で有名な五箇瀬《ごかせ》川が流れ、翠光はその川にかかる橋のたもとにあった。

司令の細川大佐が主催する宴会に、鬚ぼうぼうの姿で列席した武田は、多分にてらってい
た。延岡の名物料理は鮎の背越しである。生きた鮎をよく切れる包丁で輪切りにする。ぴく
ぴく動いているのを蓼酢《たでず》で供するのである。

武田の前に芸者が回って来て、

「おひとついかが?」

と、徳利をかざした。

「いらん!」

と武田は答えた。

「ではおビール?」

「何もいらん!」

てらっているから、そのようなことが言えるのである。この町は、中津にくらべると、美
人が少ないように思えた。これも、女は禁断だと考え、てらっているから、そう見えるのか
も知れぬ。そのなかで、武田は自分の前に座っている面長で元禄ふうの切れ長の眼をもった
女が、一番美人であることに気づいていた。

扇千代《せんちよ》と呼ばれるその女は、

「おお恐《こわ》!」

と言って、笑うと、つぎの席の主計長に酒をすすめた。踊りや歌が出て宴がたけなわとな
り、そこここで、芸者との取り引きがはじまった。武田は中津の夜を想い出すと、口のなか

に苦い唾がたまってきた。彼は不愉快になってきた。この航空基地は、司令を除くと幹部の大部分がミッドウェーの生存者であった。副長兼飛行長の楠本中佐は「蒼龍」の飛行長、戦闘機隊長の板谷少佐は「赤城」の隊長、艦爆隊長の小井出大尉は「蒼龍」の分隊長といった具合である。

基地の奥にある宿舎には、ミッドウェー生き残りの下士官兵が外出も許されず、軟禁状態になっていた。敗報が国民に知れるのを防ぐためである。（註、彼らはその後、ソロモンなどの前線に出され、そのまま消えた者が多い）

――兵は軟禁状態になっているというのに、何の宴会だ。

武田はウイスキーの瓶をつかむと廊下へ出た。月が出ていた。廊下の端の物干し台へ上がると、五箇瀬川のやや上流に月が映っているのが見えた。ウイスキーを一口あおると、彼は物干し台の柱を伝って屋根へ出た。棟瓦《むながわら》の位置までおよび腰で歩くと、突端に腰をおろした。川面に縞《しま》をきらめかせる月光が鮮やかに見え、川は山の影をも映し、息をひそめて、静かに流れていた。その静寂が武田にはいらだたしかった。彼は苦労して瓦の一枚をはぎとると、力いっぱい川面に向かって投げた。平べったい瓦は、平べったい形で空気を切り、かなり飛んで、川面にしぶきを上げた。しかし、月光のゆらめく位置には遠かった。一枚、また一枚と彼は瓦を投げつづけた。

そこへ偵察の坂下がやって来た。坂下とは、東京の大塚へ童貞をおろしにゆき、待合のとなり合わせの部屋に泊まった仲である。

「やっとるのう、武田……」

酒の回っている坂下は、武田の真似をして、瓦を投げはじめた。こちらも力があり、よく飛んだ。投げる合間に酒を呑むと、二人はだんだん愉快になり、歌が出て来た。下界が騒がしくなり、物干し台のあたりに、人が群がりはじめた。

「おい、やめろ、そのくらいにしておけ！」

副長がそう叫んだが、登っては来なかった。そのうちに、白い影がするすると近よって来て言った。

「ねえ、下で呑みなおしましょうよ。ちょっと、あんた、さっき、呑まんいうたやないの。ウソつき。私がたんと呑ましてあげる。さ、おりましょう」

女は扇千代であった。

「おい、やめるかあ……」

坂下の声で、武田もおりることにした。

その夜、女は十一時に屋形に帰り、武田や坂下は隊へ引き揚げた。延岡の第一夜は無事に終わった、といえる。

翌日、武田ほか宇佐から来た士官は、「瑞鶴」臨時乗り組みを命ぜられ、着艦訓練がはじまった。「瑞鶴」は五月の珊瑚海海戦を終わり、内地で整備補給をすませ、つぎの出撃を待っていた。

午前九時、武田は九九式艦爆の後席に坂下を乗せて、富高の小さな飛行場を離陸した。高度五百で東へ十分ほど飛ぶと、「瑞鶴」が見つかった。朝のまばゆい光線のなかを、「瑞鶴」は北東に走っていた。風は北東であり、空母は風上側に艦首を向け、着艦準備を完了している。高度を二百に落とし、ひとまず、「瑞鶴」の艦尾から艦首に向けて、直上を通過してみた。艦尾には五番から九番まで、五本の着艦索が横に張ってあり、九番索の位置に丸が描いてある。その左側舷側に、赤と青の信号燈の列が見える。赤は手前で、青は艦首寄りで、両者の間隔は二メートルほどである。着艦する機がパス（着艦コース）に乗ったとき、この二つの光を見通して、赤が高く見えればパスは低いし、青が高く見えれば、パスは高いのである。アメリカの空母では艦尾に指導員がいて、手旗でパイロットにパスの是非を知らせるのであるが、日本海軍では、この着艦燈によって、パイロットがみずから修正することになっていた。

「着艦コースに入る……」

武田は、「瑞鶴」の艦首百メートルの地点で左旋回した。

「了解！　艦尾へぶつけるな。まだ泳ぐには早いぞ」

坂下の声が伝声管を伝うのを聞きながら、武田はさらに機首を左にひねり、「瑞鶴」の左舷上空を反航するように針路を向けた。「瑞鶴」の艦橋から発光信号があり、坂下がオルジス信号燈を明滅させて、・－・（了解）の信号を送った。

「おい、着艦フック出せとさ」

「あ、そうか」

一番大切なことを忘れるのが武田の癖である。左手でレバーを引くと、ゴトリと手ごたえがあって、機尾のフックがおりた。この鉤で、着艦索を引っかけるのである。これを出し忘れると、着艦しても、そのまま艦首まで滑って、海に落ちてしまう。

「第三旋回……」

機は、さらに旋回して、「瑞鶴」の艦尾に近づく。「瑞鶴」は前進し、左前方に遠ざかり、その後方に続行する駆逐艦が右方に見える。トンボ釣りといって、着艦に失敗し、海に落ちた機を救出する役目を持ったもので、パイロットにとっては不愉快な存在である。しかし、この上で第四旋回をして、機首を艦尾に向けると、適正なパスに乗ることができると教えられている。

「第四旋回、高度八十……」

駆逐艦の上で旋回を終わり、「瑞鶴」の方向に機首を向けて見ると、赤燈、青燈のうち、青が高く見えた。

「少し高いな……」

武田はスロットルを絞った。空母の速力は二十ノットくらいである。秒速約十メートルで風上に進んでいる。向かいの風力が五メートルであるから、合成風速は十五メートルで、このへんが着艦しやすいとされている。これより向かい風が少ないと、機が早く進みすぎ、風が強過ぎると、いくらエンジンをふかしても、母艦が近づいて来ない、ということになる。

空母の甲板中央には白い軸線があり、その先端に穴があって、そこから蒸気が吹きあげている。蒸気が真っ直ぐ軸線の上に流れておれば、艦は正しく風上側に向かっていることになる。武田はそれを確かめつつ、機を軸線に合わせ、スロットルレバーで、機速を調整し、赤と青の着艦燈が同じ高さに見えるように機を操作した。前方にある青燈の列の方が長いので、パスが良好であれば、赤燈の列の左横にさらに、青燈の列が見えるのである。海面はちりめんじわが寄っている程度で、母艦のピッチング（縦揺れ）やローリング（横揺れ）はなく、初度着艦には好適である。

　やや、青が高めのまま、武田の機は艦尾に接近した。艦尾の後ろには激しい吸い込み気流があるので、いきおい、パスがやや高目になりがちである。

「艦尾かわった！」

　後席で坂下が怒鳴った。

　武田は、左手でスロットルを引き絞《しぼ》ると、右手でスティックを徐々に引いた。目の下に、飛行甲板の板目が流れ、機は九番索の位置でバウンドし、七番索にひっかかった。ワイヤが伸びて、機を抑止し、武田は前にのめった。

「おい、七番索だ、まああだぞ」

　坂下の声を聞きながら、武田は右前方にある「瑞鶴」の艦橋を仰いだ。発着甲板で、飛行長が白旗を出している。「着艦ヨシ、発艦」の合図である。整備員が着艦索からフックをはずし、坂下がそれを手輪《てりん》で巻きあげた。

「フックよし！」

板を離れた。


「発艦する」

武田はスロットルを一杯前に倒し、ブースト計（シリンダー内の圧力を示す計器）の赤一杯までもっていった。九九式艦爆の全速である。二百三十メートルの飛行甲板から発艦するのであるから、全出力を出さねばならない。機は急激に増速し、艦首の少し手前で、飛行甲板を離れた。

「よし、初度着艦成功だ。大塚の夜を思い出すなあ」

「余計なことを言うな」

「おい、今度は、赤と青をきっちり同じに持って行ってみろ。そうすれば、九番索に着いて、発艦も楽だ」

「よし、やってみよう」

「度胸を出せ、女に着艦するよりは楽だろう」

「ばかもの！」

雑談の末、着艦フックを出し、今度は、駆逐艦の上を越えると、武田は、赤と青が一線になるように機を操作した。艦尾で急激に高度が落ちたら、吸いこまれて海に落ち、運が悪ければ、スクリューに巻きこまれるのであるが、このとき、まだニヒルを気どっていた武田は、それでもよいと考えていた。他人の五倍以上も定着訓練をやった実績と、ニヒルによる度胸の据え方の合成により、機は赤青を一線に見る好パスのまま艦尾をかわり、今度は九番索の上に着いた。

「よし、どんぴしゃり九番索だぞ」

坂下が後席で喜びの声をあげた。

発艦すると間もなく、坂下が、訊いた。

「おい、武田、本物の着艦はうまいじゃないか。中津ではどうしてうまくゆかなかったんだ」

「………」

武田は坂下の問いを黙殺した。彼はまだてらっていたのである。

三回目は八番索に着き、第一日目の成績は、八十三点で、帰投後、武田は副長にほめられた。操縦技術でほめられたのは、これがはじめてである。何かがプラスになっているのだが、それが武田にはわからなかった。

着艦訓練は二週間つづいた。武田は徐々に腕をあげ、三回とも九番索で百点の日がつづいた。

「うむ、もう空母に出してもよいな」

楠本副長はそう言ってうなずいた。

その半面、犠牲もあった。田中兵曹の機はオーバーに持って行って、五番索の位置でジャンプし、そのまま艦首から落ちた。駆逐艦に救助されたが、頭蓋骨骨折で入院した。艦尾から落ちた機も一機あった。武田が好成績であったのは、何かの奇蹟であったに違いない、と彼は考えていた。

六

夏の真っ盛りに第二回の宴会が延岡の料亭でひらかれた。武田の鬚はかなり伸びて、むさくるしいという形容詞があてはまるほどになっていた。

「あら、ずいぶん伸びたわね。でも無精鬚もいいわね」

顔見知りの扇千代がビール瓶をもって近づいて来た。

「おひとついかが？　瓦投げのおにいさん……」

「うむ、今日も投げようかな」

「およしなさいよ。あれから雨が降って、二階の広間は、だら漏りとよ。翠光のおかみさん、こぼしてなはっとやがね」

「そうか、扇千代がよせというならやめてもいい」

「ようよう、お安くないねえ」

となりの主計長に冷やかされて、扇千代はほかの席に移動した。

しばらく呑みつづけると、武田は寂寥を感じた。なにかが不足していた。胸のどこかに穴があき、そこを風が吹き抜けた。彼は、ビール瓶をさげると立ち上がり、廊下へ出た。物干し台から柱を登ろうとして、彼は上衣の裾をつかまれた。

「よさーしか（やめなさい）、武田さん！」

声の主は扇千代であった。

「貴様がおれとストップするならやめてもよい」

「ストップ……?」

扇千代はやや考えた後、

「おにいさん、鬚剃《そ》ってくれる?」

と訊いた。

武田も思案した後、

「剃ろう」

と言い、扇千代の方を向いた。

この夜は月はなく、二人は物干し台の上で、唇を吸い合った。扇千代が武田の舌を噛み、彼はひろみの唇を想い出し、あわてて、それを追い払った。

「ねえ、こちらへいらっしゃい」

「いやまだ宴会が……」

「そんなもんどうでもええやないの」

扇千代は、別棟の離室《はなれ》に通ずる廊下を走って武田を案内した。女は帯に鈴をつけており、それがあたりの空気をふるわせて走った。

寝室に入ると、女は武田を浴衣に着かえさせ、丁寧に指導をした。最初は失敗して、「どうしてふるえるの」と女に叱られた武田も、夜明けには、どうにか目的を達するにいたった。

——これなら情がある。なるほど、男と女の情とはこういうものか……。

と、武田は合点がいった。それを率直に女にいうと、

「うち、童貞はきらいよ。世話がやけるからね……」

と櫛で頭を掻《か》き、

「でも、一生おぼえていてくれるというから、一人ぐらいはええかしらんね」

と身を寄せて来た。


つぎの週から、また訓練がはじまった。

富高基地では、急降下爆撃の猛訓練がつづいていた。高度六千から標的艦の「摂津」に模擬弾を投下するのである。夏は盛りであり、瀬戸内海の上空に、連日、ラマ塔のような巨大な積乱雲が湧いた。六千まで登っても、雲の上に出ないときがあった。

武田は数え二十三歳で、天草生まれの扇千代は二十一歳であった。しかし、積乱雲の近くを飛ぶとき、彼は女のことを考えなかった。ただはるかに遠く、ひときわ高く盛り上がる積乱雲をのぞむとき、

——夏の雲は哀しい……。

と考えることがあった。

それは、彼が一人前の男に脱皮したからか、それとも、雲の間を永遠に飛びつづけたいという願望が、彼のなかにあったからであろうか。

海の紋章

一

昭和十七年七月初旬、武田竜平は、宮崎県北部の富高航空基地にいた。この基地には、ミッドウェーの生き残りが百五十人ほどいた。准士官以上は上陸（外出）が許されるが、下士官兵の搭乗員や整備員は、午前午後の訓練が課せられるだけで、上陸はなかった。

「上陸がなくては、搭乗員たちも、士気が上がらんでしょう」

昼飯のとき、武田が分隊長の小井出大尉にそう言うと、

「機密漏洩防止上、止むを得ないだろうねえ」

と少し暗い表情を見せた。

すると、飛行長兼副長の楠本中佐が、

「なーに、心配するこたあないよ。連中はけっこう脱《だつ》（脱柵）やって、富高の町で呑んどるよ」

と笑いながら言った。この人はもと「蒼龍」の飛行長で、実戦第一で、小事にこだわらぬ気さくなところがあった。

「駅前の『飛魚《とびうお》』あたりで、ちょくちょくやっとるようですな。少しは息ぬきをやらんけりゃあ、飛行や作業にも気合が入らんですからな」

と戦闘機隊長の板谷少佐が言った。この人は、「赤城」の戦闘機隊長で、真珠湾以来、歴戦のベテランであった。兵学校を一番で出た秀才でもあった。

バラック造りの士官室は暑かった。軍艦や大きな航空隊では、士官室、士官次室（ガンルーム）、准士官室などと分かれているのであるが、仮設の基地なので、司令以外はこの士官室でくつろぐことになっていた。

そのとき、

「ああ、早く死にてえなあ」

と大声をあげた男がいた。

「飛龍」の戦闘機隊にいた峯岸朝次郎兵曹長であった。つづいて彼は、

「こんな場末で、蛇の生殺しみたいにほっておかれるのは、もう沢山だ、早く前線に行って死にてえ」

と言った。

——峯岸の奴、気負っていやがる、と武田は思った。

水兵から叩きあげた峯岸には支那事変以来、長い実戦の経験がある。ミッドウェーのときも、「飛龍」の第二次攻撃隊である艦爆隊と第三次攻撃隊である艦攻隊の直掩戦闘機の小隊長として、ヨークタウン攻撃に参加している。それが彼の自慢なのである。しかし、力戦した「飛龍」は沈み、ミッドウェーは敗戦となり、彼の功績を認めてくれるものはいなかった。峯岸はそれが不満であった。

くわうるに、彼はミッドウェーで、一戦をも交えず撃沈された「赤城」や「蒼龍」の搭乗員を馬鹿にしていた。したがって、副長や隊長にも反抗的であった。

「弾丸《たま》のとんで来ないところで、いくら訓練をしても意味はない。搭乗員は戦場で命のやりとりをするのが本望なんだ。それがわからんのかなあ……」

峯岸は、カレーライスのスプーンを、音高く皿にぶつけると、肩を怒らせて外へ出て行った。

「困ったもんだね、あの男にも……」

楠本副長が言うと、板谷隊長が、

「あの男、駆逐艦にひろわれて内地へ帰ってから、副長に、なぜ金鵄勲章がもらえないのか、と喰いついたそうですね。ヨークタウンを撃沈したのだから、殊勲甲だというんですな。しかし、いっしょに行った隊員の話を聞くと、彼は第二次では、途中でアメリカのダグラス爆撃機を攻撃に行って、エンジンをやられ、燃料不足で「飛龍」に帰投し、ヨークタウンのそばまでは行っていないんですな。第三次では、ヨークタウンの上まで行って、空戦をやったが、一機も墜《お》としていない。そのくせ、帰って来たら自分がヨークタウンを沈めたようなことを言う。困った奴ですよ。柔道が少し強いので腕自慢もありますがね」

と説明した。

それを聞いていた武田は興味を持った。ミッドウェーでは、霞ヶ浦航空隊で教官であった富永大尉が艦攻隊長で、ヨークタウンに体当たりをし、宇佐空《くう》で教官であった近藤武憲大尉も艦爆隊で戦死をしていた。その掩護に行った峯岸は、果たしてどのような戦いぶりをしたのであろうか。

午後も飛行作業があった。機動部隊から航空参謀の佐々木中佐がやって来て、空母要員についての打ち合わせがあり、分隊長以上は会議があったので、飛行場の飛行指揮所では、武田をはじめ、坂下、鈴本など、新しく宇佐から来た中尉の分隊士が交代で地上指揮官を勤めた。

同期生の坂下を後席に乗せ、九九式艦爆で急降下爆撃訓練を行ない、基地に帰投した武田が、地上指揮官の折り椅子に座っていると、戦闘機隊員のなかに小山兵長の顔が見えた。

「おい、小山兵長！」

武田は小山を呼んだ。峯岸は空中戦闘訓練のため、上空にあがっていた。

「おい、小山、お前はミッドウェーでは最後まで奮闘したそうだな、何機墜とした？」

「はあ、公認一機です」

公認というのは、同行の隊長もしくは僚機が確認した撃墜機数である。

「そうか、峯岸兵曹長は何機墜とした？」

「はあ、峯岸分隊士は、公認ゼロです」

小山は、最後の艦攻隊の攻撃には、峯岸小隊の二番機のはずであった。

「では、はじめの艦爆隊のときはどうだ？」

「あのときは、私は母艦にいましたが、峯岸分隊士は、早くに引き返して来ました」

「ふうむ、アメリカのダグラスと交戦してエンジンを撃たれたというのは本当か」

「………」

「本当のことを言え、おれは本当のことが知りたいのだ」

「本当です。先頭の機を狙って降下したとき、列機から撃たれて、燃料がひどく漏り出したので帰って来た、ということです」

「よし、席に帰れ」

やがて、小山は訓練のため離陸した。

海の方から零戦の三機編隊が近づいて来た。編隊が指揮所の上空を通過するとき、小隊長機がバンクをふり、解散して一機ずつ着陸コースに入った。

双眼鏡で見ていると、先頭の零戦一二四号機は、峯岸兵曹長の乗機であった。一二四号機は、飛行場の西にある丘の上で右旋回し、飛行場と細島港の中間にある小山の上を高度二百メートルで東に飛び、海上に出はずれるところで右旋回した。

そのとき、武田を驚かせる事態が起こった。峯岸機は、その第三旋回で、クルリと機を横転させたのである。クイックロール（急横転）という奴で、着陸時のスピードが落ちているときでは失速するおそれがある。

——あぶないやつだな……。

と思っていると、一二四号機は、高度を下げつつ第三旋回を終わって着陸コースに入り、無事着陸し、指揮所に近い列線に向かった。やがておりて来た列機の搭乗員を集めると、峯岸は指揮所の前に来て、武田に申告した。

「峯岸飛曹長（飛行兵曹長）、一二四号機ほか二名編隊空戦訓練、終わりました！」

「よし！」

武田は敬礼を返すと、

「峯岸飛曹長！　貴様だけこちらへ来い」

と言った。

峯岸が前にくると、武田は立ち上がり、

「峯岸、先ほどの第三旋回は何だ！　貴様はおれよりはるか昔に離着陸訓練を受けたはずだが、そのときの教官は、第三旋回でクイックロールをやるように教えたのか」

「………」

「黙っていてはわからん、言え！」

「教わりません！」

「よし！　貴様は、部下を率いる小隊長だ。そんな飛行違反をしてよいかどうか、わかっているはずだ。こちらへ来い！」

武田は、坂下に指揮官を交替してもらうと、峯岸を連れて格納庫の裏に向かった。空地にドラム罐がころがり、雑草が茂っていた。

「おい、峯岸！　おれは貴様に聞きたいことが一つある。貴様、ミッドウェーで攻撃に参加したことを自慢しているが、最初の艦爆隊のときは、行く途中でアメリカのダグラスに出合い、これと交戦して、燃料タンクを撃たれて帰投したそうだが、どうだ？」

「ダグラスではありません。アベンジャー雷撃機です。わが母艦を雷撃に行くと思ったので、これを事前に墜とそうと思ったのです。燃料タンクもやられましたが、全弾を撃ち尽くしたので帰艦したのです」

「そうか。発艦のまえ、貴様が飛行長から受けた命令は何だ！　言ってみろ！」

「艦爆隊の直掩です」

「よし、小林大尉の率いる艦爆隊は、十八機のうち十三機が撃墜されて、帰って来たのはわずか五機だ。しかるに、貴様は、途中で、勝手にアメリカの雷撃機などを追っかけて、全弾を撃ち尽くしている。これは命令違反ではないのか？　どう思うか」

「しかし、敵の雷撃機が『飛龍』に向かえば、母艦も危ないです」

「言いわけをするな、母艦のことは直衛隊と防空砲火に任せておけばよい。『飛龍』にはその前から雷撃機が殺到していたが、貴様、その雷撃機が魚雷を抱いているかどうか確かめてみたか」

「いや、敵は海面すれすれの低空なので、確認はできませんでした」

「では、魚雷発射を終わって、帰投する雷撃機であったかも知れんな。ところで、何機墜とした？」

「…………」

「貴様は、前線で何機も墜としたようなことを言っているが、考課表によると、公認撃墜機数は十二月八日以降ゼロだ。あまり大きなことを言うな。今日は、貴様のあのでたらめな第三旋回クィックロールに対して、修正をくわえる、脚をひらけ、歯を喰いしばれ」

「…………」

峯岸は長身ではなかったが、体ががっしりとしており、顔が大きく、頬ににきびの痕と思われる多数の陥没があった。その左右の頬に両の拳を叩きこみながら、武田は江田島の生徒館を思い出していた。赤煉瓦の生徒館で、四号生徒のときはこのようにして殴られ、一号のときはこのようにして殴ったものである。峯岸の頬には、拳のあとが赤く浮き出て、唇の内側が切れたとみえて、血が噴き出た。何発目かに武田の拳をよけたとき、鼻に当たって、鼻血が出て来た。

十発ほど殴って、

「よし、修正終わり。洗面所で顔を洗って来い」

と武田は、峯岸を釈放した。指揮所へもどるとき、武田は割り切れぬものを感じていた。

峯岸は不愉快な存在であるが、自分に彼を殴る権利があっただろうか。第三旋回のクィックロールを理由にして、彼を殴ったのであるが、本当の理由はそれではなくて、自分自身の焦りではなかったのか。まだ実戦の経験のない自分には、劣等感がある。そこへ、実戦経験がありながら、非難さるべき欠点の多い男が現われたので、これを幸いとして、殴りつけて、自分の劣等感を慰めたのではないか。

——とすれば、峯岸はおれのことをどう考えているのだろう……。

武田は複雑な思いにかられながら、格納庫の横を回った。黄色い花が咲いていた。茎の長い花だった。彼はその根元に唾を一つ、ぺっと吐いた。

二

その夜、富高駅に近い料亭飛魚で小さな宴会がひらかれた。航空参謀を中心に、搭乗員の士官以上が集まったのである。

「本来ならば、延岡の喜寿《きじゅ》あたりで、盛大にやらかすんじゃが、航空参謀は、明早朝、『瑞鶴』へもどらにゃあならんというんでな、ここは芸者も粗末じゃが……」

楠本副長がそのようにあいさつをした。

十五人の客に芸者が五人来ていた。年増の芸者が三味線を弾《ひ》き、土地の民謡などが出た。前任地の宇佐でも、その前の霞ヶ浦でも、芸者では苦い目にあっているので、武田は女にあまり関心を示さなかった。五人のうち一番若い芸者が花竜といった。この妓《おんな》が一番美人のようであった。

「航空参謀、どうじゃね。この妓は十九だそうなが……」

参謀と同期の副長がそう気をひいたが、

「いや、諸官のなわばりを荒らしては叱られるからな」

と、参謀は、鋭い眼で妓の方を一瞥《いちべつ》しただけであった。

庭をへだてた向こうの部屋でも会がはじまっていた。その部屋が急に騒がしくなり、その騒ぎがこちらにも波及して来た。

「おーい、花竜！　花竜はおらんか」

がらりと障子をあけたのは、峯岸兵曹長であった。かなり酔いが回っていた。

「おう、こりゃあ、皆さん、おそろいで……。おう、航空参謀！」

彼は床の間を背にした参謀の前に腰をおろすと、大きな声で言った。

「航空参謀！　このつぎは、敵にやられぬよう、作戦指導をよろしくお願いしますよ」

すると、彼につづいて来た男が立ったまま言った。

「そのとおりですぞ。パイロットが母艦のなかにいて蒸《む》し焼きにされるのは、かなわんですからな」

「おい、白井一飛（一等飛行水兵）！　お前たちは上陸止めになっとろうが……」

整備の特務中尉がそう言った。

「そうです、分隊士！　私たちは上陸止めです。いまは脱《だつ》をして呑んどるとです。しかし、そげんことは小さかこつ……。おい、花竜！　酒を注げ！」

白井は「赤城」の艦爆分隊に属していた。いまは武田の部下で、二番機である。このとき、武田は白井に怒る気になれず、じっと成り行きを見まもっていた。白井は一番で操縦練習生を卒業しており、現在でも、艦爆分隊では一、二を争う降爆の成績を保持していた。

花竜は脱柵の連中とは顔馴染みとみえ、とくにたじろぐふうもなく、白井のさし出すコップに徳利から酒を注いだ。

武田は、ある種の興味をもって参謀の方を見ていた。参謀は動じなかった。鷹のような、と評される両眼は、深くくぼんだ眼窩の奥で炯々《けいけい》と光を放っていた。参謀は無言のまま、一人の准士官と一人の兵士をみつめていた。

「副長、この芸者を借りてゆきますよ。こいつは、脱《だつ》仲間のプリマドンナですからな」

峯岸は、花竜の手をとって立ち上がろうとした。そこへ、

「峯岸分隊士！」

と若い男がとびこんで来た。艦爆分隊の野本一飛で、これも成績優秀であったが、おとなしい男であった。

「分隊士、帰りましょう。副長や参謀の前で無礼を働いてはだめです。帰りましょう」

「ばかもの！　帰れ！」

峯岸に突きとばされて、野本は、武田と坂下の膳の上に倒れ、鮎の塩焼きやエビフライが

はねとんだ。

「待て！」

立ち上がった武田は、花竜と三つ巴になっている峯岸と白井の方に近よった。

「峯岸、はなれろ！」

武田は両腕で峯岸と白井の胸を両方に遠ざけた。

「お、武田中尉……」

峯岸は、右掌で頬をなでると身がまえた。

「来い！　ここなら、上官も部下もないぞ」

二人は取り組んだ。峯岸が武田の襟をつかんで、背負い投げをかけようとした。武田のワイシャツが、音を立てて破れた。頭に血が上るのを武田は覚えた。柔道着と違って、ワイシャツは、確実に相手を捕捉できない。こうなれば相撲の手だと考え、武田は、右掌で峯岸の皮帯をつかみ、腰を深く相手の股下に入れ、左掌で相手の袖をひきながら、体を大きく左に回転させて、相撲の下手投げと柔道の浮き腰をミックスしたような技をほどこした。小さな叫びとともに、峯岸の体は三十センチ以上宙に浮き、半回転して畳の上に落ちた。

「参った！」

峯岸は、しばらくそのまま畳の上に寝ていた。起き上がると、

「失礼しました」

と上座に声をかけ、帰ろうとした。

「待ちたまえ！」

参謀が声をかけ、

「呑んでいったらどうかね、私はまだ君たちに礼を言っていない」

自分の前の盃を差し出した。

「はあ、有難うございます」

峯岸は、ぺたりと参謀の前に座り、花竜が、その盃に酒を注いだ。

武田は自分の席にもどり、畳の上に落ちた鮎の塩焼きを頭から齧り、コップの酒を呑んだ。

――やはり、まだおれのなかには、しこっているものがある。それは、実戦の経験の有無だけだろうか。まさか、この席に女がいたからではあるまい……。

彼がそう考えていると、

「おひとついかが？」

と花竜が前に回って来た。

「…………」

武田は黙ってコップを出した。

「お強いのね」

「…………」

「いえ、お酒のことよ」

「…………」

武田は黙って女の顔を見た。若いが、面長で、芸者らしい顔立ちをしていた。

「貴様、生国はどこだ?」

「あら、貴様やって……。こわいのね。私は長崎よ。でも育ちは大阪……」

「そうか、一杯呑め」

二人が献酬をはじめると、白井が前にやって来た。

「分隊士、いい加減にこの女を返してもらいますよ。大体、この店は、士官の来るところじゃない。士官は延岡の高級料亭へ行けばいいじゃないですか」

「………」

武田が黙っていると、白井は言いつのった。

「大体、士官士官いうてもですね、操縦の伎倆は、下士官兵の方が上ですよ。降爆やったって、私の平均点は八十九点、分隊士は七十四点でしょう。下部の者あっての士官ですよ。あまり威張ることないですよ」

「いや、威張ってはおらん」

武田は気分がほぐれて来た。伎倆においては、白井の言うとおりである。

「では、花竜を連れてゆきますよ」

「うむ、いいだろう」

「ねえ、お相撲の士官さん、いっしょに向こうの部屋へゆきましょうよ。面白かですよ」

花竜に言われて、武田は副長の方を見た。副長が顎をしゃくり、坂下、鈴本ら若い士官とともに、武田は泉水をへだてた向こう側の部屋に向かった。

こちらの部屋には、「赤城」と「飛龍」の生き残り組が二十人ばかり集まって酒を呑んでいた。准士官は峯岸だけで、ほかはすべて脱柵組であった。

「おっ、武田分隊士！」

「坂下中尉！」

「いっしょに呑みましょう」

「わしら、実戦的な急降下爆撃をば、教えてあげますからね」

「ミッドウェーで、ヨークタウンにタマぶちこんだときのようすば話してあげまっしょう」

彼らはそれぞれに若い士官たちを歓迎した。

「おい、だれかおれと相撲とる奴はおらんか」

坂下がシャツをぬぎすてて、上半身裸体となった。彼は体が大きく相撲が強かった。

「いきましょう、分隊士！」

「赤城」艦攻隊の曾根兵曹が応じた。二人は四つに組んだ。なかなか勝負がつかなかった。

「分隊士、泳げますか」

「あたり前だ」

「では泳ぎましょう」

白井に引っ張られて、武田は庭に出た。泉水に鯉が泳いでいた。曇って蒸し暑い夜だった。

「分隊士、魚がいますね」

白井が池畔の石につまずいてころんだ。彼はそのまま池に落ちこんだが、武田の皮帯をしっかり握っていたので、彼もよろめき、二人は大きな飛沫をあげて、池に落ちた。水は生ぬるかった。武田は少し水を呑んだ。白井はうつ伏せになってもがいていた。

「分隊士、魚をつかまえましたよ、魚を」

白井が手にしたものを持ち上げてみせた。手のなかには石の破片があった。

「まあ、まあ、だめやないの。そんなところに入って。服が濡れるやないの」

「服は乾くけど、魚が死んじまうとよ」

花竜と、店の仲居が、縁側に立って、こもごも叫んだ。それを聞きながら、武田は、

——みんないい奴だ、みんないい奴だ……。

と考えながら、池のなかで横になった。眼の上に水の膜がかかり、その上に灯光が万華鏡《まんげ》のようにゆらめいていた。兵士たちに引きあげられたとき、武田はかなりの水を呑んでいた。

三

航空参謀が去った翌日から、富高基地の訓練は急激に活発化してきた。それまでは、新しく補充されたパイロットの着艦、降爆訓練などが主であったが、この日から、ミッドウェーの生き残り組も大幅に訓練に参加することになった。この一事によって、参謀が来訪した意向が推察され、また、新しい作戦の近いことが想像されるのであった。

艦爆隊では、新型の九九式艦爆だけでは足りないので、旧式の九六式をも使用することになり、二枚羽のガタガタする九六式が各地からかり集められた。

武田の隊は、着艦と急降下訓練のほかに、空中戦闘の訓練を行なうことになった。空戦は戦闘機の任務で、艦爆が戦闘機とわたりあっても、勝ち味はないが、敵に追いかけられたときは戦わねばならないし、また操縦技能の錬成に有効と見なされてもいた。

その日、武田は白井と組んで空戦訓練を行なうべく、上空へ上がった。高度六千まで上昇し、酸素マスクをつけると、武田は編隊を解散した。二機は南北に分かれ、全速で上昇した。九六式艦爆の実用上昇限度は八千メートルである。六千五百を越えると高高度弁をひらいて酸素の吸収をよくしないと、エンジンの効率が落ち、飛行機がふらふらする。

七千五百でふり返ると、白井の機は反転してこちらに向かいつつあった。武田はかまわずに高度を上げ、八千で反転した。白井はこちらに向かいつつあった。武田はゆるい下げ舵をとって降下しながら、白井機に向かった。武田は上から、白井は下方から、両者は真っ向う正面に向き合って急速に接近した。空戦の技法では、これを「刺し違え」という。対向しながら機銃を発射し、どちらかが頭をひねって腹を見せたとき、相手は下から腹を撃ち上げるのである。接近してくる白井機の丸いエンジンと、白く煙るようなプロペラの丸い輪をみつめながら、武田は、「発射！」と呼称して、左掌で、スロットルレバーの前についている機銃発射レバーを握った。弾丸は出ないが、実戦ではこの段階で勝負のつくことが多いのである。武田は右へ、白井は左へ、すれ違うとき、飛行眼鏡をかけた白井の顔が丸く見えた。

武田の方が高度をとってあったので、六千まで突っこんで、右上昇反転で引き起こすと、優位に立っていた。白井は五千五百まで突っこみ、急上昇して、その機が描く円周の頂点で、機を水平に直す、インメルマンターンという技法で、高度をとったが、そのとき、武田は、自分の右下方に白井機を認め、機首をそちらに指向した。遅かったかとみた白井は、ふたたび急降下した。武田は機をひねりこんで、白井の後ろにつけた。白井はまたも急上昇し、インメルマンターンを見せた。

武田は、自分がインメルマンをやる気持はなかったが、白井に追躡《ついじょう》してゆく間に、自然に機をひねっていたので、なるほど、地上から見て華麗に見える巴戦も、実際はこのように、相手に追躡してゆけば、そのままスタント（特殊飛行）になるのか、と了解しながら、白井の機が照準器に入るたびに、「発射！」と呼称しながら、レバーを握っていた。

——今日は、だいぶ白井を撃墜したな、このまえの降爆成績八十九点という自慢に対するお返しだ……。

と、快感を味わいながら、なおも追躡してゆくと、前方をゆく白井が変なわざを見せた。白井機がゆっくり背面になるので、こちらも背面にしたが、スピードが出すぎるので、絞り気味にする。白井はそのまま、ゆっくり、背面から水平にもどす操作をつづける。これがゆっくりすぎるので、武田はついてゆけずに右下に突っこみながら、白井機を仰いだ。陽光がまぶしかった。優位に立つと、白井はまっしぐらに突っこんで来て、武田の後尾についた。こうなると白井の操縦は巧緻であった。武田が何度、急降下から急上昇をつづけても、ぴったり後について来る。垂直旋回でぐるぐる回りこんでも、これも向こうは得意とみえて、後ろにつけて来る。機を水平線に垂直にして、急速に回るので、相手より早く回れば、その後尾につけることができる。地上から見ると、二匹の蛇が互いに尻尾を食おうとして、追っかけっこをしているように見える。どうにも白井をふり放すことができない。

無線電話で、

「分隊士、もう五回くらい、分隊士を撃墜しましたよ」

と白井が言って来た。

「なに、おれの方も、さっきは、五回以上お前を墜としたぞ」

そうやり返しながら下を見ると、基地からかなり沖へ出ており、高度も下がっている。

「おい、訓練終わりだ。基地へ帰る」

「了解！」

そう言ったが、白井機はなかなか編隊の位置につかない。

「分隊士、おかしいです、昇降舵索が切れたようです」

「ううむ、さっき、垂直旋回のときに無理をしたかな。着陸はできるか」

「なんとかやってみます」

「よおし、おれは先に降りて救急準備をしておく、気をつけて降りろよ」

武田はエンジンを一杯絞り、頭を基地の方に向け、緩降下で高度を下げた。

着陸すると、地上指揮官の板谷少佐に報告した。板谷はただちに軍医を呼び、救急車と消火器を滑走路わきに用意させた。

白井の機は飛行場の上で、ぐるぐる旋回しながら、高度を下げて来た。昇降舵が利かないので、補助翼と方向舵だけで操縦するのであるが、いったん、高度を失すると再度上昇することは難しい。着陸のチャンスも一回こっきりとみてよい。

高度三百で、白井機が着陸誘導コースに入ったとき、武田は、

「分隊長、白井は風向の変わったことを知っているんでしょうか」

と小井出大尉に問いかけた。

「うむ、出かけるときは海から吹いていたが、いまは、山から吹いているからな」

山から風が吹いているのなら、海の方から滑走路に向かわないと、滑空距離が伸びて、小さな飛行場ではおさまらなくなってしまう。しかし、昇降舵索の切れた白井にはやりなおしのチャンスがない。果たして、彼は山側の人家の上を通り越して、着陸コースに入ったが、追風なのでなかなか機が沈まない。滑走路の半ばを過ぎたころ、やっと車輪が地面に着いたが、大きくジャンプし、このままでは、海岸の松林に突っこんでしまう。止むを得ず、彼はスロットルレバーを押し、全速で水平飛行に移り、海岸の松並木を飛び越えた。高度二十メートルでいったん海上に出て、大きく旋回し、今度は海側から着陸しようとしたが、だんだん高度が下がって来て、松林にひっかかりそうになった。止むを得ず、彼は機をひねって、海岸の砂浜に着陸した。

白井の機が松林の向こうに姿を消すと、武田は、整備員や看護兵とともに、トラックで海

岸に急行した。浜は幅二十メートルほどであるが、白井はよほどうまく機をひねったとみえてトンボもつかず、北側の岬のすぐ手前で止まっていた。トラックの車輪が砂の道を分けて現場に着くと、白井は尾翼の付近でしきりに昇降舵を調べていた。

「どうだ、白井、大丈夫か」

「はあ、私は異常ありませんが、やはり昇降舵索が切れていますね」

なるほど、彼が動かすと、昇降舵はぶらぶらと気楽そうに動いた。操縦桿に直結しておれば、こう軽くは動かない。

「やはり、九六式で空戦をやるのは無理ですね」

「うむ、応急修理して基地で調べてもらおう」

二人が語り合っている間に、整備員は手早く、索を取り換え、

「分隊士、交換終わりました。今度は新品ですから大丈夫です」

ととどけた。

「よし、じゃあ、おれが乗って基地へ帰ろう」

「いや、分隊士、私の機ですから、私が乗って帰ります」

「いや、こういう事故のときには、責任者が試乗するのが海軍のならわしだ」

武田はそう言うと、落下傘のバンドを着けた。

「じゃあ、分隊士、後席に乗せて下さい」

「いや、この浜は短い。向こうの岬まで三百メートルはあるまい。それまでに離陸できなけ

れば、お陀仏だ。搭乗員は貴重だ。死ぬのは一人で沢山だ」

そう言い捨てると、武田は機に登りはじめた。彼の肩にはヒロイズムがかかっており、そういう感じが好きであった。

整備員たちは、機を北側の岬のすぐそばまで、押して運んだ。武田はエンジンをスタートし、昇降舵を試した。修理は終わっているが、今度は、エンジンが問題である。三百メートル向こうの岬へ機が着くまでに離陸しないと、激突するか、海に突っこむかである。空母の長さは二百三十メートルであるが、発着艦のときは秒速十五メートル前後の向かい風がある。ところが、この浜では、風は海からの横風である。

——なるべく、岬の突端、水際の海面すれすれのところへ機を向けるんだな。車輪が水をかぶっても、岬にぶつかるよりはましだ……。

そう思いながら、彼は空を仰いだ。晴天であり、真昼の太陽が眩《まぶ》しかった。七月の大気が灼けていた。前方の岬には、形のよい松が茂り、それが盆栽のように見えた。海は凪《なぎ》に近く、沖にうねりが見える程度だった。浜は、水際が海水に濡れて、べっとりと黒く堅そうだった。十メートルほど陸に入ると、白く乾いた砂で、車輪がめりこみそうだった。

——あの黒いところに向けるべきだな……。

そう考えると、彼は両手を柏手の逆のようにひらく合図をすると、チョーク（車輪止め）を脱《はず》させた。発艦のときと同じように、はじめはややゆるく、そして急激にエンジンを全開にもって行った。機は白砂の地域から、黒く濡れた水際に達すると、後ろから押されたように増速した。左側に海の小波、右側に白砂と松林が後に飛び去った。左側の磯波がザザーッと押し寄せていたが、彼には音は聞こえなかった。エンジンの出力は、赤ブースト一杯であった。前方の岬が急激に近づいて来た。機の浮力はまだ足りなかった。

武田はエンジンを絞って海面に突っこむべきか、直進すべきか、迷っていた。そのとき、

「分隊士、上げ舵一杯！」

と、いう声が後席の伝声管から聞こえた。こっそりしのびこんだ白井だった。

反射的に武田は、スティックを手前に引いた。機は急ジャンプしたが、浮力がついていないので、すぐに高度が下がった。ここで海の方にひねると、失速する……。武田は接近してくる岬の恐怖に怯《おび》えながら、車輪が地に着くまで直進した。機は接地してジャンプしたが、今度はやや機速がついているようであった。武田は機をゆっくり左にひねった。水面すれすれで海上に出た。車輪が水をすくったかな？　と危ぶんだが、その気配はなかった。右側に岬があり、大きく、沖の方に突き出していた。機は徐々に高度を上げ、高度十五メートルで、岬の突端にある岩の上をかろうじて飛び越した。

「分隊士、岬かわりました。うまくゆきましたね」

「駄目じゃないか。勝手に乗りこんで来て……」

「いや、風が少し南に変わったんで、多分、大丈夫だと思ったんですよ。それに分隊士の発着艦の腕は相当なものですからね」

「この野郎！　空戦は下手だ、と言いたいんだろう。ところで、今日の空戦で、お前、変な

回り方をしたな」

「ああ、あれはスローロール（緩横転）ですよ。まえに零戦に乗ってみたとき、戦闘機の奴から教わったんですよ」

「なんだ、戦闘機でやり合ったことがあるのか。ずるいやつだ」

二人が話し合っている間に、機は、高度をとりながら沖へ出、高度二百メートルで反転して、着陸コースに入りつつあった。

四

八月七日、米軍は、ソロモン群島のガダルカナル島に上陸し、戦場は南東太平洋に移った。武田が着艦訓練をやった空母「瑞鶴」も、「翔鶴」とともに、南方に出撃した。「瑞鶴」の艦爆隊に採用してくれるかと心待ちにしていた武田は、少なからず落胆したが、考えてみれば、伎倆はまだまだ未熟であった。

九月初旬、武田は富高の第一航空基地から鹿屋《かのや》航空隊に転勤した。といっても、副長以下、搭乗員の大部分がいっしょに転勤したのであるから、まるまる鹿屋に移動したようなものである。

艦爆隊の訓練は、急降下爆撃、空中戦闘のほかに、射撃、計器飛行などが加わってきた。射撃は、曳的機の曳く吹き流しに後上方から実弾射撃を行なう。計器飛行は、盲目飛行といって、前席の操縦員が頭の上から幌《ほろ》をかむり、計器だけを頼りにして、一定のコースを回るもので、この間、後席の偵察員は見張りに任じるのである。

この当時、鹿屋航空隊は中攻隊の基地であったが、中攻隊は南方に出撃して、留守であったので、楠本中佐を基地指揮官として、武田たちが、訓練に使用することになったのである。

鹿屋に移動したころから、白井一飛のようすが変わってきた。いや、このころから海軍では階級制が変わったので、一等飛行兵は、飛行兵長となっていたので、白井兵長または飛長と呼ぶのが正しい。

その新しい呼称に従って、武田は、

「白井兵長、ちょっと来い」

と白井を格納庫の裏に呼んだ。

「おい、白井、貴様、近ごろ成績が落ちたが、体の調子でも悪いのか」

このころは、白井は部下というよりも一種のライバルであった。操縦伎倆抜群でありながら、どこか捨鉢《すてばち》的な、つまり「ニヒル」なところのある白井に、武田は親しみを感じていた。

「いえ、どこも悪いところはありません」

「そうか、まさか富高の芸者のことで、思い患《わずら》っているんではないだろうな」

武田は花竜の浅黒い顔を想い浮かべながら言った。

「いえ、女なら鹿屋にもいます」

白井は、心外だと言わんばかりに眉を上げて、高隈《たかくま》山の方を見た。高隈山は、鹿屋の北方十五キロにある標高千二百三十七メートルの山で、遠くから帰投するときは目標になるが、夜間飛行のときは、危険な障害となることがあった。いまは全山緑に蔽《おお》われているが、昔は火山だという話もある。

武田が高隈山に視線を移し、それをふたたび白井の方に移したとき、

「分隊士」

と呼びかけて、先任搭乗員の萱野《かやの》兵曹が近づいて来た。

「分隊士、お話中ですが、お耳に入れたいことがあります。じつは、白井の家は、父親がこの春亡くなりまして、その後、家業が破産しましたので、姉が芸者に出たのです」

「ううむ、萱野兵曹、くわしいな」

「はい、私と白井は大分県の同郷ですので。ところが、その姉が上海に鞍替えすることになったのですが、体が弱いので、白井は心配しとるのです」

「そうか、おい、白井、姉さんはどこの花柳街に出ているのだ?」

「別府です。姉は結核の前歴があるので、上海に行ったら死ぬんじゃないかと思います。芸者の勤めも内幕は辛いものらしいですね。姉は一度手紙をくれただけですが……」

「そうか、別府か……」

武田の脳裡に、湯の街の活気ある夜の風景が浮かんだ。宇佐航空隊にいたとき、河豚料理で有名な、なるみという店でクラス会をやったことはあるが、芸者を抱いたことはない。しかし、観光の街であるから、芸者の生き方にも慌ただしいものがあろうという想像はあった。

「おい、萱野兵曹、副長が大分に連絡に出張されるのはいつだったかな?」

「はあ、明後二十一日です。帰りには新着任の岡本中尉を乗せて来ることになっています」

「そうか……」

武田は、そこで話を打ち切り、

「白井、元気を出してやれ。ふさぎこんでいると、事故を起こしやすいぞ」

と白井を帰した。

指揮所に帰ると、武田は分隊長の小井出大尉と相談して、二十一日の副長の大分行きは、白井に操縦させることに決め、それを萱野兵曹に伝えた。

午後は計器飛行訓練であった。頭から幌をかむって、計器だけで操縦するのは、技術だけでなく、半分は度胸の問題であった。不安なので、どうしても外が見たくなる。外が晴れておればよいが、雲のなかに入っていたりすると、あわてて操縦が乱れる。練習機とちがって、後席には操縦装置がないので、操縦員が混乱すると危険である。

武田は後藤という兵長と組み、最初は彼が前席に入り、規定の鹿屋、開聞岳《かいもん》、鹿児島、鹿屋というコースを回って、飛行場に帰投した。午前よりも雲が低くなっていた。後藤が前席に入って離陸した。後藤は、白井などと違って、操縦伎倆はよろしくない。後藤、岩野、矢沢といったところが、操縦成績でビリを争っているので、艦隊要員として、果たして母艦に乗れるかどうか疑問視されているところであった。

機は三千メートルでコースを回るのであるが、開聞岳の近くで雲が低くなり、ときどき断雲の中に入るようになった。突然、後藤は頭の上の幌をあけた。霧が操縦席に侵入したので、雲中に入ったことを勘づいたらしい。

「あけちゃあいかん、後藤。教わったとおり計器で操縦するんだ」

「はい、分隊士……」

そう答えたが、後藤の操縦は乱れてきた。右に旋回したが、そちらはさらに雲が低かった。

「旋回しちゃあいかん、直進しろ。雲を恐れるな！」

そう叫んだが、武田も雲のなかではいい気持がしない。ミルク壺に落ちたというほどではないが、あたりが白く閉ざされ、冷気が襟首をかすめる。機は右旋回をつづけ、背面となり、失速して錐揉みに入ってしまった。

「後藤！　あわてちゃあいかん。ただいま、錐揉みだ。まず、スティックを中正になおせ。エンジンを絞れ。こら、エンジンをふかしちゃあいかん」

そう言いながら、後席の計器盤を見ると、旋回計の球が一杯左にふれ、速力はぐんぐん増している。

「まず、エンジンを絞れ、それからスティックを……」

と伝声管に向かって唾をとばしている間に、ふいに雲が切れた。機は、くるりくるりと海面に向かって落下してゆく。浮力がないので、木の葉が舞うように、ただ落下してゆくのである。

「分隊士、雲の下に出ました！」

「ばかもん、早く錐揉み回復の操作をやらんか！　死んでしまうぞ」

高度は二千を割っていた。海面が回転しながら近づいていた。

下界が見えると、後藤兵長は落ち着いて錐揉み回復の操作を行なった。高度千で旋回が止まり、機は緩降下に移った。あとはエンジンをふかして、機首を引き上げるのみである。高度七百で、機は水平飛行にもどることができた。

「おい、あまり心胆を寒からしめるなよ」

武田は、宇佐でよく教官に言われたせりふを吐きながら、飛行眼鏡をはずし飛行手袋の甲で、額の汗をぬぐった。期待に反して、汗はほとんど出ていなかった。

「おい、今度は高度千五百で鹿児島飛行場に向かう。雲の中には入らんから、安心して計器飛行をやれ」

武田の声で、後藤はふたたび幌をかむり、機首を立てなおして、三五〇度、鹿児島の方向に針路を向けた。

桜島の南を通って、鹿屋の飛行場に帰ってみると、飛行指揮所も、待機所も騒然としていた。

「飛行隊士！　矢沢と岩野の機が高隈山にぶつけたらしいです」

先任搭乗員の萱野兵曹が駆けて来て、武田に報告した。武田は艦爆の第二分隊士のほか、艦爆飛行隊の飛行隊士を勤めていた。

「おい、本当か！」

武田は指揮所で小井出飛行隊長と協議している飛行士の村上に訊《き》いた。村上は偵察士官で、坂下とともに武田の同期生である。

「農家から連絡が入ってな。高隈山のふもとで、どかーん、という大きな音がしたというので、土地の消防団員と警察が急行したところ、森林のなかに飛行機の尾翼が見えるというんじゃ」

坂下がこう答えた。

「いま、三分の二が帰投して、ほかの機は無線連絡がとれた。連絡のないのは矢沢の機だけだ」

村上もそう説明した。

「どうして矢沢と岩野をペアにしたんだ。あの二人は要注意だったはずだぞ。矢沢は白井と、岩野は野本とペアを組ませておいたんだぞ」

搭乗割は飛行隊士の役目で、武田は日ごろからエラーの多い二人をそれぞれ伎倆で一、二を争う白井、野本と組ませ、不測の事故を防ぐ配慮をしておいたのである。

「うむ、白井の機が故障なんでな、矢沢もしばらく待機させたんだが、飛行時間が不足するというんで、矢沢が岩野といっしょに飛びたいというわけで、隊長と相談して出したんだ」

「いや、あの二人が熱心に、人より余分に訓練に出たいと言って頼みこむんでね、許可したんだが……私の責任だ。二人には可哀想なことをした」

小井出隊長も暗い顔をしていた。

「現場にはだれか行っていますか?」

「うむ、整備分隊長が、十人ほどつれて、トラックで出かけている」

「私も行きます」

「そうだな、酒を五升と酒肴料《しゆこう》をとどけてもらおうか、消防団員にも骨折りをかけるからな」

隊長の指示で準備をととのえた武田は、小型トラックに酒を積み、山下とともに数名の部下をつれて北へ急いだ。

高隈山のふもとに近い下高隈の集落で、武田のトラックは、整備分隊長のトラックに出会った。

「いやあ、相当のスピードで突っこんだとみえて、操縦士の体はエンジンといっしょに土の中にめりこんでいましたよ。偵察員もばらばらでね」

叩き上げの中年の中尉は、トラックの上を指さした。ケンバスの包みのすき間から、体の一部らしいものと、飛行靴が見えた。飛行靴には血と泥がこびりついていた。

「そうですか。じゃあ、私は消防団に酒をとどけて、礼を言ってから帰ります」

眉をしかめながら武田はそう言い、二台のトラックはすれ違った。現場は高度二百メートルほどの林の中で、樹木の折れた跡が、ひきもぎられたように生々しい色を見せていた。地面にはすり鉢型の穴があき、その底にもぐっているエンジンにロープをかけて引っ張っているところであった。

「こんなものが出て来ました」

消防団長が飛行眼鏡を武田に渡した。割れたガラスに、肉片と毛髪が付着していた。眉毛か、それとも頭髪だろうか。

――かなりのスピードで突入したんだな。雲のなかで錐揉みに入り、引き起こさないうちに山にぶちあてたんだ。

武田は、左手で飛行眼鏡を振子のようにぶらぶらと振りながら、そんなことを考えていた。

五

遺族の到着を待って、矢沢と岩野の葬儀が行なわれることになったが、岩野の実家は岩手県なので、葬儀は五日後の九月二十四日に執行されることになった。

二十一日朝、白井兵長が九九式艦爆の後席に楠本副長を乗せて、大分に出張することになった。

武田は白井を呼ぶと、

「お父さんへの香典だ。帰りは明日の午後でよろしい。別府へ行って姉さんに会って来い」

と、折り畳んだ十円札を渡した。

「有難うございます」

白井は敬礼すると、機の方に急いだ。

翌日、午前十時、白井は新着任の岡本中尉を乗せて、鹿屋へ帰投した。

「なんだ、もっとゆっくりしてくればよいのに」

「いえ、姉とは十分に話し合ってきました。これは、心ばかりのものですが、分隊士にお渡ししてくれと言いまして……」

白井は別府名物の柚餅子《ゆべし》の箱を差し出した。

柚餅子は、米粉、小麦粉などをねり、柚《ゆず》の汁を加えて蒸した古風な菓子である。

「姉さんは、やはり上海に行くのか」

「はい、来月、長崎から船で発《た》つそうです」

「ふむ、まあこちらへ来て座れ」

武田は指揮所のベンチに白井を座らせた。

「貴様は長男で、姉一人、弟一人だろう」

「そうです」

「なぜ飛行兵などを志願した？」

「志願してはいけませんか？」

白井は真剣な顔で武田の面を凝視した。

「きのう死んだ矢沢は一人息子でしたよ」

「そうか、いや、いかんとは言わん……。ところで、姉さんの借金はいくらなんだ？」

「千五百円です」

「ふむ……」

家が一軒建つほどの金であり、武田にそれだけの金はなかった。いきどおろしいものを感じながら、武田は、

「帰ってよろしい」

と、白井を分隊に帰した。

午後は急降下爆撃の訓練であった。このころ日本海軍の航空隊では、それまでの一機ずつ順番に降下する方法を改めて、一個中隊九機もしくは二個中隊十八機が編隊のまま、いっせいに目標に向かって降下する扇形攻撃法の研究を行なっていた。扇形法とは、扇の先端から要《かなめ》に向かってすべての骨が集中するように、敵艦に向かって同時に爆撃する方法をいう。これは、珊瑚海やミッドウェーで、順次降下法を用い、つぎつぎに戦闘機や対空砲火に捉えられたことに対する反省である。

午後、飛行作業がはじまると、武田は中隊長として、九機を率いて離陸した。武田の後席は偵察士官の坂下で、左側の二番機は白井の機である。大分航空隊の沖にあたる別府湾に、赤白に塗った大きな浮標《ブイ》が浮いており、これが敵艦であった。

午後一時五十分、佐賀関精錬所の大煙突上空に達した武田は、目標のブイを視認した。高度は六千五百で、酸素マスクから流れこむ酸素が冷んやりと快《こころよ》かった。

武田は、隊内無線電話で、

「目標、左前方のブイ。いっせいに降下する。左右をよく見張って、衝突事故のないように

気をつけろ」

と叫んだ。

のどの両側に、送話器があてがってあり、口にあてなくとも、送話ができるようになっていた。

「降下！　全軍突撃せよ！」

武田は、いったんエンジンを絞ると、機首を下げ、降角五五度で目標のブイに指向した。追風なので、目標に接近するころには、適正な降角六〇度に修正できる予定であった。

三機ずつ三個小隊に分かれていた武田中隊は、いっせいに機首を下げて降下に入った。

「六千、五千五百、五千……」

後席で、坂下が高度を読みつづけた。

扇形降下で、目標は一点であるから、降下するにしたがって、各機の間隔は狭《せば》まる。

「武田！　二小隊がこちらに寄って来るぞ」

二小隊長は、着任したばかりの岡本中尉で、この攻撃法ははじめてのはずであった。

「二小隊、高度差をとれ」

武田はそう叫んだが、二小隊は、同じ高度で、左側から接近して来る。右側の三小隊長高村兵曹長はベテランなので、十メートルほど高度を下げて降下中であるが、その上にのるのは危ない。

「おい、白井の機が下に入ったぞ」

坂下の声で、左側を見ると、白井機が見えず、代わりに二小隊の三番機の牧野の横顔が見える。高度はもう二千を切っていた。

――これは危ない。このままゆくと、白井の機は引き起こすことができない。止むを得ん、おれが先に引き起こさねばならんが、それでは訓練がフイになってしまう……。

そう迷いながらも、武田が、

「中隊長機、先に引き起こす。列機は予定どおり降下投弾手続きを行なえ」

と指令したとき、ゴツリと、操縦席の下に衝撃があった。

「やったぞ、白井が当たった！」

坂下の声で下を見ると、操縦席下部のジュラルミンの床が削り取られて、風が吹き込んでいる。

「引き起こす！」

スティックをぐいと引き、右上昇反転を行ないながら、下方を見ると、白井の機が三つに分かれて落ちてゆくところであった。プロペラが木の葉のように舞い、その下方をエンジンが真っ直ぐ海面を目ざしている。肝心の機体はプロペラの近くをくるりくるりと錐揉みの形で回転しながら落下しつつあった。

「ペラがこちらの腹に当たったんだなあ……」

坂下の声に、武田は急には返答ができなかった。白井機のプロペラが武田機の腹に当たってとび、ついでエンジンが千切れたのである。エンジンのとぶショックで機体にも損傷があったであろうし、錐揉みからの回復は不可能と思われた。

「白井！　おれだ。中隊長だ。わかるか、脱出しろ！」

しかし、白井機からは白いものはとび出して来なかった。

機体は、別府の東方四十キロの海面に落下し、そのあとに大きな波紋を残した。直径二十メートルほどの波紋の上を、武田は何度も旋回した。大きな泡が、つぎからつぎからと噴き上げたが、それ以外のものは浮き上がって来なかった。

「おい、帰って報告しよう。このへんは水深百メートル以上あるぞ」

坂下の声に、武田は旋回をやめ、高度二千で編隊をまとめ、帰途に着いた。

九月二十四日は秋季皇霊祭（秋分の日）で、飛行作業は午前で打ち切り、午後は格納庫で合同慰霊祭が行なわれることになっていた。

先に殉職した矢沢と岩野の両親は、前日鹿屋に到着して、航空隊が準備した旅館に泊まっていた。

午前の飛行作業を終わって、武田が飛行服から軍服に着かえていると、

「飛行隊士、白井の姉さんが到着しました」

と先任搭乗員がとどけてきた。

隊の玄関わきにある応接室に行くと、面長なやせた女が、立ってお辞儀をした。

「豊明の姉の葉子でございます」

女はそう言うと、大きな瞳《め》で、武田をみつめた。

「分隊士の武田中尉です。いま、隊長と副長が来られます」

武田は、葉子に椅子をすすめ、士官室従兵の運んで来たお茶を葉子の前におかせた。

「分隊士様には、豊明がいろいろお世話になりまして……また先日は、父への香典ということで、過分な頂戴物をいたしまして……」

「いや、あの柚餅子は……」

と言いかけて、武田はまだその菓子が、士官室の棚の上に置いてあるのを想い出し、

「私は好きです」

と言った。

二人の間に話が途絶えた。葉子は相変わらず、大きな瞳で武田を見ていた。不思議な女だ、と武田は思った。このようなとき、たいていの遺族は伏し目がちになるものだが……と彼は考えたのである。

「白井兵長から聞きましたが、お姉さんは上海に行かれるそうですね」

「いえ、上海ではございません」

「違うのですか」

「行き先は漢口《ハンカオ》です。あの子が心配するので、上海と言っておいたのです」

「そうですか、漢口ですか、遠いですな」

武田が、葉子の白い顔をみていると、副長の楠本中佐が入って来た。この人はにぎやかな人で、いろいろと葉子を慰めた。話の途中で、副長は言った。

「その漢口行きの話ですがな。じつは、この鹿屋基地は戦地扱いなので、殉職でも戦死になります。搭乗員の戦死賜金は、大体×千円くらいです。その金を用立てて、あなたのいまの商売から足を洗う……いや、転業されてはどうかな?」

「有難うございます」

葉子は、頭を下げた後、

「でも、父の残した借金は万という単位でして、戦死の賜金も、そのまま債権者の方にとられることと思います」

「一体、何でそんなに借金ができたんですか」

「船です。父は船を買い、その船が、台湾海峡で沈んだのです」

「しかし、それはそれとして、あなたの今度の漢口行きの前借りは千五百円だそうですが、それだけでも返済して、外地行きはやめにしたらどうですか。その方が、白井兵長も喜ぶと思いますが……」

「あの子は何も知らないのです」

葉子は淋しく笑って、

「その何倍ものお金です。私はどこへでも行きます。もうお嫁にも行けませんし……」

「そうですか、残念だな。白井は、じつに優秀な艦爆操縦員でした。なぜ、私の下に入りこんで来たのか……。私の責任です」

そう言う武田に、葉子は返答せず、

「明日は帰りに、富高というところに寄るつもりです。花竜さんとかいう人に、弟が世話になったそうで、お礼を言って来たいと思うのです」

そう言った後、

「別府検番の分福乃家《わけふくのや》から出ている秋葉と言います。別府へ来られたら呼んで下さいな。来月の十五日までは、日本におりますから……」

と言い、微笑した。

六

慰霊祭は格納庫のなかで行なわれた。

岡本中尉が衛兵司令で、武装した十二名の衛兵隊を指揮し、武田は進行係士官を勤めた。

「ただいまより合同慰霊祭を執行します。基地指揮官あいさつ！」

副長の楠本中佐が立って、「猛訓練のため四人の搭乗員を失ったことはまことに残念である。遺族には深く弔意を表する。しかし、訓練は今後も激化するので、事故のないよう士官も下士官兵も、それぞれ注意して、なんとか前線に出る前に兵力を消耗することのないよう気をつけてもらいたい」という意味のことを話した。

「ラッパ、国の鎮《しず》め！」

信号兵がラッパで、戦死者を悼《いた》む曲を吹き鳴らした。ラッパの旋律が格納庫の天井にこだました。悲愴な感じの曲であった。九月下旬であったが、この日は蒸し暑かった。武田は額が汗ばむのを覚えた。

「弔砲発射！」

武田の声に岡本が、

「射撃用意！　撃て！」

と令した。

十二名の衛兵が、天井に向けて、三八式小銃の空砲を発射した。銃声が庫内の空気を揺るがせた。弔砲は三発で終わった。

「下士官兵代表、弔辞！」

白井や矢沢たちの同年兵である野本兵長が祭壇の前に立って、弔辞の巻紙を両手で繰り拡げた。

「白井、後藤、矢沢、岩野、おれたちは乙種飛行予科練習生第×期生として、土浦に入隊した。相撲は岩野が一番強く、大飯を食う点では、だれも矢沢にかなわなかった。白井は秀才で霞ヶ浦の操縦訓練も一番だった。矢沢と岩野は残念ながら、上位ではなかった。しかし、もうそんなことはどうでもよい。一番の白井も、ビリの矢沢も死んでしまったのだ。おれたちは言いたい。なぜ、もう一度前線に行くまで待てなかったのかと。白井、お前は覚えているだろう。おれたちが霞ヶ浦航空隊で訓練していたとき、大東亜戦争がはじまった。あのとき、貴様はおれと約束したな。いっしょに太平洋で死のうと。どうして約束をまもってくれなかったのだ。残されたおれたちは、いま、ものすごく悲しく、寂しい気持だ。しかし、安心してくれ。おれたちは、貴様たちの分も戦ってやるぞ。そして、いずれ、貴様たちのところへ行く。その再会の日を楽しみにしているぞ……」

野本の弔辞は分隊員全員が相談して作りあげたもので、素朴で、実感にあふれていた。矢沢と岩野の両親は、しきりにハンカチを使っていた。しかし白井葉子は、凝然として祭壇の写真をみつめたまま、みじろぎもしなかった。心が凍りついたかのように、表情を動かさなかった。

——この女は、慰霊祭など無意味だと考えているのではないか、と、武田は考えていた。

「遺族答辞！」

遺族代表として、岩手からやって来た矢沢の父親があいさつしたが、泣いているので、ことばが途切れがちであった。

突然、体の大きい岩野の父親が前に進み出ると、息子の写真に向かって叫びはじめた。

「こら！　幸吉！　しっかりしろ！　お前は死んでなんかいないんだ。この日本のどこかに生きている。そして、ほかの戦友の皆さんといっしょに前線へ行くんだ。いいか、しっかりやるんだぞ。だらしない真似をしたら、この父が承知しないぞ。わかったな……」

彼はそう言うと、自分で大きくうなずき、席にもどった。その間も、白井葉子は表情を崩さなかった。

葬儀は終わり、一同は解散した。

武田は町の旅館まで遺族を送る車の手配をしたが、葉子はそれを断わった。

「町まで歩きます。弟の歩いた道を歩いて、弟が外出で出かけた鹿屋の町を歩いてみたいのです」

葉子はそう言うと、別れのあいさつをした。隊門を出る葉子の後ろ姿を武田は見送った。喪服姿の背中が細く見えた。


鹿屋の基地は、戦地扱いなので、九月から十月中旬まではほとんど外出がなかったが、十月の終わりに三日間の休暇があたえられた。

「おい、鹿児馬《かごうま》でも行くか」

坂下が武田にそう言った。鹿児馬とは、鹿児島のことである。鹿屋の士官たちのなかには、休日には鹿児島に遊びに行く者が多かった。桜島に近い垂水《たるみず》までバスで行くと、鹿児島港まで連絡船が出ていた。

「そうだなあ……」

武田はあいまいな返事をした。延岡の花街にいる扇千代という芸者に、彼は手紙を出しておいた。しかし、延岡と鹿屋では、汽車で七時間以上かかるので、果たして扇千代が来てくれるかどうかわからない。

三日間の休暇の第一日は、新しく着任した司令の三田村大佐を迎えて、鹿児島で歓迎会が開かれることになっていた。

垂水港から鹿児島に向かう船の後甲板で、船尾から盛り上がる海水と泡を眺めながら、武田は扇千代のことを考えていた。扇千代は彼にとって二人目の女であったが、正確にいえば、最初の女であった。欲求不満から、呑むと暴れる癖のある武田を抑えたのは、天草生まれの勝気な女、扇千代、本名岩田政子であった。

武田は霞ヶ浦航空隊にいたとき、女体への未知の興味から、坂下とともに東京の花街で芸者と一夜をともにしたが、最初のこととて気遅れし、これという喜びもなかった。しかし、天草女の扇千代は酔っている武田を懇切に指導し、男の歓《よろこ》びを教えてくれた。夜は泥酔して役に立たなかった武田も、朝はしゃっきりとして、男らしい猛りを示すことができた。

「入ったか」

武田は扇千代の顔を見下ろしながら、そう問うた。

「入ってるよ」

と彼女は微笑しながら答えた。

色の浅黒い女だったが、笑うとえくぼができた。大柄ではないが、よくしなう強靱な体に恵まれていた。十七で芸者になった女の二十一歳は、女の盛りといえた。休日のたびに、武田は延岡を訪れた。男女の情というものがようやく彼にも理解され、また扇千代の手ほどきで、性の技術にも習熟していった。はじめの間は、べったりと蔽《おお》いかぶさるので、

「武さん、重くてかなわんわ」

と言っていた扇千代も、富高を去るころには、

「このごろ、武さん、上手になったとよ」

と合格点をくれるようになった。

しかし、武田は自分の心が全面的に扇千代に傾くことを抑えていた。彼の本務はあくまで戦うことにあるので、女と戯れるのは、あくまでも、本務のかたわらにある余技に過ぎないのである。ただ、いずれ死を前提とする戦場に赴く自分にとって、人生の重大事である性の何ものであるかをあからさまに示し、そして、やはりそれは本務の前には大事の前の小事でしかないことを教えてくれた扇千代に、彼は感謝すべきだと考えていた。性行為のいかなるものであるかも知らなかった武田は、戦争がはじまり、周囲に死者の匂いが立ちこめるたびに、女を知らずに戦場に赴くことの空しさを感じて、焦っていたのであるが、いまはそれがふっ切れたように感じていたのである。


司令を中心とする宴会は、鹿児島の繁華街、天文館通りを南へ抜けた沖ノ村と呼ばれる花街の、青柳という料亭で行なわれた。鹿児島の鴨池《かもいけ》飛行場は、真珠湾攻撃の直前、「赤城」「加賀」などの空母部隊が訓練に使用したところなので、芸者たちも飛行士官とはお馴染みであった。芸者の口から知っている先輩の名前がつぎつぎにとび出した。

大物では、「飛龍」に乗ってミッドウェーで艦と運命を共にした二航戦司令官山口多聞少将や、「飛龍」艦長の加来止男《かくとめお》大佐、または真珠湾攻撃のとき戦死した飯田房太大尉、ミッドウェーのとき、「飛龍」の艦爆隊長で早くも戦死したかつての宇佐空の教官、近藤武憲大尉、また、いまは「瑞鶴」に乗ってソロモン方面に作戦行動中の納富健治郎大尉や、岩下豊大尉などがそうである。

武田は、なかば懐かしく、なかば白けた気持で、それを聞いていた。

翌日の午後、隊へ帰ると、従兵長の下士官が、

「武田分隊士、岩田さんという女の人から、電話がありました。鹿屋荘に泊まっておられるそうです」

と告げた。

「来たか！」

と武田が叫ぶと、

「どぶろーく！」

と坂下が叫んだ。

士官室でのろけたり、芸者にもてた話などをしたりした場合は、清酒一升を寄付する内規になっており、そのことをどぶろくと呼んでいたのである。

「坂下分隊士のお連れさんも、鹿屋荘に来ておられます」

と従兵長は言った。

「しまった、おれもどぶろくか」

彼は、そうとは知らず、前夜、鹿児島で年増の芸者と泊まって来たところであった。

鹿屋荘は鹿屋では一番大きな旅館であった。武田と坂下が玄関を入ると、扇千代と竹駒が

姿を現わして、

「お久しぶり、おにいさん！」

と声をあげた。

竹駒は三十に近い年増であるが、どういうわけか坂下は年増が好きであった。

その夜、扇千代は久方ぶりの逢う瀬でもあり、息を弾《はず》ませていた。行為の途中で、

「ねえ、うち、旦那と別れたのよ」

と言った。

「別れた？」

扇千代に旦那があることも武田は知らなかった。

「そう、材木屋だったけどね、うちが鹿屋へ遠出するいうたら怒るのよ。そいでうちが、言ったとよ。うちゃ、お国のために、海軍さんに奉公するち。それで別れたとよ」

「しかし、別れたら困るだろう」

「ううん、うちゃ、もう自前やもん……。ただ遠出すると、お線香の売り上げ一番だったのが下がるだけよ。タケさんは心配せんかてよろしいの」

扇千代は、さっぱりした気持の女だった。武田は彼女に惚れるというよりも感謝していた。先の短い体としては、人生の重大事をつぎつぎに教えてくれる気っ風《きっぷ》のよい女に敬意を表わさないわけにはゆかなかったのである。

武田が二十数歳で命を終わるとするならば、扇千代はその彗星のような生涯に、激しい光

芒をくわえてくれる一つの存在でなければならなかった。この夜、武田は女のものを仔細に検分することを申し入れ、扇千代は、「見たらげっそりするわよ。見るもんやなかとよ」と言いながら、武田の申し入れに応じた。

翌朝、扇千代は、

「眠いわ。汽車のなかで寝てゆくわね」

と言って、竹駒とともに鹿屋を発った。

武田は坂下とともに隊へ帰って一眠りした。

夜、士官室で休息していると、通信長が電報をもって駆けこんで来た。

「副長、やりましたぞ。ソロモン群島東方海面で、米空母二隻撃沈、一隻大破。わが方、『翔鶴』中破、『瑞鳳』小破、『瑞鶴』『隼鷹』は無事です。ただいまGFから大本営あての電報を傍受しました」

「そうか、やったか」

士官室に歓声があがった。ミッドウェー生き残りの士官が多かった。

この日、十月二十六日は、後に「南太平洋海戦」と名づけられた海戦が、ガダルカナル島南東の海面で戦われた日である。米軍は、ホーネットを失い、エンタープライズが中破した。日本機動部隊の損害は前述のとおりであるが、大本営の発表はもっと少なくしてあった。

数日後、海戦の詳しいようすとともに、武田の知っている僚友の消息もわかった。宇佐の教官であった人や、富高の第一航空基地から赴任した者も戦死していた。

「池田、烏田《からすだ》というところがやられた。井村と加藤は無事らしいな」

坂下が、そのように同期生の消息を伝え、

「いよいよ、つぎはおれたちの番だな」

と言った。

十一月十五日付の人事異動の電報が来た。

「坂下中尉、『瑞鶴』乗り組み。村上中尉、『隼鷹』乗り組み。武田中尉、『飛鷹』乗り組みを命ず」

副長からそう伝達されたとき、武田の頭の奥で火花が散った。それは打ち上げ花火に似ていた。いままで漠然と遠くにあった死が、急に明確な形をとって、手のとどくところに近づいて来た感じであった。

その夜、武田は夢を見た。

大きな波紋が拡がりつつあった。波紋の中心に彼は扇千代の押し拡げられたものを見ていた。突然、あたりは海面に変わった。海の上に紋があった。白井が突入したとき、海面に拡がった文様《もんよう》である。みつめているうちに自分も、その紋のなかに吸いこまれそうになり、武田は眼をさました。

中学生のころ、祭りで伯父の家を訪れたとき、従姉妹《いとこ》が、美しい文様の着物を着ていた。その文様を彼女は、

「これはね、花紋《かもん》って言うのよ」

と誇らしげに説明した。

飛行機の突入によって、海面に生じた文様は、その花紋に似ていた。

武田は闇のなかで大きく呼吸し、その花紋のなかに、自分の運命を見たと思った。

潜望鏡を狙え

一

江原隆大尉の率いる艦爆（艦上爆撃機）飛行隊が、宮崎市を左に見て、富高航空基地の東方海面にかかるころ、後方に占位していた武田竜平は、前方にわだかまる巨大な雲の塊を見て、不吉な予感にとらわれていた。

飛行隊は二個中隊十八機編制で、隊長の江原大尉が第一中隊長兼務で先頭に立ち、この四月、中尉に進級した武田は、第二中隊長として、九機を率い、第一中隊の左後方に続行していた。

昭和十七年十一月十五日の朝であった。

雲塊は単に巨大であるだけではなく、濃い灰黒色で、下方は明らかに海面までおり切っていた。頂上は一万か一万二千メートルか、あるいはもっとあるであろう。

編隊の目的地は、大分県の南にある佐伯《さいき》航空隊であった。

飛行隊長の江原大尉は、真珠湾攻撃やインド洋作戦を経験したベテランである。彼は宮崎県の北部に、街道の雲助のように立ちはだかっているこの大雲塊のことを知っていた。前日、基地移動のため、佐伯空に出した連絡機が、

「とても雲が低くて、豊後水道の鶴見崎をかわることができませんでした」

と、もどって来たからである。

晩秋だというのに、九州には西の大陸からこのような低気圧が移動して来ることがあった。

江原艦爆隊は、戦闘と訓練の両方の目的をもって、鹿屋航空基地から佐伯基地に移動中であった。

今朝、入電した情報によると、「豊後水道南方海面で、貨物船二隻が敵潜水艦の雷撃を受け、被害はなかったが、敵はなおも同海面で行動中」となっている。

鹿屋航空隊司令は、ただちに艦爆隊の佐伯空への移動時間を繰り上げ、右潜水艦の索敵攻撃を命じた。

右の電報と、「〇八〇〇《マルハチマルマル》(午前八時)、佐伯空上空、雲高八十、風向南東、風力八」というのが、江原飛行隊長の握っている情報であった。

雲塊の底が海面に接着していることを察した江原隊長は、雲の上を越して、佐伯湾へ出ることを考えた。雲の頂上は一万を越えているが、途中五千から七千くらいのところに、窓の

ような穴があいていることがある。それを抜ければ、佐伯湾は眼下である。飛行場の上空は雲高が八十メートルというから、着陸は可能である。

江原大尉は、極超短波の隊内無線電話で、第二中隊長の武田中尉を呼んだ。

「コチラ江原一番、武田一番ドーゾ」

「ハイ、コチラ、武田一番、江原一番ドーゾ」

「おーい、武田中尉、君んとこの第一小隊で、潜水艦の攻撃をやってくれい。おれは残機を率いて、雲を越えて佐伯空に移動する。なあに、アメちゃんの潜水艦なんざ、爆弾の三発も喰らわせれば、トンズラしてしまうよ」

「了解しました。こちら、三機で対潜攻撃を行ないます」

いったん電話を切ると、武田は、第二中隊の列機にその旨を伝えるため、バンクをふって、編隊を解散した。第二中隊の第二、第三小隊は、高度を上げつつある第一中隊に合流するため、ゆっくり右に旋回をはじめた。

武田は第一小隊つまり、自分を入れて三機の九九式艦爆を率いて、雲塊の下に這いこむべく、高度を五十メートルにまで下げた。灰黒色の雲が、頭の上からおおいかぶさって来た。このあたりには、大きな島はないが、島野浦島、深《ふか》島などが、海面から突き出した拳骨のように点在し、雲の下から、突然、現われて来るので危険である。

――やがて、この雲が下がって来て、海面とぴったりくっついてしまう。そうすると、海の波だけを見て操縦しなければならない……。

彼は左右の列機をふり返った。二番機の高崎兵曹は、ミッドウェー以来のベテランであるから、間違いあるまい。三番機の苗田は気鋭ではあるが、若いから気をつけなければならない。

そう考える一方、なんとか今日中に佐伯に入りたいものだ、とも考えていた。佐伯には知っている女はいないが、佐伯から汽車で一時間余の延岡には、扇千代がいた。扇千代は、武田にはじめて男女の情と、男の歓びを教えてくれた女であった。

——佐伯で、しばらく着陸訓練をしたら、南方に出撃だ……。

そう考えている武田のかたわらに、二番機の高崎兵曹が近づくと、腕を左前方に向けた。それとほとんど同時に、

「おい、左前方に貨物船が見えるぞ」

と後席の坂下中尉が言った。

貨物船は煙突から真っ黒な煙を吐きながら、全速でこちらに向かっていた。石炭を焚く旧式船らしい。

「之字《のじ》運動をやっているな。潜水艦に追われているらしいぞ」

貨物船は小刻みに右に左に変針を繰り返していた。これを航海術で之字運動という。

武田は、自分の小隊が、それぞれ翼の下に六十キロの対潜爆弾四発をつけていることを意識しながら、貨物船の上空に近づいた。敵潜は貨物船に近いとみたのである。

貨物船の甲板では、乗員が手を振っていた。船橋《ブリッジ》からも、体を乗り出して手を振っている

姿が見えた。武田のような頼りない新前の中尉でも、有力な味方だと思っているのであろう。貨物船の上で旋回をつづけていると、高崎が電話で、けたたましい声をあげた。

「分隊士！　貨物船の左前方に潜望鏡！」

武田の視線も、それをとらえた。棒切れのようなものが、かすかに波を切っていた。無気味な棒切れであった。

「よし！　一機ずつ攻撃する。三番機、敵の潜望鏡はわかったか？」

「了解、コチラ苗田三番」

「緩降下でゆくぞ、四発同時投下で仕止める」

緩降下といっても、高度が五十メートルしかないから、あまり突っこむわけにはゆかない。九九式艦爆は脚が引っ込まないので、このようなときには不利である。

「ゆくぞ。坂下、敵潜の位置を計っておいてくれ」

武田は大きく旋回すると、潜望鏡にコースを合わせ、緩降下に入ると、照準器のなかに潜望鏡をとらえた。

敵潜は、貨物船を狙うのに熱中して、上空からの攻撃には気づいていないらしい。潜望鏡は、北から南に進みつつある。武田は、真横から攻撃することにした。照準器のなかの潜望鏡が近づいて来る。武田は潜望鏡の五メートルほど艦首よりに十文字を合わせ、高度七メートルで、

「用意、撃てえっ！」

投下索を引くと、スティックを引き起こした。翼の下を、潜望鏡が素早く通り過ぎてゆく。高度三十メートルで左旋回しながら、潜望鏡の方を見ていると、一発、二発、三発つづけて四つの水柱がその近くで上がった。

「近弾だったな」

坂下が残念そうな声をあげた。

「高崎がうまくやってくれるだろう」

そう答えながら、武田は、潜望鏡を注視していた。ぐるぐる回っていた。明らかに、いまの爆撃でショックを受けている。駆逐艦か飛行機か、それを確かめているのであろう。

突然、潜望鏡がスーッと下がって、海面下に姿を消した。そのとき、飛行機の姿がその上をとび越え、つづいて、いままで潜望鏡のあったあたりに、水柱が上がった。高崎兵曹の爆撃である。中隊長機の弾着を見て、照準を艦首の方に修正したのだ。つづいて、計四発が水柱を上げた。

「ようし、高崎のは命中だぞ」

坂下の声を聞きながら、武田は、

「苗田三番、爆撃待て、編隊に復帰せよ」

と苗田の爆撃を中止させた。いまの爆撃で、どの程度の被害があったのか。もし、被害が大きければ、敵は浮上するであろう。被害が少なければ、もぐって逃げてしまう。いずれにしても、盲撃ちの追いうちは無益である。

武田は、左に高崎、右に苗田という三機編隊を組み、潜望鏡のあったあたりの上空を旋回しつづけた。

海面に重油の浮くのを彼は認めた。予想したほど多くの量ではなかった。

そのとき、

「おい、浮上したぞ！」

坂下の声を待つまでもなく、波を突き破って黒い司令塔を現わした、アメリカの潜水艦を武田は認めた。つづいて艦体が海面に浮かび上がり、全体から海水の流れ落ちるのが、武者震いしているように見えた。

「おい、苗田、爆撃用意だ。おれたちは、東から銃撃コースに入る。お前は、西から爆撃をやれ、司令塔をうまく狙え！」

「了解！　コチラ苗田三番」

若々しい声を残して、苗田は編隊からはなれた。

「ついて来い、高崎！」

武田は、その位置から、機首をひねると、潜水艦に向けて降下に入った。まだ水の流れている艦上に、ばらばらと人影が現われた。司令塔の前方に、十二・七センチ砲と、二十五ミリ二連装機銃が各一基あった。

武田が銃撃のため、照準を司令塔に合わせると、二十五ミリ機銃は早くもアイスキャンデー（曳痕弾）を送ってきた。

——やるな……。

武田は、照準を機銃に向けた。こいつを叩いておかないと、苗田の爆撃がうまくゆかない。二十五ミリが照準器に入ったところで、武田はスロットルレバーに付属している引き金を握りしめた。機体にかすかな反動を残して、機首にある二梃の七・七ミリ機銃が火を吐いた。向こうも撃ってくるが、あわてているので、アイスキャンデーは左の方にそれてゆく。銃座の水兵が一人のけぞったのを見届けて、武田は機首を引き起こした。高さは潜望鏡とすれすれである。二本ある潜望鏡のうち、一本は曲がっていた。浮上している間に、修理をしようというのか、それとも、無電で近くにいる僚艦の応援を求めようというのであろうか。何にしても、豊後水道の南で、敵潜が待っているとは、米軍の反撃が本格化した一つの証拠と考えるべきであろう。

「おい、敵は貨物船を狙っているぞ」

坂下の声に気づいてみると、敵潜は十二・七センチ砲を貨物船の方に指向している。飛行機の攻撃は二十五ミリに応対させておいて、あくまでも貨物船を撃沈して、通商破壊の任務を達成しようというのである。敵ながら勇敢というほかはない。

潜水艦の砲員は準備が早い。「急速浮上、砲戦用意！」という命令があると、艦が浮上してから、一分そこそこで初弾発射がなければいかんというように訓練されるのは、どこの海軍も同じことであろう。

だーん！

十二・七センチの砲口が火を吐き、初弾が発射された。貨物船までの距離は千五百メートルほどである。銃撃のため旋回しながら、武田が横目で見ていると、貨物船の船尾に水柱が立った。

――いかん、つぎは命中だな……。

そう思ったとき、苗田の機影が、潜水艦の上空をすれすれに飛び越えた。間もなく、司令塔の近くに水柱が二つ上がり、司令塔に一つ、その前方、砲台の近くに一つ、カッと赤い火花が散った。

「命中！　直撃弾二発だ！」

司令塔から赤い焔があがった。砲台の近くには、二名ほどの砲員が倒れていた。

「やったぞ！」

しかし、喜ぶのはまだ早かった。

敵の二十五ミリ機銃は猛然と撃ちはじめた。十二・七センチ砲は、残った砲員たちが、貨物船に照準を合わせると、第二弾を発射した。銃撃コースに入りながら、武田が見ると十二・七センチ弾は、船尾に命中し、カッターがふきとんだ。

銃撃に入ると、赤や青のアイスキャンデーが、こちらをめがけて飛んで来る。機をひねってこれをかわしながら、武田も銃撃をつづけたが、なかなか敵は倒れない。

「いかん。おい、坂下、佐伯基地の駆潜艇応援を頼んでくれ、このままだと、とり逃がしてしまうぞ」

敵潜の上を飛び越しながら武田はそう叫んだ。

司令塔には、士官らしい男が上がって来て、消火の指揮をとっている。かなりの穴があいているから、このままでは潜航できまい。帽子のつばに金色の飾りのついている士官をみて、

——あれが艦長かな、と竜平は思った。

この近くには、航空隊がいくつもあるし、呉の軍港も遠くない。その海面で浮上砲戦をやろうというのだから、敵もよほど大胆な奴であろう。

「よし、高崎と苗田は砲台と機銃を狙え。おれは司令塔をやる。あの金筋の男を狙うんだ!」

武田はそう命令すると、ふたたび旋回して、司令塔に機首を向けた。彼は射撃はあまりうまい方ではない。ピュン、ピュンとかたわらを通り抜けるアイスキャンデーの色を意識しながら、彼は慎重に、金筋の帽子の男に照準を合わせた。照準器の十文字に帽子の金筋が入った。その五十センチ下に照準をズラせると、

——いまだ。

武田は、引き金を握りしめた。そのとき、アイスキャンデーの一弾がエンジンの近くに命中し、照準が狂った。武田の赤い曳痕弾は司令塔に吸いこまれてゆき、黒服の兵士一人を倒したが、金筋の男は依然健在であった。途中で射撃が止まり、弾倉が空になったのを武田は認めた。

「しまった。タマが切れた」

「おい、武田、潜水艦と併行に低空でやってくれい。おれの旋回機銃でやってみる」

後席の坂下がそう言った。彼が射撃の名手であるということは聞いたことがない。

——何を生意気な、と思いながら、武田は、潜水艦と併行するように機を操縦した。

「ゆくぞ！」

坂下の声とともに、後席の七・七ミリ旋回機銃が火を吐いた。

武田は複雑な気持とともに横目でそれを見まもっていた。

金筋の男が胸を押さえて倒れた。砲員と機銃員が、ばらばらと司令塔の方に駆け寄った。人影は司令塔の内部に吸いこまれ、潜水艦は急速潜航に移った。

ゴボリ、ゴボリ……大きな泡をいくつも出しながら、潜水艦は海面から姿を消した。泡はなかなか消えなかった。

「やったな、武田」

「うむ、司令塔に大きな穴があいとったから、あのままでは長い潜航はできんな」

「潜望鏡は曲がっとるし、艦長らしいのは戦死したから、作戦行動は不可能だろう」

「とにかく、一隻やっつけたわけだ」

しばらくその付近を旋回した後、武田は、坂下と相談して、つぎのように鹿屋の司令と佐伯の防備隊に打電した。

「ワレ敵潜水艦一隻ヲ大破、撃沈セシモノト認ム、位置、鶴見崎ノ南々西三十五マイル。駆潜艇隊ノ警戒ヲ依頼サレタシ」

二

潜水艦一隻をやっつけた後、武田は列機をつれて、豊後水道に向かった。雲が低いので危険ではあるが、一隻撃沈の勢いを駆って、雲の下にもぐりこもうというのである。

予想どおり、灰黒色の雲の底部は海面と密着していた。あたりは暗く、篠《しの》つく雨で、二番機と三番機の姿もおぼろになるほどである。

「坂下、左右と下と、よく見張ってくれよ」

「よしきた。車輪を波にさらわれんように気をつけろ」

武田はエンジンの下の波をみながら、慎重に操縦した。高度は三メートル、台風のような高浪が来たら、呑まれてしまうところである。

突然、左前方に島が現われた。機を右にひねりながら、武田は坂下に言った。

「おい、位置をしっかり出してくれ。島にぶちあてたらイチコロだぞ」

「おうい、了解、とにかくいちおう、右へひねっておいてくれい」

坂下の答えは鷹揚である。相撲や銃剣術は強いが、デリケートな方ではない。

「もうそろそろ、鶴見崎だがなあ……」

しかし、雨の柱は立ちこめていて、前方は定かではない。

武田は、女のことを考えていた。延岡に近い富高の航空基地に着任するときまで、武田はほとんど女を知らなかった。坂下といっしょに、東京の待合で芸者を買ったことがあるが、そのときは不安が先に立って、何が快感なのか、わけがわからなかった。女を知らぬテレ臭さを隠すため、武田は酔うと料亭の屋根に上って瓦を投げたり、池にとびこんで鯉を手づかみにした。そのような武田をたしなめ、女をいとおしむことを教えたのは、延岡の料亭翠光で出会った扇千代であった。天草生まれの扇千代は、男に奉仕することを天職と考えている女であった。男女の道を味わい知ることが、青年の修業の大きな部分を占めているとするならば、武田は、扇千代から大きな徳に与《あずか》っているのであった。

武田は視界を蔽《おお》う雨のなかで、操縦に苦心しながら、女のことを考えていた。そして、いま自分は死の世界に近いところをさまよっているのであり、そのゆえに己れに恵みを垂れてくれた女を、すがりつく一本の索《つな》として想い浮かべているのであることに、ぼんやり気づいた。

やがて、雨は弱くなり、視界が回復して来た。

すぐ前方に、東に長く延びた鶴見崎があった。視界は回復しつつあった。武田は、ヒョイという形で、鶴見崎を飛び越えると、佐伯湾に出た。海上は雲高百メートルくらいであった。見おぼえのある大入島《だいにゅう》の向こうに、佐伯航空隊の滑走路が見えた。

――とにかく、今日も死ななかった、と彼は考えた。

南九州はまだ戦場というほどではなかったが、戦地勤務並みということで激しい訓練に追われていると、三日つづいて事故がつづくこともあった。それでなくとも、搭乗員は、常に死と背中合わせになって生きているのである。

そして、武田は、

――今夜は、ひょっとしたら、扇千代に会えるかも知れない……。

と考えていた。

三

しかし、武田の期待に反して、佐伯基地での上陸は当分お預けであった。元来、竜平たちは、南太平洋海戦で消耗したパイロットの補充にあてられたもので、ソロモンの戦局は急を告げており、南太平洋の機動部隊は急速な再編を迫られていた。

鹿屋基地で、母艦向けの出動準備中であった第一航空基地隊員は、それぞれ、空母要員として所属を割り当てられていた。

隊員の大部分は着艦訓練を終わっていたが、この際、いま一度、着艦の伎倆を着実にするため、佐伯航空隊に移動したのであった。

この夜は、さっそく夜間着艦訓練が行なわれた。

訓練が終わると、居住区で酒を呑んでよろしい、という許可が出た。

「酒保ひらけ。ただいまより二二〇〇《フタフタマルマル》（午後十時）の巡検まで、飲酒を許す。ただし、明朝は〇八〇〇から飛行作業があるから、度を過ごさぬように……」

副長兼飛行長の楠本中佐が、拡声器でそう注意をあたえた。この副長も以前は、「蒼龍」の飛行長で、真珠湾以来のベテランであった。

士官室のテーブルで、武田が、同期生の坂下や村上や木下たちと、チビリチビリ日本酒を呑んでいると、高崎兵曹が呼びに来た。

「分隊士、艦爆居住区に来て下さい。潜水艦撃沈の祝賀会をばやっとりますので……」

「そうか」

武田は坂下と顔を見合わした。

潜水艦は沈んだものと推定されるが、確認されたわけではない。しかし、楠本副長は、夜間飛行開始時に、全員の前で、武田小隊が、敵潜水艦一隻に命中弾をあたえ、これを撃沈したものとして発表し、呉鎮守府と大本営にもすでに打電ずみであった。

武田と坂下が、艦爆分隊の居住区にゆくと、こちらは大変な賑《にぎ》わいであった。

全員が苗田兵長を胴上げし、つづいて高崎兵曹を胴上げした。

「分隊士、一杯やって下さい。今日は苗田がアメちゃんの潜水艦を轟沈させた祝賀会ですたい」

苗田の同年兵である兵長たちが、大きなウォスタップを運んで来た。内部では満々とたたえられた酒が揺れていた。

「飲んでつかあさい。佐伯空司令からの特配ですらい」

広島弁でそう言ったのは、塚田兵長であった。彼は、どんぶりよりも容量のあるニュームの食器で、ウォスタップから酒をどぶりと掬《すく》うと、武田の前に突き出した。

武田が三分の一ほど呑んで下におくと、

「弱いですなあ、分隊士。爆撃も当たらんが、酒も弱い。せめて苗田の祝酒ぐらい、ぐーっと干して下さらんか」

かたわらで、毒のあることばを吐いたのは、高崎兵曹であった。

「おい、おれはそんなに爆撃が下手《へた》か」

「はあ、全弾近弾、命中弾なし。そこへゆくとこの高崎兵曹は、みごと潜望鏡に直撃。つづく苗田兵長は、司令塔にどかんと大穴をあけて、轟沈せしめたとですわい」

「そうか」

そういうことになっていたのか、と武田は眉をよせると、

「いや、おめでとう」

と言い、食器に半分残っていた酒を干した。

「おい、武田、貴様……」

心配する坂下に、

「分隊士、まあ一杯やって下さい。今日の轟沈を見ていた証人ですからな、坂下分隊士も……」

苗田が、ニュームの食器をつきつけた。

苗田は、もうかなり酔っていた。彼らは、つねに士官に不満を抱いている。階級は向こう

が上であるが、伎倆は、自分たちの方が勝《まさ》っていると考えている。したがって、士官の爆弾が命中せず、下士官兵のたまが命中したということになると、ここに敵艦一隻轟沈の英雄伝説が生じるのである。

苦い思いをこらえながら呑んでいるうちに、武田も酔ってきた。

「轟沈だ」

「つぎはソロモンでサラトガをやっつけるぞ」

「早くゆかんと、やっつける艦《ふね》がなくなるぞ」

坂下もいっしょになって、武田は部下とともに、歓声を上げつづけた。

入り口に顔を出して、熱気にあおられたように顔をしかめたのは、艦爆隊長の江原大尉である。

戦艦ペンシルバニアに直撃弾を当て、レキシントンを沈めたことのある隊長は、「潜水艦一隻撃沈、ただし、未確認」にこのように騒ぎ立てる青年たちを、たしなめる気にもなれず、茫漠と眺めていた。

四

十二月八日の朝のことである。

大詔奉戴日（開戦の詔勅が下った日）というので、佐伯航空隊では、午前八時、飛行科整備科全員が飛行指揮所前に整列し、司令の大野大佐から、「戦局は楽観を許さない。出撃は近いから、ますます訓練に励むように」という訓示があった。

引きつづき、飛行作業で、着陸訓練班は旧式空母の「鳳翔」（七千五百トン）で着艦訓練、ほかの班はそれぞれ、降爆、空戦、航法、計器飛行などの訓練にかかった。

搭乗員待機所のベンチに人だかりがしているので、武田はのぞいてみた。

最近ラバウルから帰還した戦闘機の西村飛行兵曹長が、実戦の説明をしているところであった。

「ええか、向こうのグラマンは、こちら一機に対して、三機ぐらいかかって来る。じゃによって、そのうち一機を先制攻撃で落としたら、ひとまず急降下で戦場を離脱する。ついで零戦の急上昇性能を利用して、敵の上位に出て、ふたたび勝負を挑むのだ。ところが、最近は新手ができて、撃墜されたとみせてわざと錐揉《きりも》みに入ってみせる手が使われる。くらりくらりと錐揉みに入れて、回復させるや急上昇して、敵の不意を衝《つ》くんだ。ただし、金属製飛行機の錐揉みは長くほっとくと水平錐揉みに入って、回復不能になるから注意をするように……」

そのとき、ケラケラと笑い声を立てたものがいた。後方で聞いていた艦爆隊の苗田であった。

「西村飛曹長、おことばですが、水平錐揉みはなおりますよ」

「なに？　貴様はだれだ！」

西村は気色ばんで、若い兵長をみつめた。

「艦爆の苗田兵長です。先月、潜水艦を一隻轟沈したんです。司令塔に六十キロをぶち当てたですよ。いま、その水平錐揉みをば研究しとるところです。われわれもソロモンへ行ったら、グラマンと空中戦闘やらにゃあいけんですからな」

苗田は昂然としていた。潜水艦を沈めて、高崎兵曹とともに呉鎮長官から表彰されて以来、彼の自負心は高まる一方であった。

「よせ、よせ、艦爆じゃあ戦闘機に勝てやせん！」

「そう思うでしょう。そこがつけ目ですよ。いったん錐揉みに入ったと見せて、油断をさせ、下から腹を狙い撃ちにするんですよ」

苗田は両掌でその形を示して、西村飛曹長を煙にまいた。

その日の午後、計器飛行を終わった武田が飛行指揮所にもどると、坂下が、

「おい、苗田兵長が水平錐揉みの実験をするとかいって離陸して行ったが、そんなことをやらせていいのか」

と、不審そうな顔で言った。

「水平錐揉み？　後席はだれだ？」

「高崎兵曹だよ。私が指導しますと言うから、離陸許可を出したんだがな」

「あのコンビか……」

武田は、唇を噛んだ。

人間は一度頭が高くなると、簡単に、あるいは破壊するまでもとにはもどらんものらしい。

「中止させなければいかん。水平錐揉みに入って助かった飛行機はないんだ」

武田は電信室に入ると、無線電話で苗田の飛行機を呼び出した。

「コチラ指揮所、苗田三番、至急連絡セヨ」

間もなく応答があった。

「コチラ苗田三番、指揮所どうぞ」

「おう、苗田か！　武田中尉だ。水平錐揉みをやるそうだが、馬鹿なことはやめろ。普通のスタントをやったら帰投しろ」

「いや、分隊士、これは実験です。実験には危険がつきものです。二人乗りの機で水平錐揉みにはいった場合、後席が先にとび出すから余計にスピン（ねじられ方）がひどくなって、前席が出られなくなるのです。まず前席がとび出します、これでスピンは軽くなり、普通の錐揉みにもどります。そこで後席の偵察員が前席にもぐりこんで、正規の操作で錐揉みを脱するのです。これはすでに鹿児島で実例があるのです。前席がとび出したら、通常錐揉みにもどった。ただし、後席が操縦を知らなかったために、やはりとび出して機を捨てたのです。今日はそこのところを、うまくやってごらんに入れますから……」

「やめろ！　命令違反を犯すと、戦闘機で撃墜するぞ！」

そのとき、坂下が入って来て言った。

「おい、大入島上空で、一機錐揉みにはいったぞ。高度は三千くらいだ」

「くそう、苗田のやつ……」

外へ出て空を仰ぐと、飛行場のすぐ東にある大入島の上空から、くるりくるりと一機が舞うように落下しつつあった。

錐揉みとは、飛行機が浮力を失って失速し、一個の物体として落下する形をいい、機首を下にしてほぼ垂直に落下するのを通常錐揉みと呼ぶ。これはスティックを中央にもどし、両足踏桿《フットバー》を中正にし、スティックを前に押せば、普通の緩降下にもどる。

しかし、これを長く放置すると、飛行機が水平に近い姿勢になり、機首を中心としてコマのように水平に回転しはじめる。金属製の複座機では、これは回復不能とされ、搭乗員はパラシュートで脱出するより方法はない。苗田と高崎は、この回復法をやってみせようというのである。

武田は、電信室に入ると、窓越しに空を仰ぎながら、

「苗田よせ、馬鹿な真似をするな」

と電話機に叫んだ。

会議中であった副長や隊長もやって来て、かわるがわるに説得したが、苗田たちの九九式艦爆二四五号機は相変わらずくるりくるりをつづけていた。

「いまのうちならもどる。スティックを押して、錐揉みからもどせ！」

武田が焦ってそう叫んだが、二四五号機は、間もなく水平錐揉みにはいった。

「駄目か」

武田はなかば諦めて、無電室の外へ出た。

「とんでもねえ奴らだな」

坂下もあきれながら心配そうに空を仰いだ。高度五千ぐらいに雲があり、曇天であった。

二四五号機は、大きなトンボがたわむれているように、機首を中央にして、水平のままくるりくるりと回転をつづけていた。高度はもう千五百を割っていた。

無電室では江原隊長が説得をつづけていた。

「戦闘機一機用意!」

と副長が言った。

威嚇《いかく》射撃で中止させようというのか、それとも、エンジンを撃てば錐揉みが変わるというのであろうか。

西村兵曹長が、落下傘バンドを背負うと、零戦の方に走った。しかし、その必要はなかった。二四五号機が高度千メートルを割ったとき、機の後席から、ポッと白いものがとび出した。約束に反して、高崎兵曹の方が先に降下してしまったのである。機は急にその回転を早めた。

武田は、無電室にとびこむと、隊長から送話器を奪い、怒鳴りつけた。

「とびおりろ! 苗田! まだ高度はある、いまからでも間に合うぞ」

そのとき、苗田のかすれた声が受話器に伝わって来た。

「分隊士、出られないんです」

「どうした、苗田！」

「体が側面に押しつけられて、動きがとれないんです。こんなはずじゃあなかったんですが……」

「何を言っとるか、全力でとび出せ！　高崎兵曹はもう出たぞ」

「あれは、私が頼んで、出てもろうたんです。私は駄目です」

「しっかりしろ！　苗田」

高度はもう五百を切っていた。

二四五号機は、大入島と飛行場の中間の海面に、静かな水柱をあげて着水した。そのあとを、白いパラシュートが追っていた。飛行場の隊員たちは、総立ちでそれを見ていた。苗田と高崎の両人が、もっとも演出効果のある場所を選んで、実験を行なったことは明白であった。

岸壁につないであった内火艇で、武田たちは現場に急行した。機の沈んだ海面には泡と油が浮いていた。

この位置は、水深二十メートルほどであり、その日のうちに二四五号機は引き揚げられた。苗田の死因は、着水時のショックによる脳震盪《のうしんとう》で、水はほとんど呑んでいなかった。

苗田の飛行帽を手にした江原隊長は、

「むずかしいもんだな。訓練というものは……、敵に勝つ前に、味方に勝つことを知らねばならない……」

と呟《つぶや》くように言った。

歴戦の士らしいことばであった。

五

苗田の葬儀が執行されたとき、武田は辛《つら》い立場に立たされた。遺族たちは、苗田が潜水艦撃沈の英雄だと信じている。それがどうして訓練中の事故で死んだのか、了解できないという表情であった。

「もったいないことをしましたなあ、戦場に行ったら、今度は、航空母艦や戦艦を撃沈してくれるはずだったのに……」

そう言うと、苗田の父は、拳で涙をぬぐった。

――そういうことはあり得ないだろう、と武田は考えたが、口にはできなかった。

高崎の方は、「謹慎十日、ただし、謹慎中も飛行作業に従事すべし」という軽い処分であった。

「いずれ前線で死ぬ体だから」という副長の考えから、軍法会議送りは避けたのであった。

空母搭乗員は、明年一月早々に鹿児島基地に移動し、そこから空母に着艦してトラック島経由でラバウルに向かう旨が士官だけに内示され、十二月三十一日午後一時から二日の夕刻まで、休暇が許された。

武田は、坂下とともに延岡へ行くことにして、三十一日夕刻、佐伯駅から宮崎行きの普通列車に乗った。背広姿の二人が延岡へ着いたのは、午後七時すぎであった。歳末の慌ただしさはあったが、駅の付近の商店街は一段とさびれ、戦争の進展による貧しさが、武田たちにも感じられた。

「気のせいか、暗い感じだな」

オーバーの襟を立てながら、坂下が言った。

二人は駅前の道を左に折れ、五箇瀬《ごかせ》川の方に歩いた。鮎漁の名所であるこの川の岸に、料亭翠光があった。

大みそかで、店は大掃除に忙しかったが、顔見知りのおかみが、奥の部屋に上げてくれた。

「扇千代さんと竹駒さん、いまかけたけんね」

おかみはそう言うと二人に風呂をすすめた。

「娑婆の風呂も久しぶりじゃのう」

「うむ、これが最後かも知れん」

二人は、そう言いながら、離室《はなれ》の裏にある浴室の方に歩いた。

廊下を鈴の音が近づいて来た。扇千代はいつも帯に鈴を下げていた。離室で待っている武田は、その鈴の音で扇千代の体を思い起こしたことがあった。

「武さん、まだ日本においやったとね」

鈴の主は、浴室に曲がる角で、竜平に追いつき、その首に両腕をかけてぶら下がった。いつもつけているパンジーの香水が匂った。

武田が、その匂いをほめると、「安ものよ、いまにもっと上等な香水を使うきれいな人をお嫁さんにもらうとよ、武さんは……」と扇千代は、にべもなく言ったことがあった。

「この間、富高の士官さんが来てね、武田や坂下は、もうラバウルに行っとるぞ、と言うてやったもんね」

扇千代は、両腕で武田の首を引きよせ、唇を吸った。

「おい、人前でよせ、見ちゃおれんぞ」

坂下は、扇千代の姉妹芸者である竹駒と肩をよせながら、眉をしかめてみせたが、顔はだらしなく弛《ゆる》んでいた。四人はいっしょに風呂に入ることになり、女たちが背中を流してくれた。

「どうだ、扇千代、一度おれのをためしてみんか。でかくて歯ごたえがあるぞ」

坂下は、バットの箱が破れるという一物をしごくと、押し立てて見せた。

「うわあ、凄い。うちら、こわれてしまうわ。やはり竹ちゃんぐらい体がなけな、よう受け切らんとやわね」

扇千代が感心してみせると、

「そんなことほめんといて。うちうれしくないのやわ」

と、肥満した竹駒は、ふくれ面を見せた。

入浴を終わり、それぞれの部屋にひきとると、扇千代は、床に入るまえに武田の唇を吸った。爬虫類《はちゅう》のように、微妙にうごめく舌であった。武田は己れが隆起するのを覚え、先刻の坂下の雄大なものを想いおこしていた。唇をはなすと、武田は聞いた。

「おい、扇千代、おれのは小さい方か」

「ううん、ちょうどいいのよ。こういうことわね、大きけりゃいいいうもんやないのよ」

そう言うと、扇千代は武田に体をまかせながら、つぎのように語った。

「うちが十六で水揚げされて間もないとき、別府で、大相撲が来たとよ。夜になって、芸者の割当があって、双葉山には駒竜さんいう一番の売れっ妓姐さんがあてられたのよ。うちは一番若いのに、男女《みな》ノ川関にあてられたとよ。ところが、いっしょにお風呂に入って、あそこ見たら、野球のバットみたいに太かとよ。そして、いざとなったら、もっと太かことなるいうとよ。うちゃ、命がなくなる思うて、長襦袢のままとび出して、神社の拝殿の下に朝まで隠れていたとよ」

「ふうむ、男女ノ川には、細君がいたはずだがな」

「それがね、あとから聞いたら、私の代わりに、検番では、一番小柄な年増の姐さんを男女ノ川にあてがったとよ。そしたら結構つとまったいうから、わからんもんやなあ、思ったわあ」

「うまく造られているもんだなあ」

「そしてね、あとからその姐さんの感想聞いたら、馬と抱き合ってるみたいで、人間ばなれした感じで、あまり覚えがないいんやって」

そこで、扇千代はケラケラと笑い、武田は女の体のなかに入った。

何度目かの行為の途中で、女は言った。

「明日はお正月やね」

「いや、もう今日が正月だ」

「うわあ、うちゃ、武さんといっしょに年越ししたっちゃが……」

女が叫び、その筋肉の動きが、武田の体に伝わった。

翌日は昭和十八年の元旦であった。

気がつくと、床の間に小さなおそなえが飾ってあった。

朝、二人が重なっていると、廊下に人の足音がして、いきなり硝子障子があけられた。武田はあわてて、蒲団のなかにもぐりこみ、扇千代の乳房の間で息を殺していた。

「あら、来ていたのかね。大みそかやから、お客はいないと思うてね、おそなえの大きなのに替えよう思って……」

住みこみの女中の加代であった。

蒲団の下で女の乳房の香をかぎながら、多分、これで最後であろう、と武田は考えていた。女体を愛することと、軍務のために生命を捧げることとは、彼の頭の中で完全に分離した行為であるべきはずであった。

正月の昼、二人はこんこんと眠り、夜また睦《むつ》み合った。途中で、加代が雑煮の膳と冷や酒を運んでくれた。

二日の朝、二人はさすがに疲れていた。眠りは足りていたが、体がだるかった。これが流連《いっづけ》というものか、と武田は考えていた。

二日が当直にあたっていた坂下は、早々に翠光から引き揚げて、佐伯に帰った。性の営みに飽いた武田は、扇千代を連れて、富高航空基地に近い伊勢ヶ浜まで散歩に出ることにした。基地も正月休みとみえて、爆音が聞こえなかった。去年の夏、着艦訓練のためこの基地に勤務したことのある武田には、このあたりは懐かしかった。おだやかな日和で、打ちよせる波の色も春めいて見えた。伊勢ヶ浜は、日向白《ひゅうがしろ》と呼ばれる碁の白石の極上品が掘り出されるので有名な海岸である。

「今年は、いいお正月だったわ」

水際《みぎわ》にうずくまると、扇千代が呟くように言った。けだるそうだった。

「うむ、多分、これでもうお別れだな。いろいろと世話になったな」

そう言うと、扇千代は武田の顔をふり仰いで、言った。

「武さん、やっぱり死にに行くのね」

「そうだ。死ににゆく。それが仕事だ」

「そう……。じゃ、本当のお別れね」

扇千代は立ち上がった。黒瞳《め》の大きい両眼がうるんでいた。扇千代は感情が激すると、眼の色が爬虫類を連想させるような光を帯びることがあった。

「体に気をつけて……。そして、もし、生きて帰って来たら、延岡に会いに来て……」

「うむ、ありがとう。五箇瀬川の鮎を食いに来るよ」

「きっとよ」

そこで二人は別れる気持になった。

富高から汽車に乗り、扇千代は延岡でおりた。列車が出るとき扇千代はホームで、見えるか見えないかくらいに掌《て》をふっていた。その白さが、武田の網膜に残った。

六

夕刻、武田が士官室でブリッジをやっていると、先任下士官の太田兵曹が呼びに来た。

「分隊士、来て下さい。高崎の奴が駅前の酒場で暴れとるです」

「高崎兵曹が……。もう、帰隊の門限は、過ぎとるんだろう」

「はあ、死ぬんだいうて、衛兵伍長の言うことを聞かんとです」

「よし、すぐ行く」

武田は軍服の上にマントをつけて、車に乗った。航空隊から駅までは近い。

高崎は、駅前の喜楽という酒場で暴れていた。暴れるというよりは、庖丁を手にして泣いているのだった。

「だれも寄らんでくれい。おれはいまから苗田兵長の後を追って腹を切るんだ」

彼は軍服の上衣のボタンをはずし、下着をまくって臍を出していた。弥次馬が扉の前に十人ほどたかっていた。

「おい、高崎兵曹、どうした!」

武田が声をかけると、

「あ、分隊士、死なせて下さい。苗田一人を殺して、私が生き残ったとあっては、潜水艦一隻轟沈の勇士の名前が泣きます。どうかこのまま死なせて下さい……」

彼は泣き声を出した。泣き上戸なのかも知れない。

「ようし、死にたければ死ね、衛兵伍長、高崎を後発航期罪(帰隊時刻違反)で逮捕する。自殺するならしてもかまわん。かかれ!」

武田の命令で二人の衛兵がとびかかった。高崎は、庖丁を床に投げ捨てると泣きつづけた。

「武士の情けです、死なせて下さい。勇士の名にかかわるのです……」

——勇士の名にかかわる……。

武田はその文句を口のなかで反覆しながら、衛兵に連行されてゆく高崎兵曹の姿を見送っていた。

一月五日、佐伯にいた空母搭乗員の部隊は、再度、鹿児島基地に移動することになった。鹿児島から、母艦に着艦して、トラック経由ラバウルに向かうことになったのである。

朝、九時、飛行隊は、江原大尉の第一中隊を先頭に、佐伯基地を離陸し、針路二二五度で鹿児島に向かうことになった。離陸する直前、武田は、二番機の高崎兵曹の顔が異常に赤いのを認めた。

「高崎兵曹、また呑んだな」

「いや、大丈夫です。昨夜のが、ちょっと残っているだけです」

声の調子はしっかりしているようにみえた。残しておくべきかとも思ったが、このうえ軍律違反を重ねさせると、軍法会議にかけられるおそれがあった。

「よし、水を一杯呑んでこい。そして、しっかりついて来るんだぞ」

そう言いつけると、間もなく武田は、高崎兵曹と、新しく三番機になった浜田兵長をつれて離陸した。

針路二二五度は、南西にあたる。祖母《そぼ》山、阿蘇山が右手に見え、しばらく行くと霧島連山が正面に見えてくる。それを越えると桜島が見えてくるのである。標高千七百メートルの韓《から》国《くに》岳が右手に見えはじめたころから、高崎の操縦が怪しくなってきた。機首が盛んに左右にふれる。

「おい、高崎兵曹、大丈夫か、しっかりついて来い」

電話でそういうと、武田の受話器に歌声が流れて来た。

〽泣くな嘆くなテンツルシャン
　必ず帰るウ、桐の小箱に錦着て……

白頭山節の一節である。

「おい、歌なんかうたっとる場合じゃない」

しかし、高崎の機は、徐々に編隊を離れつつあった。

「高崎！　編隊につけ！　離れるな！」

しかし、返事は歌であった。


〽エーエ、帰るウ……九段坂……


編隊は、霧島連峰をかわると、高度を下げはじめた。高崎の機は高度を下げたかと思うと、また上げたりした。たまりかねて、武田が近よってみると、高崎はスティックに顎をあずけて、眠っていた。

「高崎！　馬鹿者！　起きろ！」

電話で連呼したが、もう歌声も聞こえなかった。

機はブランコのように、大きく左右に揺れながら高度を下げて行った。前方には、海抜千百メートルの桜島が立ちはだかっていた。止むを得ず、武田は偵察員の坂下に連絡して、落下傘で降下するように、高崎機の偵察員に指示した。

しかし、それはすでに遅かった。高崎の機は突然、ダイブ（急降下）に移った。機は桜島の中腹に激突し、白煙を上げた。

「ワレ、一隻、轟沈！」

高崎の無電がそう叫んだように、武田には聞きとれた。機はすでに焰につつまれていた。轟沈したはずの一隻の潜水艦……その潜望鏡のイメージが、夢魔のように二人の操縦員を襲い、その命を奪ったのであった。

目標、旗艦「大和」

一

「ブゥーウッ！」

「ブゥーウッ！」

緊急のブザーが艦内に鳴り渡った。

航空母艦「飛鷹」の飛行甲板にある搭乗員待機室で、新しい急降下爆撃法の研究会を開いていた飛行士官たちは、緊張して顔を見合わせた。

二万五千トンの空母「飛鷹」は、サイパン島の東五百マイル（海の一マイルは一・八五二キロ）の海面を、南東に向けて時速十六ノットで航行していた。行く先は、「大和」「武蔵」「瑞鶴」「翔鶴」などが碇泊しているトラック島の環礁であった。

「敵の空母かな？」

武田中尉が、拡声器の方を見ると、坂下が、

「まさか、ここは内南洋だぜ」

と打ち消した。

昭和十八年三月中旬であった。

この年二月十一日、日本軍はソロモン群島のガダルカナル島を放棄していたが、ラバウルの基地に連合艦隊の一部と、航空部隊を維持しており、戦争の勝敗はまだいずれのものとも、判定はつきがたかった。

「艦爆三機、飛行甲板に揚げ！」

「指定の搭乗員整列！」

艦橋からの命令が、拡声器を通じて艦内に達せられた。

飛行長の大林中佐が待機室に顔を出すと、言った。

「おい、武田中尉！　三機で行ってくれ。アメちゃんのドンガメが出た」

ドンガメとは潜水艦のことである。

武田は先任搭乗員を呼ぶと、自分の飛行小隊の、ほかの二機に出撃を伝え、落下傘のバンドをつけ、飛行長の説明を聞いた。

「前衛の水上機が哨戒に出て、潜望鏡を発見した。A地点と、B地点で、いずれも、わが二航戦（飛鷹、隼鷹）の前方だ。これによると、明らかに敵の潜水戦隊は、わが航空戦隊の行

動を察知している。そこで、とりあえず対潜水艦爆弾をばらまいて、敵をおどかそうというわけだ。君は、A地点へ行ってくれ。B地点には、『隼鷹』の加藤中尉がゆく」

「承知しました」

「隼鷹」の加藤と聞いて、武田は懐かしい気がした。

加藤は同期生で、坂下と同じく偵察将校であるが、ひと足先に戦場に出て、昨年、十月二十六日の南太平洋海戦では、第六次攻撃隊長としてホーネットに直撃弾をあたえていた。

武田が待機室の外に出ると、偵察員の戸川兵曹と、二番機、三番機の搭乗員が艦橋の横に整列して待っていた。

「おい、楠田は潜水艦をやったことがあるか？」

「はあ、二回ほどあります」

二番機の楠田一等飛行兵曹は、真珠湾以来の経歴を持つベテランのパイロットである。

「よし、尾高は、はじめてだな」

「はい」

「潜望鏡が見えたら、少し手前を狙え、爆弾六発は、海面下十五メートルと三十メートルで爆発するように、信管が調整してある。潜望鏡が見えないときは海面をよく見ろ。このへんの海は透明だから、三十メートル近くまでは透視できるはずだ。敵潜が発見されたら、かなり手前に落とすことだ。海面の標的のように、司令塔ずばりを狙うとオーバー（爆弾が遠方に落ちること）になるぞ」

「わかりました」

「よし！」

武田は、飛行長の方を向くと、

「武田小隊、対潜哨戒、並びに、爆撃、出発します！」

ととどけ、

「かかれ！」

と部下に搭乗を命じた。

九九式艦上爆撃機が「飛鷹」の甲板をはなれるとき、武田は高崎兵曹と、苗田兵長のことを想い出していた。

――あいつらを連れてゆきたかったな……。

太平洋の午後の海面が後方に飛び去ってゆくのを意識しながら、武田はそう考えていた。

海は凪《な》いでいた。ちりめんの反物をひろげたように、小じわをよせている海面に、点々と前衛の駆逐艦が浮いていた。

武田は味方識別のため、バンクをふると、駆逐艦の近くを飛び越して南に向かった。

時速百七十ノット、高度百メートルで四十分ほど飛ぶと、予定された哨戒海面であった。

「分隊士！　楠田が左の方を指しています！」

後席の戸川がけたたましく伝声管で叫んだ。ベテランの楠田が早くも敵潜を発見したらしい。

「了解！」

武田はスティックを左に倒すと、機を左に旋回させた。

海面に黒い棒切れのようなものが立って、かすかに波を切っていた。潜望鏡は北に進んでいた。明らかに敵潜である。

「左一〇度に潜望鏡、わかったか」

「了解」

「一機ずつやる。よく狙え！」

隊内無線電話で、そう交信を終わると、武田は、高度五十メートルから緩降下し、潜望鏡の十メートルほど手前に照準を定め、

「投下用意、撃て！」

とまず右翼の六十キロ爆弾三発を投下した。こちらは、深度十五メートルに調定してあった。潜望鏡の真上をすれすれに飛びこして、高度をとりながら、右旋回してふり返ってみると、ほぼ潜望鏡のあたりに、もこり、もこりと水柱が三つ上がった。

「分隊士、命中ですね」

「うむ」

戸川に答えている間に、潜望鏡はスポリと海面下に引っこんでしまった。武田はその残像を確かめていた。ライトブルーに澄んだ、南洋の水の下に、くっきりと姿を見せた黒い葉巻のようなものを彼は見た。このように、透明な海面で、敵を待たねばならない潜水艦の任務

に、ふと彼は悲しみを感じた。

武田につづいて楠田と尾高が三発ずつ投弾した。小さく旋回すると、武田は水柱のおさまった海面を上から透視してみた。

ぬらぬらと、黒いものが海中に糸を引き、海面に出ると、ぷかりと泡をつくった。潜水艦の重油であった。その底に黒いいいるかのようなものがひそんでいた。

「よし、被害をあたえたぞ」

武田はもう一回りすると、今度は左翼の深度三十メートルの爆弾三発を、潜水艦の艦影三十メートル手前に狙って投弾した。つづいて、列機が投弾した。

武田は海面の凝視をつづけた。水柱が消えると間もなく、折れた芦のようなものが海面に姿を現わし、ザザーッと水を切ると、前にも見たことのあるアメリカの潜水艦が黒い艦体を海面に現わした。潜望鏡が鋭角に折れ曲がっているほか、司令塔の付け根その他に破孔や凹みが見えた。ダメージが大きく、潜航不能とみて、敵の艦長は浮上砲戦を企図したのであろう。

司令塔からバラバラと人影が走り出ると、前甲板にある小型砲と機銃の方に走った。

「二、三番機、敵機銃を狙え！」

そう命令すると、武田は、機をひねって、北へ向かう敵潜と同航の態勢で飛行をはじめた。これは、前に坂下とともに用いて効果をあげた、後部機銃で敵司令塔をつぶす戦法である。

果敢に応戦する敵の二十五ミリ二連装機銃に対し、楠田と尾高は、エンジン前部に装備してある二連装の七・七ミリ機銃で襲いかかった。

敵の砲員が二名、ばたばたっと倒れるのを横目で見ながら、武田は機を距離五十メートルで潜水艦と併行に飛行するように操作した。後部座席では、連装七・七ミリの旋回機銃をかまえて、戸川兵曹が待機していた。

敵潜の司令塔では、艦長らしい男が大きな身ぶりで指揮をとっている姿が見えた。

「目標司令塔、射撃始め！」

ダン、ダン、ダンとにぶい反動が機体に感じられた。戸川の射撃は正確であった。司令塔の兵士たちが倒れ、そして、指揮官らしい男も、大きくのけぞった。何かを叫んだのであろう。

——ワレ、敵潜攻撃ニ成功、敵ハ潜航不能、速ヤカニ駆逐艦ニヨリ処分サレタシ。

このような電文が武田の胸のなかに浮かんだ。しかし、この海面は超短波以外は無線封止になっていた。

「分隊士、尾高の機がやられました！」

戸川の声に左前方を見ると、尾高機がエンジンから白煙を吐きながら、上昇をつづけていた。

旋回しながら、下方を見ると、潜水艦は、海面に没しつつあった。浮上していることを危険とみたのであろう。

「帰途につく、編隊にもどれ！」

武田はなおも旋回をつづけた。海面には急速潜航でとり残された数名の砲員が、沸騰するような大きなあぶくにもまれていた。

あぶくに黒いものがまじり、それが重油と知れた。武田はふいに孤独を感じた。浮上して撃沈されるのを待つよりは、海底に沈む道を選んだのであろうか。あれだけ穴があいていては、再度の浮上は不可能であろう。

編隊が北の方に向かったとき、尾高機から隊内無電の連絡があった。

「エンジンの回転が落ちてゆきます。母艦まで、もちません」

「頑張ってついて来い。編隊速力を落とす」

尾高の機はエンジンから白煙を吐き、左のガソリンタンクからも白い筋を引いていた。

「分隊士、エンジン停止、自爆します」

「ばかもの！」

隊内無電で怒鳴りつけた武田は、尾高機とすれすれに近よると、拳骨をあげて殴るまねをしてみせた。

「おい、尾高！　前衛の駆逐艦が近い。すぐ拾いに来るから、海面に不時着して待ってろ。自爆なんかしても何もならんぞ。おれたちの戦場はソロモンなんだ」

「わかりました」

高度を下げた尾高機は、間もなく海面に飛沫をあげて着水した。

二人が海面に浮かび上がるのを確認した武田は、エンジンをふかすと、全速で駆逐艦の方向に向かった。

尾高と偵察員の室田は、救助されて、その日の夕方、駆逐艦のランチで、「飛鷹」に送り返された。

二人が、舷側から垂らされた索梯子《つな》を登って来るのを見ていた武田は、ふいに水平線の方を見た。太平洋は夕景であった。金色の太陽があたりの海面を橙色に染めながら、水平線に近づきつつあった。薄れてゆく陽光を反射しながら、海面は大きくうねっていた。武田は悲しみを感じた。それが、戦場にあるものの孤独とつながっていることに、彼は気づいていなかった。

二

北緯七度、東経百五十二度のトラック島環礁のなかには、春夏秋冬の名を冠した島や、月曜、火曜など曜日の名のついた七曜諸島などが点在していた。

飛行場は冬島に、町や病院や根拠地などの設備は夏島にあった。

「飛鷹」「隼鷹」の第二航空戦隊は、トラック環礁の北水道を入る直前、敵潜水艦の待ち伏せを受け、ジグザグの之字《のじ》運動をつづけ雷撃を回避した。そのために、搭載機を発艦する時機を失し、そのまま環礁内に入港した。

ラグーン（礁湖）のなかには、山本五十六ＧＦ長官の座乗する旗艦「大和」をはじめ、

「武蔵」「金剛」「榛名」「翔鶴」「瑞鶴」などの精鋭がはちきれんばかりの感じで碇泊していた。

「翔鶴」「瑞鶴」など一航戦の戦闘機隊は、これから行なわれる「い号作戦」の前哨戦として、ガダルカナル島上空の航空制圧戦のために、ラバウル基地に進出していた。

入港すると間もなく、

「発艦準備！」

「搭乗員整列！」

がつづいて下命された。

「隊長、碇泊したまま発艦するのですか」

武田は長身の隊長小宮大尉の顔を仰いだ。

「うむ、大体、十二乃至十三メートルの南風が吹いているからな……」

隊長は、腕を組んで、飛行場のある冬島の方を眺めた。

間もなく、飛行長の大林中佐から、飛行隊発艦が下命された。向かい風を利用して、碇泊した母艦から発艦するのである。

午後になって、風はさらに強くなっているので、発艦はさほど困難ではないと考えられた。

武田は、長身の小宮隊長が背をこごめるようにして発艦してゆくのを、後方から見ていた。

やがて第二中隊の武田の番が回って来た。武田は左右をかえりみた。ベテランの楠田兵曹と、先日、エンジン故障で不時着した尾高兵長の顔が見えた。武田は、エンジンのスロットルを押し、彼の九九式艦爆は、飛行甲板のエンドで、車輪が甲板をはなれたが、少し沈んだ。風力が不足なのか、エンジンのパワーが少し足りないのかも知れない。

前方に、七万トンの巨艦「大和」の大きな艦尾が見えた。武田は機首を右にひねり、上昇しながら、「大和」の方を見た。艦尾に天幕が張ってあり、白い夏服をつけた何人かの高官の姿が見えた。一番後部を散歩しているのが山本五十六かも知れない。

そのまま高度千メートルまで上昇し、母艦の上空で編隊を組んだとき、小宮隊長から隊内無電で命令があった。

「ただいまより八千メートルまで上昇、GF旗艦『大和』に扇形降爆訓練を実施する」

扇形降爆とは、一つの目標に対して、八方から集中急降下爆撃をする、新しい急降下爆撃法である。

第一、第二中隊各九機、計十八機の急降下爆撃機隊は、そのまま螺旋状に高度六千メートルまで上昇した。武田は酸素マスクをつけながら、下方の海面を見おろした。なめらかな海面に、鉛色の碁石のように、トラック島の環礁が浮かんでいた。

前方に、大きな積乱雲が見えた。高度一万メートル以上はあろう。戦艦「大和」も巨大であるが、この入道雲は、くらべようもなく大きく見えた。造物主が無造作に大きなシャボン玉を千切って投げつけたような感じで、もしこれが生き物ならば、これは宇宙でももっとも大きな生物であろうと考えられた。

編隊はさらに入道雲を迂回するように、螺旋状に上昇し高度を上げて、八千に達した。マスクのなかの酸素が冷《ひ》いやりと鼻腔に快かった。

そのとき、突然、積乱雲の陰から小型機の一団が降るように襲ってきた。

「敵、戦闘機隊！　右上方！　各隊、応戦しながら突撃せよ！」

小宮隊長が、隊内無電で命令した。

戦闘機は、「飛鷹」の零戦隊二十四機であった。前上方から、後下方から、戦闘機は襲ってきた。

後席の戸川兵曹は、

「後上方、敵戦闘機！　分隊士、右旋回！」

「前上方からも一機来ます！」

などと、伝声管に叫びつづけた。

武田は、大きく機をひねって、編隊を誘導しながら、一斉降下に入ったが、そのとき彼は、このように襲撃されたら、一機や二機は確実に喰われてしまうな、と実感した。

襲撃隊は、一中隊の九機が横一線に、そのつぎに、武田の率いる第二中隊が一線になって、そのまま、環礁の中心にいる「大和」に向かって降下をつづけた。鉛色の環礁がぐんぐん迫って来て、いままでは灰色の一塊に見えていた艦船の集団が、それぞれ戦艦、空母などと艦種が識別できるようになってきた。

「五千……、三千、二千、一千……」

と後席の戸川が高度を読み、戦闘機はなおも襲撃のため周辺を飛び交《か》っていた。

「八百、七百、五百……」

戦艦「大和」が、みるみるうちに拡大され、照準器いっぱいになり、さらにはみ出し、その中心のマストの頂に、山本五十六の所在を示す大将旗が風にはためいているのが見えた。

——これじゃあ当たるな。照準器からはみ出すようじゃ、どう落としても、どこかに当たるな……。

武田は、なかば落胆を感じながら、高度三百で、

「用意、撃て！」

と爆弾の投下索を引き、機をなかば引き起こすと、海面すれすれで、「大和」の艦首をかわり、菊の紋章を左上に見ながら、その下をくぐり抜け、脱出にかかった。戦闘機隊は、なおも襲撃をつづけた。北水道の上を飛び越すとき、武田は、淡青色の水が、白や黄色のリーフにぶつかり、砕け、そのしぶきが美しく陽光を照り返すのを認めながら、やがて自分が、南方の海で、戦闘機に撃墜され、リーフの上に落ちるであろうことを予感した。

そのとき、右上方に飛び抜けた一機の操縦員が手を振っていた。一期下の関谷少尉であった。去る一月、宇佐の航空隊で、飛行学生教程を修了して乗艦し、トラックに向かう途中、着艦訓練を行なって来た若い士官であった。

こちらも手を振ろうと考えて、武田はやめた。

——そんなのんびりした考えでは、ソロモンでやられてしまうぞ……。

武田はそう意味をこめて、関谷の方に拳骨を振ってみせたが、関谷の機の尾翼は、すでに

遠くなっていた。

三

三月下旬、第三艦隊（航空艦隊）の主力、二百五十余機は、トラック島での訓練と打ち合わせを終わって、ラバウルへ空中移動することになった。「翔鶴」「瑞鶴」などの空母五隻をトラック環礁に残して、飛行隊だけがラバウル基地に移動し、い号作戦を行なうのである。

出撃の前夜、夏島の料亭で、中隊長以上の壮行会が開かれた。横須賀の代表的な料亭パイン（小松）などが出張して来ているが、建物はバラックで、女たちも浴衣か、アッパッパと呼ばれる簡単服である。横須賀に勤務したことのある士官たちには、馴染みの女も来ているらしく、座は南海の島の宴らしく陽気なものとなった。ミッドウェーで敗け、ガダルカナルを失っても、連合艦隊はまだ戦勝気分から脱し切っていなかった。

女たちは、司令官や参謀や知っている士官のところに行ってしまうので、武田は、坂下たちと、口数少なくぬるくなったビールを酌み交わしていた。

——前線に行って命を落とすのは若い搭乗員たち、それも楠田や尾高のような、若い下士官兵が大部分なのだ。それなのに、なぜ、参謀たちが女をひきつけて、大きな顔をして、酒を呑み、楠田や尾高のように、実際に爆弾を落としに行く前線要員が、このような席に招ばれないのだろうか……。

武田はそのような疑問を持ち、それが幼稚な思考法であるということを認めていたので、あえて坂下に告げようともしなかった。

第三艦隊司令長官小沢治三郎中将の音頭で万歳三唱がとなえられ、会は解散となった。

四

翌日の朝、い号作戦に出撃する攻撃隊の士官総員が、旗艦「大和」に召集され、広い後甲板に整列した。

純白の第二種軍装をつけ、白手袋をはめた山本五十六が最後部の長官用ハッチから姿を現わした。

整列した飛行士官たちを前にして、山本は台上から訓示をあたえた。

「四月七日、い号作戦発動のため、ただいまより飛行隊にラバウル基地移動を命ずる。いうまでもなく、この作戦は、ソロモン方面における敵の進攻作戦を喰い止め、新しい戦局をひらかんとするものである。天佑と神助を確信して勇戦されんことを祈る。なお、このたびは、本長官もラバウル基地に進出し、直接、陣頭指揮をとる。多大なる戦果が上がることを期待してやまない」

そう言うと、山本五十六は台からおりた。武田は、長官の太い眉と、堅く結んだ唇元、そしてよくアイロンのあたった白いズボンとを見ていた。

長官の訓示が終わると、士官たちは、各艦の内火艇で冬島の飛行場へ急いだ。

昭和十八年三月二十五日、海軍中尉武田竜平は、九九式艦上爆撃機二三五号機を操縦して、トラックからラバウルに向かった。

北緯七度にあるトラック島から、南緯五度にあるニューブリテン島のラバウル飛行場までは、約八百マイル、巡航速力で約七時間の飛行である。

途中、着陸すべき島はなく、航行はすべて海上である。

この海上は断雲が多かった。

碁盤上の白石のように果てしなく断雲がつづいている。

その果てに戦場があるはずであった。

——戦場には確実に死が待っている……。

武田はそう考えていた。

すると、断雲は白い墓標のように見えてきた。

——おれも死ぬだろう。死ぬために訓練をつづけて来たのだ……。

武田竜平は操縦桿を握りながら考えつづけていた。

——死ぬならば、美しく死にたいものだ。海の上にただ一つの紋章を残して……。


豊田穣文学／戦記全集・第十巻　平成三年九月刊

NF文庫

海の紋章

二〇一八年二月二十日 第一刷発行

著 者 豊田 穣

発行者 皆川豪志

発行所 株式会社 潮書房光人新社

〒100-8077 東京都千代田区大手町一-七-二

電話／〇三-六二八一-九八九一㈹

印刷・製本 慶昌堂印刷株式会社

定価はカバーに表示してあります

乱丁・落丁のものはお取りかえ致します。本文は中性紙を使用

ISBN978-4-7698-3052-8 C0195

http://www.kojinsha.co.jp

ＮＦ文庫

刊行のことば

第二次世界大戦の戦火が熄《や》んで五〇年——その間、小社は夥しい数の戦争の記録を渉猟し、発掘し、常に公正なる立場を貫いて書誌とし、大方の絶讃を博して今日に及ぶが、その源は、散華された世代への熱き思い入れであり、同時に、その記録を誌して平和の礎とし、後世に伝えんとするにある。

小社の出版物は、戦記、伝記、文学、エッセイ、写真集、その他、すでに一、〇〇〇点を越え、加えて戦後五〇年になんなんとするを契機として、「光人社ＮＦ（ノンフィクション）文庫」を創刊して、読者諸賢の熱烈要望におこたえする次第である。人生のバイブルとして、心弱きときの活性の糧《かて》として、散華の世代からの感動の肉声に、あなたもぜひ、耳を傾けて下さい。